知音动漫图书·时代坊
ZHIYIN COMIC BOOK 打造优秀作品·引领流行阅读

在你眉梢点花灯 卷一

沉筱之 著

第一章	花朝初遇	001
第二章	楼起楼塌	011
第三章	故人不故	022
第四章	无心插柳	040
第五章	雾里悬灯	054
第六章	寿宴退亲	067
第七章	涛澜暗涌	082
第八章	御殿承情	095
第九章	相安何来	106
第十章	闺中情怨	119

第十六章 风雨如晦	195
第十五章 白云坠崖	180
第十四章 悠悠我心	168
第十三章 青青子衿	158
第十二章 凶案疑云	145
第十一章 秋节立功	132

第一章 花朝初遇

　　昭元八年，金陵的春来得格外早，胡同巷口的杏花树刚结了花苞，燕子便已在屋檐下筑巢了。二月一场桃花雨过，淮水连夜涨了寸许，恰巧赶上花朝夜，粼粼的水面上，河灯浮了一串又一串，远望去，像谁往秦淮河里撒了一把碎金子。

　　云浠趴在窗沿上，没精打采地盯着河里明明灭灭的灯、精致的舫，一边听身后两个衙差闲磕牙。

　　"喏，瞧清了吗？檐头上描金的那艘，三公子就在上头。"

　　"上个月三公子为芊芊姑娘一掷千金险些被打折腿，眼下伤没养好，怎么又出来折腾了？这回是瞧上了哪一个？"

　　"谁知道呢，要不张大人怎么让咱们连夜在这儿盯着呢，终归警醒着点儿吧，省得这位祖宗又惹出事。"

　　三公子姓程名昶，字明嬰，当朝琮亲王的小儿子。

　　金陵城的贵族子弟数以百计，满腹诗书者有之，温文尔雅者有之，可惜这位三公子，论才华，不学无术；论人品，一语以蔽之：混账王八犊子。他爹琮亲王提起这位小儿子，都要气哼哼地骂一句"逆子"。

　　程明嬰此人，一贪财，二好色，总之不干人事，平生最大愿景就是眠花宿柳，若非琮亲王强令他跪在天家祠堂发了个洁身自好的毒誓，恐怕早随他前一位沾上花柳病的兄长一命呜呼了。

　　可要论长处，也不是没有，也一语以蔽之：脸。

　　一张好看得过分、英俊得过分的脸。

是以金陵城中每逢有人提起三公子，到末了，都要感叹一句："可惜了这张脸！"

盈盈笑语声越过浮花浪影传来，伴着一惊一乍的高呼，大约是哪位公子哥蒙了眼去捉花姑娘。

声色靡靡，单是听，就荒唐到极致。

两名衙差听了一阵，齐齐叹了口气，又说开了。

"前一阵裴府的二少爷在塞北大败敌寇，被册封为大将军，连圣上都下了旨意，说要亲自主持他的大婚，这是多大的荣光！可消息传回金陵，还没来得及庆贺，风头便被三公子夜会芊芊上房梁盖了过去，真是好事不出门，坏事传千里，街巷里对香艳事趋之若鹜，对堂堂正正的大义却充耳不闻。"

"这你就知道得太浅了，裴二少再好，打娘胎里就被指腹为婚，未过门的正妻摆在那儿，他再厉害也是旁人的夫婿，且他这桩亲事还不能提，一提触动金陵城多少女子的伤心事？何况他即将迎娶的正妻——"

"嘘——"

话未说完，趴在窗沿上的云浠忽然动了一下，两名衙差顷刻住了嘴——他们方才以为她睡过去了，因此口无遮拦，眼下交换了个心领神会的眼神：裴二少的"正妻"在这儿呢，快别说了。

于是后半截话到了嘴边，再次化作一声长叹，那意思是：可怜。

云浠听见了也当作没听见，反正整个金陵城，任谁见了她都要说一句可怜。

云浠是忠勇侯的独女。

当年忠勇侯府光耀无比，上至云浠的曾祖，下至云浠的父兄，无不战功赫赫，可谓忠烈满门。然而自从云浠的父辈们相继战死，侯府便一日不如一日。三年前，云浠的兄长云洛随招远大将军出征塞北，哪知大将军临阵倒戈，塔格草原一役大败，若非裴府的二少爷裴阑带了援军来救，只怕邻近的城池都要尽失。更可惜的是，云洛随后也殁于此役，忠勇侯府最后一个可作战的将军也没了。

只余一个独女云浠。

云洛去世后，云浠独自一人赶赴塞北为兄长收尸。

她牵着马，站在黄沙漫天的营帐间，看着援军的少帅——鼎鼎有名的裴二少爷向她走来，盯着她的脸看了好一会儿，才笑了笑："云浠？"然后自袖囊里取出一张布帕，递过去，"擦擦吧。"

云浠照着一旁的小溪水看了一眼，才发现自己这一路日夜兼程，连脸颊上沾上一块脏污都不曾察觉。

他们指腹为婚，将来会是白首夫妻，没想到长大后头一回相见，他如珠似玉，她却如此狼狈。

第一章 花朝初遇

"你兄长的尸身，我已命人洗净入殓了，你不要揭棺看，徒增伤心。"裴阑说，又柔声道，"明日清早，我派人护送你回京。"

云浠行了个将士礼："多谢少将军，但云浠此次来，并不打算立刻回京。云浠少时随父兄学过军法，也上过沙场，忠勇侯府乃将门之家，如今父兄尽殁，家中只余妇孺，云浠愿承袭家风，长留军中，哪怕做个末等兵也好，还望少帅通融。"

大绥民风开放，不是没有女子为官为将的先例，但终归不是主流。

裴阑听了这话，微微一愣，又笑了："你让我想想。"

当夜，云浠去还洗净的布帕，站在帐子外，听见里头有人私语。

"将军当真要将此人留于军中？她毕竟是个女子。"

"怎么可能？我与她本有婚约在身，留她在军中更是不妥。"

"是，将军与云家大小姐本有婚约在身，她若留在军中，叫外人怎么看？末将看她承袭家风是假，赖在将军身边才是真。塞北这一仗少说还要打个两三年，她若留下，待将军回京后，再想与她退亲怕就难了。忠勇侯府现如今败落得不成样子，将军您要想个法子才是。"

"你这是什么话？"裴阑道，言辞中虽有责备之意，但语气里全然就是那个意思，他屈指叩着桌面，长叹一声，"是要想个法子啊——"

云浠独自在帐外站了一会儿，隔一日便请辞回京，再没提留在军中的事。

她心中酸楚，但也明白这样的事以后只会更多。

世人攀高结贵，趋炎附势，今日是裴阑，到了明日，更有张阑、李阑。

忠勇侯府立功封爵，享朝廷世代俸禄，但朝廷不愿白养人，兼之塔格草原一役，忠勇侯背负冒进罪名，朝廷中对跟随招远的云洺亦有微词，长此以往，只怕每月去领俸银时都要看人脸色。

父亲说过，人活着，脊梁骨一定要直。

那年云浠回京后，便去京兆府谋了个捕快的职，职位虽低，好歹也是一份生计。

从前她是侯府小姐，与裴阑是天造地设的一双，如今不一样了，尚书府的裴二少爷节节高升，裴府成了金陵数一数二的显贵门第。而忠勇侯府却门庭败落，唯一的女儿成日里抛头露面，自然登不了大雅之堂，在外人看来，她也再做不了入他眼的那支花。

这样也好，裴家二少爷文才武功，英俊倜傥，前途无量，金陵城不知多少女子想嫁，从前云浠因此招人嫉恨，而今裴阑虽未退亲，但在明眼人心里，二人已是一个天一个地，不般配至极了。

她一个姑娘家，失去家人的倚靠，如今要嫁人，竟要凭着一纸旧约看裴府脸色。

这样的事落到外人眼里，在心头盘桓一遭，道出口便只是一句"可怜"。

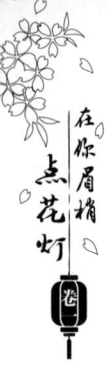

这句可怜隔着门第的高低、命途的淆舛，是空闲时的排遣，谈不上多么同情。

是带着三分鄙夷、七分瞧不起，说出口便自觉高人一等的"可怜"。

后半夜，跟云浠一起当差的两个衙役睡了过去。

云浠抱着剑，换了个姿势趴在窗沿上。

三公子每回出来吃酒必要闹出点荒唐事，她受京兆尹张大人所托，来附近盯着。

花朝节晚归的人也散去了，画舫那头欢歌不止，时而传来笑闹声，隔得老远都能闻见酒味儿。

一直到天边泛起鱼肚白，醉极了的程昶才被仆从搀扶着离开画舫，河面摇来一叶轻舟，艄公拨开水上串串花灯，抬手去接程昶，两旁的花姑娘一边掩唇笑，一边轻呼："当心，当心，省得磕伤了三公子。"

云浠看了一会儿，见艄公将程昶接稳当了才转回头，叩叩身后的方桌，说："都起来，该轮班了。"

然而就是她这一回身的工夫，外头一阵骚乱，忽然传来疾呼。

"救命啊，三公子落水啦——"

外间喧嚣四起，吵吵嚷嚷混成一片。

云浠撑着窗沿一看，只见河面下饺子似的，须臾间就跳下去了十来人。

小舟上的艄公已不见人影，跟着下水的都是画舫上的小厮，全都吃过酒，醉醺醺地泡在水里，能认出彼此就不错了，遑论救人。

云浠带着两名衙差赶到河岸，对着水面高喝一句："不相干的都上岸！"然后吩咐，"快！"

两名衙差会意，当即脱了外袍，一头扎入水中。

早上轮班的巡卫也来了，云浠对其中一个人道："赶紧去请大夫。"她又朝河面一望，仍不见艄公的身影，对余下的人道，"把画舫上的所有人带过来问话，派一个人去找方才摇舟的艄公。"

不多时，大夫到了，天边云破日出，大夫盯着水面儿，问："下去多久了？"

云浠道："有一炷香的时间了。"

大夫摇摇头："你们还是请仵作吧。"

寻常人溺水至多撑半炷香，一炷香过去，便是大罗金仙也回天乏术了。

岸上的人听到大夫让请仵作，都有点诧异，但谁也没露出惋惜的神色。

想想也是，三公子恶名在外，活着作孽，死了才是万事大吉。

云浠抿紧唇，没有说话，到底是她当差的时候出的岔子，便是这天下人都盼着程昶死，她也希望他能活着。

"找着了，找着了！"

岸上一名眼尖的小厮指着河面高呼一声，只见一名衙差在水面上冒了头，拖着一个人奋力朝岸边游过来。

一时间伸竹竿的伸竹竿，摇橹的摇橹，还有两人跳下水去接人。

但没用，程昶已经死了。

大夫伸手在他脖间、鼻下、手腕都探了探，又按着小腹压出了小半肚子河水，程昶整个人如一条任人宰割的鱼，双腿一蹬，早已没了生息。

醉时的潮红自脸颊褪去，取而代之的是浸着三分冷意的苍白。这样苍白的脸色衬着程昶的五官仍是极其好看的，修长的眉，高挺的鼻，颊边一颗浅痣自含三分霜雪意，唇上清润的光如春晖照着新生的叶，眼虽合着，尾梢却拖曳出三分隽永七分冷清，若还能睁开，不知要藏下多少春花秋月。

"真的是，"众人都在心里叹息，"可惜了这张脸！"

琮亲王府的小王爷没了，且还死得十分蹊跷，不查是不行的。在场的衙差都不愿触这个霉头，一齐望向职衔最高的云浠。

云浠想了想，琮亲王离京去接南巡归来的圣上了，一时知会不上，便命人先回衙门通禀京兆尹。

"云捕快，那……三公子呢？"

"抬上板车，一并送回衙门请仵作吧。"云浠看了眼程昶道。

她将方才救程昶上岸的衙差唤到一边，问："怎么找到的？"

"人在水底呢。"衙差压低声音道，"两边袖囊里都塞了沉甸甸的金砖，人又是不清醒的，八成落水的时候都没挣扎两下，直接沉下去了。"

像程昶这样的富贵闲人，身上连银票都懒得揣，哪会藏什么金子？

他落水之前，云浠一直盯着，能近距离接触他的只有小舟上的艄公，且他落水后，这艄公就不见了，看来程昶袖子里的金砖八成就是艄公塞进去的。

正巧云浠派去寻艄公的衙差回来了，禀报道："没找着，三公子落水的时候，艄公八成从水下溜了。属下跟周围的人打听了下，这人常在河上摇橹，水性极好，家里有个小女儿，去年刚及笄被三公子调戏过，虽然……没成事吧，但之后人就傻了，估计那艄公就是因为这个才对三公子下手的。"

先前救人的衙差问："这艄公家中境况如何？可有家财田地？"

"一穷二白呗。"另一名衙差说道，"河上摇橹的，能有几个铜板？"

云浠却明白这衙差为何有此一问——既然一穷二白，何来作案的两块金砖？

看来想杀三公子的，还不止艄公一人。

云浠本想派人去打听打听，看看程昶近日可有与谁结仇，可转念一想，根据他平日的行为作风，与他结仇的不胜枚举，想要他命的，估计也多如牛毛。

真是,一个人缺德事干多了,查个害他的嫌犯都无从查起。

这下自己要怎么交差?若交不了,会不会连捕快这份差事也没了?

云浠又看了程昶一眼,心想:他要是能活着就好了。

衙差们正将程昶的尸身抬上板车,一不小心磕绊了一下,险些将他翻个儿摔了,还好云浠从旁扶了一把,才没叫他脸着地。众人齐心协力,将他搁在了板车上。

然而谁也没瞧见,就在方才晃荡的一瞬间,那个早已没气了的程三公子的手指忽然动了一下,又动了一下。

回到京兆府,云浠先命人将程昶的尸身送去后院的小间,独自一人向张大人请罪。

张怀鲁是京兆尹,一见云浠,难掩责备之色:"不是叫你盯着吗?怎么好端端的人没了?等陛下与王爷回来,该怎么交代?"

云浠道:"下官扎扎实实盯了一夜,连三公子上小舟,都是瞧见舢公接稳当了才交班。"

她又把程昶落水的经过仔细说了,接着道:"几个陪着三公子上画舫的小厮都是王府的人,舫上的姑娘也是常来常往的,除此之外,再没别的了。但水下还没细查过,昨晚花朝夜,秦淮河边都是人,乱得很,不知会不会有人潜在水里做手脚,下官以为……"

"罢了罢了。"不等她说完,张怀鲁就摆手,"此事本官会细查,你不必管了。"

他再看她一眼,顿了顿道:"云捕快,本官原是看在你父亲忠勇侯的情面上,才允你来我衙门当差。你到底是官家小姐,在外抛头露面原本就不合适,如今又出了这事,依本官看,捕快这份差事,你就不要做了,至于三公子的死因,本官会亲自查明的。"

云浠愣了愣。

昨夜她只是受命去远远盯着画舫,并没有贴身保护之责,程昶纵是没了,归根究底是护卫不利,与她有什么相干,何至于褫了她捕快之职?

但她很快又明白过来,程昶死了,琼亲王势必震怒,各个衙门都要给王府、陛下一个交代。而今京兆府革了她的职务,不正是要借着这样的惩诫告诉所有人,程昶死了,她云浠难辞其咎吗?

云浠看了张怀鲁一眼,心知事已至此,再为自己辩解已是徒劳。

"张大人,下官自任捕快一职,一直恪尽职守,无一日不认真对待。今日三公子的事,下官虽无懈怠,确有过失,还望大人能给属下一个机会,属下一定查明真相,不让三公子死得不明不白。"

张怀鲁却道:"不是本官不愿留你在衙门,你也知道,如今塞北大捷,裴大将军不日就要班师回朝。你……与他到底有婚约在身,裴府显达尊贵,叫他知道未过门的发妻在京兆府任一名小小捕快，成日抛头露面，他心中作何感想？

"云大小姐，老夫的话虽难听，却字字箴言。你家男儿尽殁，连个当家做主的都没有，老夫是可怜你孤苦，才将自家人的体己话说与你听。眼下对你来说，最要紧的哪里是这份差事？姑娘家一辈子的福泽都系在姻缘二字上头，裴府的二少爷是千金难求的良婿，嫁了他，才是一辈子的福分。你荣华在前，千万莫因小失大，倘若为了这份捕快差事，平白将大好姻缘搅黄了，岂不是得不偿失？"

"可是……"云浠喉间有点发涩。

裴阑是好，但那份好是旁人眼中的样貌堂堂与前程似锦，虚无得很，没有情深，连缘分都浅之又浅，便是她愿嫁，他也未必肯娶呢。

再说了，她也不愿将这一辈子甘苦都系在另一个人身上，她只想有一份差事，立身，立命，都靠自己。

"你一个姑娘在京兆府，这辈子充其量也就能做到捕头，抬眼一瞧，品级比你高的官儿成千上万呢。嫁入裴府就不一样了，整个金陵城，除了皇室宗亲，有几个门第高得过裴家的？莫说你一过门就是正妻，哪怕因琮亲王府的三公子没了，你被人问了责，拿了短，成了侧室，那也是飞上枝头，不会叫人小瞧了——"

"张大人这话是何意？"云浠蓦地抬头，目光灼灼。

这意思是连查明真相的机会都不给她，打定主意让她担一个失职的责，劝她无论如何嫁去裴府寻求庇护？

然而不待张怀鲁回答，外头忽然一阵骚乱，一个小吏上气不接下气地冲进公堂，一脸惨白活似见了鬼："禀……禀……禀几位大人，三公子……三公子他诈……诈……诈尸了！"

"诈尸了？"云浠与张怀鲁俱是一愣。

小吏喘息甫定，结结巴巴地把方才的情形说了。

他们将程昶抬到后院的小间，请了仵作来验尸，仵作看过后，说眼耳口鼻均无异样，确是溺死的，于是想取银针入腹，看看有无中毒迹象。

眼前这位到底是三公子的尸身，银针入腹怎么说都是一个眼儿，倘若银针变黑，是开膛还是不开膛？琮亲王爱子心切，万一开了膛，就是死无全尸了，那可怎么办？

几人商议了一阵，决定请示张怀鲁，不经意地往长案上一瞧，只见程昶竟已睁开眼，目不转睛地盯着他们了。

一屋子的人都吓傻了。

这还没完，下一刻，程昶竟然开口说话了。

"说话了？"张怀鲁觉得不可思议，见过死人突然睁眼的，还没见过死人开口说话的，真的活见鬼了？

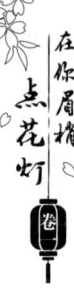

"是，三公子他……他说了一句……"小吏憋红了脸，学着方才程昶的语调，"他说，'什么情况这是'？"

学得惟妙惟肖。

张怀鲁看了云浠一眼："去瞧瞧。"

后院小间里当差的人都瑟缩在院中一角，惊恐地盯着小间门口，程昶正扶着门框吐得死去活来。

其实这不是程昶头一回醒来了。

他第一回有意识，是被人从水底拽起来，托浮着往岸边游的时候，当时他头痛欲裂，很快又跌入昏黑之中。

第二回有意识，是被人抬上板车，磕绊了一下，之后他竭力睁开眼，看到周围是古代的楼舍街巷，以为在做梦，阖目又睡过去了。

这会儿已是他第三回有意识了，梁上横木，轩窗半掩，古意昭然，身边还有人说要请仵作。

仵作，就是法医？

程昶这才睁开眼，想问问身边的人这究竟是什么情况，哪知他一句话刚出口，那些人便吓傻了似的，惊惶着四散而逃了。

他这身体才溺过水，肚子里的水没排干净，下了地一晃动，刚走到门口，就吐了个天昏地暗。

吐得差不多了，程昶又朝四周看了看，曲巷回廊、拱门石径，拍戏布景也没有布这么远还没个摄像头的。

行吧，穿那个什么来着。

虽然匪夷所思，但他有点懂了。

他昨晚加班到半夜，心脏骤停前还在给客户做资产评估呢，上千万的项目，这下真的黄了。

小院外传来一阵骚动，程昶抬头看了看，又有几个人赶过来了，当中还有个抱着剑的好看姑娘。

张怀鲁看到院中所有人目瞪口呆地看了一会儿，好半晌，只听一人小声道："有影子。"

有影子，不是鬼。

死而复生的事不是没听过，这会儿亲眼见了，还是觉得不可思议，程昶的尸身抬回来的时候，分明已经死透了。

张怀鲁率先反应过来，见程昶吐得差不多了，忙吩咐道："水，快给三公子备水！"

一名小吏听了，连忙斟了一盏茶递上去，颤抖着唤了声："三公子。"

程昶吐得直不起身，扶着门半伏在地，抬起一只手来接茶。

他刚活过来，整只手还是苍白的，带着死人冰冷的温度，没留神碰了小吏一下，小吏是个胆小的，再拿不稳茶盏，指尖一颤，茶盏顺势脱手，在程昶额梢一砸，茶水浇了他一脸，杯盏碎裂在地。

一院子的人又傻了。

茶水顺着程昶的脸，一柱一柱地往下淌，所过之处带起一丝微红，大约还有点儿烫。

程昶也有点蒙。

小吏吓得跌跪在地，不住地磕头："三公子饶命，三公子饶命——"

上回琮亲王府摆宴，府里的厨子在糕饼里多搁了两勺糖，程昶吃过后，二话不说，命人将那厨子拖出去乱棍打了一通。

这回……

众人看着三公子额上的乌青，满脸的茶水，这可比两勺糖严重多了。

众人又看了眼那个凶多吉少的小吏，觉得可怜，一时间都陪着他一起跪了。

张怀鲁上前来，关切地问："三公子，您没伤着吧？大夫立马就到，立马就到。"

程昶抬手抹了一把脸："让我缓缓。"

"是，是。"张怀鲁答，看了那小吏一眼，"你怎么办事的？一盏茶都倒不好吗？要不是看在你尽心尽力伺候的份儿上，本官这会子就要命人将你乱棍撵出衙门！"又对程昶说，"三公子，这小吏年轻，做事马虎，但方才他是心忧您的安危，关怀太甚才失了手，本官今日就革了他，还望三公子放他一马。"

程昶答："不至于。"

这时，早上请的大夫到了。

衙差另开了一间屋，两名小厮将程昶扶起来，搀扶到椅子上，令大夫给他把脉。

脉象沉稳有力，不像是刚死了一回。

大夫看了程昶一眼，问："三公子，能否换一只手？"

程昶换了一只手。

另一只手的脉象依然平稳有力。

大夫站起身，朝程昶作揖："恭喜三公子，贺喜三公子！公子死而复生，必有后福，必有后福！"

他嘴上说恭喜，眉头耷拉着反倒有点先天下之忧而忧。

程昶更加茫然，不知该答一句什么合适，同喜同喜？

一旁的云潘问："齐大夫，您可否再瞧仔细些？三公子在水里溺了小半个时辰，

莫要落下什么病根才是。"

程昶听了这话,倒是多看了云浠一眼。

不知是不是他的错觉,这一屋子人,像是只有她真正希望他能活着。

齐大夫又把了一回脉,问:"三公子可还觉得哪里不适?"

程昶仔细感受了一下,唔,吐得有点头晕,瞧人有点重影:"好像饿了?"

屋中的人呆了片刻。

三公子平日所用都是玉盘珍馐,衙门吃食粗陋,哪里入得了他的尊口?

张怀鲁道:"不如老夫差人陪三公子去醉香楼用些点心?"

其实程昶说这话的时候,目光已飘到小几上的酥饼上头了,不知怎的,眼前这位当官的竟没准他吃。

成吧,他虽不知醉香楼是个什么地方,但初来乍到,人生地不熟,是该出去转转。

下头的人捧来一身干净衣衫,张怀鲁道:"三公子,您身上的衣裳是浸过水的,眼下虽干了,到底沾了湿气,还是将衣裳换了再出去不迟。"又慌忙补充,"京兆府简陋,但这身衣裳已是衙门内能找到的最好的了,三公子若穿不惯,回府后扔了即可,扔了即可。"

言罢,他也不等程昶回答,领着一行人退出屋去,只留了两名小厮为三公子更衣。

程昶平日都穿锦衣华袍,浑身上下五彩斑斓,招摇得很。今日换了一身素衫,整个人清爽得如竹下仙人,一出门,当空一缕春晖正好洒下来,不知是不是日光太盛,一下子掠去了他眉眼间的骄纵与跋扈,照出三分过往没有的雅致,竟比从前更加风姿夺目。

院中一群人眼都看直了。

亲娘咧,这张脸究竟怎么长的?

死了一回居然更俊了!

第二章 楼起楼塌

张怀鲁刚派了几人陪程昶去醉香楼,一名小吏匆匆来报:"张大人,工部的裴尚书与枢密院的罗大人过来了。"

裴尚书是裴阑的父亲。

眼下塞北大捷,裴阑即将归朝,圣上喜极,准允金陵百姓夹道相迎。礼部将迎候的章程拟下来,具体怎么施行,还要落到京兆府这些衙门上头。昨日张怀鲁给裴府递了帖,想征询尚书大人的意见,没承想今日裴尚书竟屈尊亲自过来了。

张怀鲁道:"快……快随本官去恭迎裴大人与罗大人。"

提袍方走了两步,又顿住步子,张怀鲁似想起什么,看了云浠一眼。

云浠是裴阑未过门的正妻,如今裴阑回京,男大当婚女大当嫁,二人的亲事势必要提上议程。

按说今日裴尚书过来,是该带着云浠去见一见未来的公公喜上添喜的,可是,如今的忠勇侯府败落得不成样子,听说连家财都所剩无几,云浠这位侯府小姐也从昔日的蚌中珠变成肉中刺,裴尚书想不想见到她还两说,极有可能见到了更难堪。

倒要想个法子将她支开才是。

"云捕快,本官有事走不开,今日便由你陪三公子去醉香楼罢。"

云浠抱手应了声"是",没多说什么。

张怀鲁看她一脸坦然,反倒有些心虚,又道:"你不是想继续留在衙门当捕快吗?而今三公子无事,你就不必自责了,好好将差事做下去,等王爷回京,你去王府禀明三公子落水的事情,这事便算结了。"

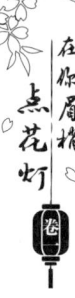

说着,他与程昶交代了一声,匆匆走了。

程昶已有点缓过来了,他虽闹不明白三公子是个什么身份,但也猜到与所谓的琼亲王府有关,这里的人都十分敬他。

依张怀鲁方才的话来看,眼前这个好看的姑娘是在衙门当差的。

女子能做官的朝代,是个什么朝代?

云浠正思量着该怎么与王府做交代,不经意间望向程昶,见他也正若有所思地看着她,目光十分安静,像染上一片春晖。

王府的小厮在后面催:"愣着做什么?叫咱们小王爷等,嫌命长了?!"

云浠这才惊觉失礼,迈出小院门牵了马:"三公子,马车已备好了,请。"

程昶"嗯"了一声。

出了小院门,刚要登车,一名小厮先一步跪趴在程昶身前,要给他做脚凳。

程昶无言了片刻,收了腿,绕去另一边,自己爬上了马车。

醉香楼在秦淮河畔,自京兆府出,一路乘车到金陵城最热闹的桐子巷。大绥世风十分开放,早年取缔了宵禁,多的是漏夜摆摊的,加之今年一开春,塞北大捷,皇上即将南巡归来,两大喜讯叫整个金陵比以往更热闹三分,吆喝声昼夜不歇,上至铜器瓷瓶,下至竹篓蛐蛐儿,卖什么的都有。

程昶从前看过几本古玩鉴赏的书,正好路边有个卖青花瓷的小摊,他挪到摊前,拿起一个撇口长颈的打算分辨分辨朝代。

摊前小贩正打瞌睡,不期然跟前立了位公子,拾起一个瓷瓶瞧完瓶口瞧底座,翻来覆去看了几遍不说,还屈指叩了叩,凑到耳旁听声音。

"我说这位爷,"小贩脾气不大好地道,"您看了这么久,到底买不买?不买别乱碰!"说着站起身,一把夺回程昶手里的瓷瓶。

程昶刚要开口解释,同行的小厮几步上来,一把推开小贩:"你是没长眼,耍威风耍到咱们小王爷跟前来了?!"

小贩一听"小王爷"三个字,再仔细一瞧程昶的模样,愣住了:"三……三公子?"扑通一声往地上跪了,"小的有眼不识泰山,竟冲撞了三公子,三公子恕罪,三公子恕罪——"

说着,拿起方才的青花瓷瓶,往程昶手里一塞。

程昶看着手里猛然被夺回又猛然被塞回的瓷瓶,十分茫然。

但他不说话,小贩就更急,琼亲王府的三公子胡作非为惯了,上回他来桐子巷,看上一尊玉器,要拿三个铜板换,掌柜的不换,回头他就让人把玉器铺子砸了。

小贩想起这事儿,觉得还是及时止损妥当,牙关一咬,自摊前取了几个贵重物件,一股脑儿全塞到了程昶手里。

第二章 楼起楼塌

程昶更茫然了。

什么情况，批量式销售？一起买还能打个折？

程昶看了看手里的瓶瓶罐罐，又看了看小贩，终于有了反应。

他问："多少钱？"

小贩有点蒙，多少钱？哦，多少银子。

这是什么折腾人的新招？

小贩忙磕头："不要钱，不要钱！"

程昶把怀里的瓶瓶罐罐还回去，神情有点严肃："不要钱那我不能要。"

云浠在前头引路，她心中有事，一时没顾上程昶，本已走出一截儿，听到骚动，回过头来只见程昶一脸茫然地立在青瓷摊前，跟前还有个小贩，一边喊着"三公子饶命"，一边磕头。

云浠疾步赶过去，唤了声："三公子。"

她没有问发生何事，反正程昶惹的事从来没有道理可言。

"醉香楼就在前头了，三公子若喜欢这些瓷瓶，不如吃过点心再来看。"

程昶看着小贩，犹豫了一会儿，答了句："成吧。"由两名小厮引着走了。

云浠盯着程昶的背影，有点意外，或许因为溺过水，他今日的反应好像有点慢，若是寻常，哪这么容易将他支开？

小贩瞥见云浠腰间的捕快令牌与佩剑，哭得一把鼻涕一把泪："捕快大人，求求您，救救小的吧。小的一家老小十几口人还指着小的一个人养呢，待会儿三公子用了膳，精神了，要找乐子，带人来把小的摊子砸了，小的一大家子的日子就过不下去了。"

云浠想了想，问："你摊上的这些瓶罐，可有别致便宜些的？"

小贩道："有，有！"他从地上爬起来，在摊子里翻出一个精巧的折枝果小盆炉，递给云浠，"捕快大人，这个三公子会喜欢吗？"

云浠也不清楚："我试试吧。"取出钱袋，又问，"多少银子？"

小贩道："捕快大人是为了帮小的，小的怎么能收大人的银子？"

云浠看他一眼，初春乍暖还寒，他脚上只穿一双草鞋，衣裳很旧了，上头还有几个补丁，眼底乌青，明明没歇息好，这么早就出来摆摊，看来的确是有一大家子的人要养。推己及人，她自己的肩上何尝不是担了一个忠勇侯府？

云浠从钱袋子里掏出一小锭银子给小贩："出来谋生都不容易，我不占你便宜，这样的小盆炉我从前买过，按那时的价钱给你，若再贵些，我便付不起了。"

说着，她拿过小盆炉，用布囊包好，追程昶去了。

程昶已在醉香楼二楼的雅阁坐好了，掌柜的一边拿帕子揩汗，一边令小二为程

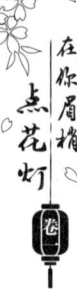
昶上点心,点心上齐了,他小心翼翼地道:"三公子,鄙楼吃食粗陋,咸甜恐怕拿捏得不太适,公子吃了不合胃口,千万莫怪,千万莫怪!"

千万莫因多一勺盐、少一勺糖就派人把他们楼馆夷平了。

程昶应了,齐了齐筷子头夹了一个包子,是有点咸,但味道还可以,三下五除二吃下一屉。

他吐了一早上,腹内空空,一小屉包子自然吃不饱,刚想再吃一屉,一抬头,小厮与掌柜的都屏息凝神地望着他。

程昶有点纳闷:"要不……坐下一块儿吃?"

众人一齐摇头。

大家都不吃,他一个人吃,多不好意思,程昶只好搁下筷子,也不吃了。

掌柜的以为是包子不合程三公子的胃口,一时间汗如雨下,刚要赔罪,云浠到了,见程昶似已用完膳,从布囊里取出小盆炉,说道:"三公子,方才瓷器摊子的小贩得罪了您,十分愧疚,托卑职将这个拿来孝敬公子,还望您莫与他计较。"

小盆炉统共手掌大,拿出来跟打发叫花子似的,岂能入得了堂堂小王爷的法眼?

王府的两名小厮正欲发作,不料程昶竟一手接过,仔细端详了起来。

这样的小盆炉,明清比较多,可这里分明不是明清。

程昶将小盆炉放下,陷入深思。

他在二十一世纪的名字也叫程昶,与眼下这具身躯同名,患有先天性心脏病,猝死后来了这里,简直一头雾水,本想假称失忆,想想还是作罢,不为什么,他第一回在水里醒来的时候,那个将他救起来的衙差从他袖口取出两块沉甸甸的金砖——他知道这个"程昶"是被人害死的。

这里的人叫他"三公子",可贴身的几名小厮却叫他"小王爷",可见身份极其尊贵,大约就是那个琮亲王的儿子。这等地位的人,居然能被害死,他还是不露破绽,先观望观望为好。

夏商周春秋战国,秦汉晋南北朝,隋唐宋元明清。

这是中国历史上的几个大朝代,其中不乏小朝,或撑个几十百把年,战乱不休,倏尔便灭了,断没有繁华如斯的。

而且唐及唐以前的城,大都是坊间,民众在城内通行没有眼下这么方便,出坊需要递牌子,一直到宋才撤了坊,取缔了宵禁,城镇布局由坊间志改成街巷志。但到了明,尤其是明初,上级对民众压制极重,夜间出户就要被治罪,而眼下民风这么开放,女子还能做官的,勉强来说,只有两宋与明末了。

两宋与明末,都城都不是金陵。

因此这个朝代,大约不在他的认知范围内。

程昶望洋兴叹，他的知识水平不赖，名校毕业，学历高，平日看书看得也杂，什么都能吃得下，专业是金融，硕士毕业后做了几年风控，职业习惯，利用有限的资源去评估一下如今自己的风险。

眼下别说数据建模了，连条有用的线索都找不着。

好在语言一致，没什么沟通障碍。

掌柜的见程昶一直不说话，背上已被汗液浸湿了，哆嗦着往地上一跪，告饶道："三公子，鄙楼的厨子手艺不精，玷污了公子的尊口，小人这就让他卷铺盖滚蛋，一定换一位叫三公子称心如意的！"

程昶又茫然，怎么扯上楼里的厨子了？

王府小厮大剌剌地将掌柜的一搡："小王爷赏脸来你这儿用点心，你倒好，拿这些粗鄙东西来打发咱们小王爷！"说着就要挽袖子掀桌。

云浠连忙抬剑拦了，对程昶拱手道："三公子，时候已有些晚了，咱们还得回衙门登个案，这里的事，还是改日再来料理罢。"

程昶点头，与云浠一起步出楼外。

整个桐子巷都知道三公子来了，外间巷口清静了不少，便是有人往来，眼神亦躲躲闪闪。

程昶观察了一会儿，想到刚才因为一点芝麻绿豆的事就对自己告饶的小贩与掌柜，又想到更早的时候，因为一碗茶便长跪不起的衙门小吏，他终于心有所悟。

他看向云浠，问："我这个人，是不是有什么问题？"

云浠一愣，这该怎么答？

她看他一眼，开了几次口，每每话到了嘴边又咽下，竟没能说出一个字来。

"别说了，我懂了。"程昶顿悟，心情十分沉重。

回到衙门，云浠老远瞧见张怀鲁迎着裴尚书与罗大人从府门出来。

云浠心知裴铭未必愿见她这个未过门的儿媳妇，独自在巷子口立了一会儿。

她停下，程昶的马车也停了。

两个驱车的王府小厮以为来了什么胆肥的敢挡他们小王爷的道，挽起袖子四处找碴儿去了，云浠拦都拦不住。

程昶坐在马车里一声不吭，兴许是还没缓过来。

云浠举目望去，罗大人身边立着一名女子，一身粉白软烟罗裙，身姿娉婷，像春日里一株娇嫩的梨树，正是她的远房表妹罗姝。

裴铭几人说着话，一时不知提起了什么，都开怀地笑起来。

罗姝的颊上浮起一抹绯红，不经意朝巷子口一望，似瞧见了云浠，喊了她一声。

另几人循声看来，脸上的笑意便渐渐收住了。

不一会儿，张怀鲁送走裴铭与罗复尤后，走过来对程昶拱手道："三公子久等了。适才裴大人与罗大人来访，将时辰给耽搁了，本官改日亲自去王府给三公子补个案录。今日让三公子受惊了，还请先回府上好生养着。"说完便抱拳离去。

罗姝却没走，提裙朝云浠快步走来，握了她的手，亲昵地喊了声："阿汀。"

阿汀是云浠的闺名。

云浠问："你怎么到京兆府来了？"

"阿爹病了，晨时忘了吃药，我为他送药汤来。"罗姝浅浅一笑，"阿汀，你可知道裴二哥哥再过几日就要回金陵了？"

云浠"嗯"了声。

罗姝柔声道："自从来了金陵，我们三人已好些年没聚在一起了，等裴二哥哥回来，你去与他说一说，寻个日子我们三人再像从前那般聚一回可好？"

云浠听了这话，却是沉默。

她儿时住在塞北，与裴阑、罗姝算是青梅竹马。彼时云浠的父亲乃镇守嘉凉关的忠勇侯，裴阑的父亲是当地的知州，而罗姝的父亲则是忠勇侯麾下的一名统领。

父辈们走得近，或是世交，或沾了亲，几个孩子就一起长大了。

云浠与裴阑是指腹为婚，她知道自己日后会嫁给他为妻，从小就学着要喜欢他，虽非男女之情，亦堪称兄妹之谊。

少年时的裴阑是真的待云浠好，军营里百十来个半大的小子，有谁欺负小云浠了，他必要为她讨回公道。冬日大雪纷飞，小云浠想吃冰糖果子，他连夜骑马奔出兵营，为她去邻近的镇子上买回来。他细心、上进，一表人才还心灵手巧，寒冬里的小手炉，夏日纳凉的竹扇子，他每年都会为她做一个新的，乃至于后来罗姝见了，羡慕不已，还去问裴阑："裴二哥哥，你能不能也给姝儿做一个？"

云浠天生重情重义，旁人对她好一分，她便要回报三分，对她好五分，她便恨不能回报十分。

后来裴阑的父亲高升入工部，举家要迁往金陵，小云浠独自一人骑着马，追着送了三十里。

裴铭入工部不过三年，便做到了尚书之职，又想起罗姝的父亲罗复尤文采不匪，举荐他来京入了枢密院当值。

这已是忠勇侯府败落前的事了。

其实忠勇侯府败落也只在两年之间。塔格草原蛮敌入侵，云浠之父云舒广率兵御敌而死，消息传回京里，也不知是谁参了他一本贪功冒进，朝堂里众说纷纭，龙椅上的九五之尊难免就有点偏听偏信。

本来侯爵之位应该父死子袭，但昭元帝非但没有准允身经百战的云洛袭爵，还

让他作为副将,跟着招远将军出征。

结果就是招远叛变,塔格草原一役大败,裴阐带兵来救。

忠勇侯府食邑千户,早几十年光景不好,旱涝交替,云浠祖父那一辈便把田邑食禄交还给了朝廷,毕竟侯府人口不多,一家子靠着朝廷俸禄也食饱衣足。

而眼下父兄戴罪,那份本该给侯爵的俸禄接到手里,都是滚烫灼人的。

云浠独自一人驱着板车,将装着云洛的棺材从塞北带回京城的那一日,整个金陵落起淅淅沥沥的雨。

将军战死而归,到末了,除了云浠的嫂子——云洛的遗孀方氏,没有一个人来迎。

走到一半,长街上忽闻打马之声,云浠避无可避,迎面与一辆疾驰的马车撞上。

板车朝路旁翻倒,她虽没怎么受伤,云洛的棺材却在这一撞下翻了盖子,露出了里面的尸首。

尸首焦黑,浑身上下除了一截手臂,无一处完好。招远叛变后,蛮敌在塔格草原放了火,大多绥兵的尸身都被焚毁,裴阐也是凭着这截手臂上的胎记才认出了云洛。

对面马车上下来一个人,一见此景,先掩袖遮了鼻,嫌恶道:"什么味儿!"

云浠一看,竟是程昶。

他大约喝了一夜的酒,整个人都醉醺醺的,定睛瞧了片刻云洛的尸身,又哈哈大笑:"这是个什么怪物,丑煞本小王了!"

他一笑,跟着他的小厮也一并嘲弄大笑。

周围不是没有百姓,甚至还有朝官,可谁敢得罪琮亲王府的三公子呢?

况且京里早有流言,说招远叛变,谁知道跟着招远的云洛有没有叛变。之前仗没打赢,就是因为忠勇侯贪功冒进,说不定父子俩都不是好东西!

而这些流言传到了朝堂上,连裴铭、罗复尤这些忠勇侯的旧友都没帮着分辩一句,大约是怕祸及己身。

云浠看着云洛仰倒在雨水里的尸身,听着程昶的嘲笑,心中愤懑不已,握紧腰间的匕首,就要上前与他算账,后来还是方氏一把将她拦下。

方氏双目噙着泪,缓缓摇了摇头。

云浠明白她的意思,她们得罪不起琮亲王府,更重要的是,倘若得罪了,只怕连哥哥的尸身也保不住了。

云浠一点一点地将云洛的尸身移回棺材里的时候就明白了,人事不经消磨,那些交情,所谓荣光,都会在日复一日的沉浮中被消磨殆尽,化为旧日风烟里的一粒尘埃,一吹便散了。

而最后能依靠的,只有自己这一双手。

那年云洛也叛变的说法在朝堂里传得沸沸扬扬，昭元帝本已决定要定罪，后来还是琮亲王提议说："招远叛变，朝廷已给了将士们交代，云洛本来就是没袭爵就出征，若要定罪，势必还要追查忠勇侯。塔格草原的仗还没打完，这案子牵扯广了，反倒动摇军心，还是压下去，等裴将军得胜回京后再说吧。"

也不知是不是因为程昶撞翻了云洛的棺材，琮亲王卖了忠勇侯府一个情面，便是他这一句话，云洛才得以平安下葬。

……

"阿汀？"罗姝见云浠一直不答话，唤了她一声。

云浠回过神来，早已将她适才的问题忘到九霄云外："你说什么？"

"瞧你，"罗姝掩唇一笑，"总不是得知裴二哥哥要回京，欢喜得傻了吧？"她目不转睛地看着她，"阿汀，我听父亲说，等裴二哥哥回京，你们的亲事就近了，是也不是？"

云浠还没答话，忽见方才四处找碴的两名小厮回来了，手里倒拎着两只麻雀，对着马车邀功道："小王爷，这官府的巷子里没什么人，就几只吵人的雀儿，小的唯恐它们惊扰了您歇息，捉了两只头目，您看是不是要就地正法？"

程昶一脸生无可恋地掀了掀车帘子，说："饶它们一命吧。"

"是！"小厮立刻答道，将手中绳索一松，两只麻雀立刻飞走了。

小厮们又道："小王爷虚怀若谷，大人有大量！"

程昶这一路上都在思考人生，其实眼下这个小王爷与二十一世纪的他有七八分像，大约因为从小油水好，没病没灾，所以长得格外俊俏。可是这个他，已不能用一般的纨绔子弟来形容了，以现代文明的眼光来看，基本不能算是个人。整个金陵城处处是他为非作歹的身影，敲诈勒索、聚众斗殴通通都是小意思，就不知道他从前还干过什么杀人放火、强抢民女的勾当没有。

程昶觉得自己的身和心都遭受了重创。

他眼下心里的感受就一个字：悔。

后悔自己心脏骤停后，怎么没死透，来了这里？

后悔自己来到这里后，求生欲为什么这么强，怎么没再度淹死在水里？

他上辈子因为先天的心脏病，十分珍惜所拥有的时光，短短一生二十余年，自问比常人活得努力认真，一朝来了这里，还没一天就感觉活够了！

程昶步履沉重地下了马车，叮嘱身旁小厮不要再寻衅滋事，可转头一看，小厮们仿佛没听懂，用一种既费解又谦卑的眼神望着他。

程昶继而反应过来，原来的程昶是被人害死的，他眼下活过来，行为已与过去有异，不该再露破绽，若让人看出端倪，发现有机可乘就不好了。

惜命的本能告诉他：要忍。

程昶心道罢了，正准备跟着小厮们回王府，身后的云潓忽然唤了声："三公子。"

她走近两步道："三公子，能否借一步说话？"

程昶一点头，旁边的衙差与王府的小厮们自觉退得远远的了。

云潓道："今早三公子醉极了可能不曾察觉，您被人从秦淮河里救上来的时候，袖囊里被人塞了两块金砖，应该是……被人谋害的。"

她抱剑拱手一拜："此事卑职一定会竭力追查，还望三公子多加小心。"

程昶愣了愣，不明白云潓为什么要与他刻意多说一句这个。

在心中思量一番，转而了悟——他是琮亲王的小儿子，身份贵不可言，今日落了水，幸好"命还在"，看衙门里那个张大人的态度，巴不得能大事化小小事化了，一定会把金砖的事按下不表，权当意外处置，否则叫王府的人知道他堂堂小王爷其实是被人害了，朝廷追究其责任，岂不摊上了大麻烦。

程昶没应声，倒是多看了云潓一眼。

他生得剑眉星目，一瞬静下来，连覆在睫上的春晖都似叶上霜。

这姑娘……人还不错。

他张了张口："你……"

还没"你"出个所以然来，身后的小厮又一声唤："小王爷！"

小厮伸手比着天阳："小王爷，未时三刻吉，良辰到了，正好去秽，咱们这就回府吧？"

程昶沉默了一下，微颔首，跟着小厮们走了。

看着程昶的身影消失在巷子口，罗姝好奇地问一旁的云潓："阿汀，你方才与三公子说什么呢？"

云潓自知不能把金砖的事告诉旁人，只道："他今早落水，我提醒他要当心。"

罗姝的心思却不在这里，续着方才的话头道："阿汀，你还未与我说呢。"

"说什么？"

"你与裴二哥哥的亲事呀。"罗姝十分亲昵地问，"你们是怎么打算的？"

云潓如实道："我不知道，再说吧。"

罗姝目不转睛地看着她，须臾，伸手探进袖囊里，取出一个十分精致小巧的盒子，塞到云潓手里："这是宝斋阁新出的胭脂，我好不容易才买到的。原想着阿汀你与裴二哥哥的亲事若是定了，拿给你做贺礼。眼下没定，却叫我替你心急。"

她浅浅一笑："阿汀，你与裴二哥哥的亲事若有了进展，千万不要瞒着我，我们三个毕竟是从小一起长大的，你提前告诉我，我好再给你准备一份更好的。"

"好。"云潓一点头，她看了看手里的胭脂盒，递回给罗姝，"我眼下在衙门

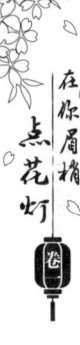

当差,用不上这个,你有心,好意我心领了。"

罗姝愕然,颇无奈地笑了笑,收回了胭脂盒:"对了阿汀,裴二哥哥回京当日,你去迎他吗?我们一起去吧。"

她一顿,又凑得更近了些,轻声道:"听说姚府的姚素素也会去呢。"

姚素素的父亲是枢密院枢密使,官拜正一品。

云浠听了这话,无动于衷:"看我那日当不当值吧。"

说着,她对衙门内喊了一声:"田泗!"

"哎。"衙门内顷刻有人应了一声。

不一会儿,出来一个白肤秀目、模样年轻的衙差:"云……云捕快。"

田泗两年前入得京兆府,一直在云浠手下当差,除了说话有些结巴,没什么大毛病。

云浠对罗姝道:"我今日还要巡街,就不多陪你了。"

言罢,带着田泗走了。

至三月,离京去迎圣驾的琮亲王听说小儿子出了事,快马加鞭赶回金陵,一回来就将程昶禁了足,痛打一顿后,又禁食三日,连云浠与张怀鲁拿着卷宗去登案也没见上一面。

张怀鲁原就想把程昶落水的事当意外处理,看琮亲王将一桶邪火全撒在三公子身上,乐得事不关己,干脆撂挑子不管了。

云浠满腹狐疑,倘若琮亲王知道程昶落水其实是被人谋害的,金陵城断不可能这么风平浪静。当日她分明告诉了程昶真相,王府的人却没来找,这么看来,程昶竟是将这真相压在了心里,一个字也没对旁人提?

三公子跋扈已久,不像是一个沉得住气的人。

云浠想不通,只好让田泗从旁打听。

田泗正经事没打听到,倒是打听来一桩趣闻——

琮亲王一贯教子无方,将三公子禁足了半月,回头又宠上了,拿了千两银票任他挥霍。

王府里常跟着程昶混的小厮们有些日子没惹事,闲得发慌,不知怎么聊起醉香楼,说那里的包子玷污了他们家小王爷的尊口,登时抄家伙说要去拆楼,程昶听了这事,居然拦着不让拆,又说包子味道还可以,专门着人打包,一个一个吃给府里的人看,足足吃了三屉。

"打包?"云浠一愣。

"就……就是买了,然后装进……进食盒里,包好,带回府吃。"田泗解释。

程昶从醉香楼打包包子的消息不胫而走,金陵上下谁不晓得三公子的嘴比他当皇帝的亲叔还挑，他说好吃的东西，一定是珍馐佳肴。

醉香楼一夜之间成了金陵最火的酒楼，楼外日日里排长龙，任谁都想品一品这天上有地上无的包子。

有回田泗不当值，排了两个时辰的队，也买了一屉来尝，吃过后，没觉出什么美味之处，对云浠说："味道还可以，就是……就是有……有点咸。"

三月末落了几场雨，暮春一到，反而遍地生凉。

开到极致的桃李在夜雨中凋零败落，在秦淮水边铺就一岸粉白，被隔日明媚的春风一卷，酿成一天花雨。

而裴阑便在这样的时节回了京。

他回京那天，衙门里特地允了云浠休沐，但云浠没有去迎，翌日巡街，听见整个金陵都在议论裴阑。

年轻的将军策马归来，身着白袍银铠，清朗的眉眼里敛藏着兵戈铮然，率领军队走在棠梨匝道、落英缤纷的秦淮，淡淡一笑，一腔温柔便破开铁骨渗出来。

他是破敌制胜的将帅，是盖世英雄，他是浊世翩翩佳公子，是与云浠指腹为婚的郎君。

可指腹为婚实则是空口无凭，哪怕以一纸立诺，人心难测，岂能受白纸黑字束缚？

云浠年少时跟着忠勇侯在军中待过，军中生死离散最是寻常，她因此将缘分二字看得很透。

江南人即便身在沙场，也怀揣着旖旎心思，每每有人离去，父亲总是唱两句小调排遣。

怎么唱来着？

　　眼看他起朱楼，眼看他宴宾客，眼看他楼塌了，这青苔碧瓦堆，旧境难丢掉，诌一套哀江南，放悲声，唱到老。

裴阑回京，人人都说他二人的姻缘近了。

云浠却想，她和裴阑的缘，大抵也是楼起楼塌。

第三章 故人不故

忠勇侯府位于金陵城东的君子巷。

府外两尊雄狮,还有一株百八十高寿的凤尾铁。

四月初,十余年没动静的凤尾铁居然开了花,侯府的人以为此乃吉兆,日日轮班在府外守着。

云浠巡街时路过自家门前,拿剑柄敲了敲倚着凤尾铁打瞌睡的赵五,问:"阿嫂回来了吗?"

赵五陡然惊醒,先喊了一声"大小姐",然后忆起今日是方氏进宫的日子,答道:"少夫人午前便回了。"

云浠点了一下头,对一同巡街的田泗说:"你去街口等我。"将剑一收,三步并作两步迈入府中。

前几年云洛还在时,侯府有阵子难以为继,把邻近的两处别院卖了,散了大半仆从,只余了三进院子和十几口人,都是从前跟着忠勇侯从塞北过来的,情谊不一般,管家的叫白叔。

云浠穿过前堂,绕去正屋,隔着轩窗看了眼屋内窈窕的身影,唤了声:"阿嫂!"

方芙兰正对着妆奁摘耳坠,看到云浠推门而入,柔柔一笑:"怎么这时候回来了?"

"今日发俸了。"云浠把荷包取出来,将银钱一股脑儿倒在桌上,"前两日白叔的腿疾不是犯了吗?我今晚要值宿,早点把俸银送回来,想着请个好大夫为白叔瞧一瞧。"

第三章　故人不故

她又点了点桌上的银钱："我已算过了，除去为白叔请大夫的，再除去这个月的家用与阿嫂您的药钱，余下还剩二两，阿嫂您仔细留着，等下个月再发俸，拿去置些好的胭脂水粉，省得下个月臣妇进宫，那些贵夫人笑话您。"

方芙兰曾是金陵第一美人，长得倾国倾城，早些年她父亲获罪，她本该流放，但云洛对她情深，拿军功请圣上赦了她的牵连之罪，将她娶入侯府。

可惜红颜薄命，方芙兰跟着云洛没过上几天好日子，侯府败落，云洛战死，一副好颜色没了悦己者，年纪轻轻就守了寡，还伤心成疾，落下病根。

方芙兰点了点桌上的俸银，发现除了忠勇侯的那一份，还多出来三两。

她问："你把自己的给了我，你怎么办？"

云浠从腰囊里摘出一串铜钱抛了抛，笑道："上个月阿嫂给我的还有多的，衙门里每日也供饭菜，左右饿不着，每日十文钱，够了。"

方芙兰牵过云浠的手，柔声道："你跟我来。"

她自妆奁里取出一只成色极好的翠玉镯子递给云浠："上个月我绣了幅百花织锦图，今日进宫献给皇贵妃娘娘，她很喜欢，赏了我这只镯子，你拿去当了，怎么都值二三十两银子，你去置办些衣裳首饰。"

云浠一愣："我哪里用得着？"

方芙兰看她一眼。

云浠身姿纤纤，却不显瘦弱，身着衙门明快的朱色劲衣，反而明艳照人。一头茂密的乌发在脑后束成马尾，鬓发不服管，编成小辫一并扎进马尾里，露出光洁的额头。她与云洛生得像，鼻梁很挺，眉峰利落，双眼明媚，眸子干干净净的，仿佛随意一盏灯火映在里头都能照彻天地。

"我成日在府里，你凡事也不与我多提，若非今日进宫，听妹妹妹提起，我都不知裴府的二少爷已回京了。你与他的亲事是自幼定下的，他回来了，自当提上议程。"

云浠听了这话，却道："田泗还在街口等着，我不能在家里耽搁太久。"

语罢，她也不拿那玉镯子，转身就走。

"阿汀。"方芙兰唤了一声。

她不知云浠心里是怎么想的，自打三年前，云浠一个人从塞北回来，便再没主动提起过裴阑这个人，偶尔问及，她也只是说两句就顾左右而言他。

方芙兰笑了笑："你这几日若得闲，去一趟枢密院，帮阿嫂问问你大哥袭爵的事可好？"

"行！"云浠回答得爽快。

方芙兰立在窗前，看着云浠走远，幽幽地叹一口气。

侍立在屋外的丫鬟步上前来:"少夫人,您让大小姐去枢密院,怎么没与她提裴府的二少爷今日去枢密院上任了?裴府与咱们候府是有交情的,您要为少爷请袭爵,让大小姐去找裴二少爷,岂不容易?"

方芙兰却道:"我哪里是为了爵位,其实我已看透了,这爵位,我不在乎。"

今日进宫,若非罗姝与她多提一句,她哪里会知道裴阑回京后歇了没两日,便去了枢密院的审查司任职。

审查司掌六品至三品的武职人事,云洛生前授封宣威将军,从四品上,为他请封爵,自然该先找到裴阑那里去。

"阿汀眼下已十九了,早到了该谈婚论嫁的年纪,她与裴二少爷的事总不能一直这么悬着。那裴阑回京数日,裴府却一直没动静,我们是女方家,总不好登门去说,再说就算我想去,阿汀也一定会拦着。

"她一直是个有自己主意的人,既如此,还不如让她亲自去与裴阑见一面,说不定这一见上,两人把儿时的情谊拾回来,一切就水到渠成了。"

方芙兰说到这里,目露担忧之色:"裴府日渐显达,老爷是工部尚书,大少爷去年出任了鸿胪寺少卿,而今这个裴阑,年纪轻轻就已封了大将军,再在枢密院任职两年,再添两桩军功,只怕授封上将军指日可待,金陵城多少女子想要嫁他?今日进宫,连姝妹妹都说,裴阑回金陵的当日,姚府的姚素素都去迎了。"

"姚素素?就是今日进宫时,与姝儿小姐在一处的那位贵小姐?"丫鬟愕然,"可姝儿小姐不是说,姚二小姐生得貌美,琮亲王府的小王爷十分喜欢,还说小王爷为了她,这一两日打算去枢密院找差事。奴婢还当她要嫁去王府做王妃呢,原来竟不是?"

方芙兰不置可否。

"奴婢知道了。"丫鬟道,"难怪少夫人宁肯让小姐把皇贵妃娘娘赏的镯子当了,也要催她去买衣裳首饰。咱们小姐生得这样好,若仔细打扮打扮,金陵城里,没几人能比得过。只怕裴二少爷见了这样的小姐,立刻就想迎她过门了。"

云浠当晚在京兆府里值宿,没抽出空闲,隔日一早起身,把衙门里的事情跟田泗一交代,跟张怀鲁告了假,即刻便去了枢密院。

巳时刚过,枢密院外停了一辆挂着"姚"字灯笼的马车,云浠老远看了一眼,没怎么在意。

她递上自己的牌子,跟院外的武卫交代了来意,那武卫不知怎的,古怪地看了她一眼,说道:"行吧,云捕快请跟小的来。"

那武卫将云浠迎到审查司的一处小院,上前叩了叩门,通禀一声:"裴大人,京兆府的云捕快求见。"

云浠听到"裴大人"这三个字，愣了一下。

她抬头望去，眼前的屋门紧闭着，过了好一阵，门才从里面拉开。

裴阑一身墨色袍服，眉眼温润，对一旁的武卫道："你下去吧。"

然后他对云浠一笑，温和地说："这几日公务繁忙，原还说等忙过了就去侯府拜访，不承想竟是你先过来了。"

春晖很淡，洒在眉梢肩头，暖融融的。

云浠听了裴阑的话，却有些困窘。

平日里与她接触的都是衙门里的衙差捕快，若非刻意打听，谁能知道堂堂一个大将军眼下在哪里高就？就是知道了，碍于她与裴阑的关系，谁会主动与她说？

她是当真没料到今日会见到裴阑，可听他的意思，倒像是自己刻意来寻他一般。

云浠抱手施了个礼，坦然道："请大将军安。卑职今日前来，并非为私事，是想问一问卑职的兄长，昔宣威将军云洛袭爵的事宜。"

裴阑听了这话，脸上的笑容淡了些："原来是这样。"

他侧身一让："你来了也好，我也正想与侯府提一提这事。"

值房不大，西面墙上挂着一把刀，案上放着一份摊开的卷轴，案头的茶水似刚泡好，幽香沁人。

"你兄长的事，可能有些麻烦。"裴阑道。

云浠已料到了，点了一下头，等他说下去。

"当年招远投敌是实打实的，云洛一直跟在招远身边，究竟有没有一起叛变，因为没找着证据，一直在两可之间。

"塔格草原那一役，本就没几个人活下来。我这三年费了些工夫，从蛮敌那里抢回来几个早前被掳去的兵，他们都说当时战事一起，云洛发现战况不对，立刻就带着自己的人马往东南方向逃了。"

"不会的。"云浠道，"哥哥一向不畏死，绝不是临阵脱逃的人。"

"是。我当时听他们这么说，也是不信。后来我命人继续追查，终于从一个蛮子俘虏口中问出了点眉目。"裴阑道。

"什么眉目？"

"那俘虏说，其实云洛一早便觉察出了蹊跷，写了一封急函回京，可惜那份急函被蛮敌截获，没能交到圣上手中。"

裴阑看着云浠："只要能找到这封急函，就能证明云洛没有叛变，也没有临阵脱逃，可是……"他犹豫了一下，"我曾追问过那名俘虏急函现在何处，但他为了保命，无论我怎么用刑都不肯详说，后来……他在狱中染上恶疾，病亡了。病亡之前，他跟我说，其实他就是当年截获云洛急函的蛮兵，那封急函被他私下收着，交

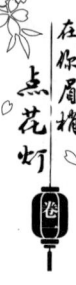

给了家人保管，让我带着百两银钱去换。"

"大将军可曾换来？"

裴阑摇了摇头："当时我已快班师回朝，便没日没夜地赶去那俘虏的家乡，一问才知他的家人早在两年前迁走，而他这两年在我营中，并不知此事。眼下我留了人在塞北打听他家人的去处，除了一个大致方向，暂时没有好消息传来。"

云浠听了这话，拱手一拜，诚恳地道："辛苦大将军了。"

"这是我的职责所在，有什么好辛苦的？"裴阑道。

他又担忧地说："就是你兄长袭爵的事，恐怕要等找到证据了再说，眼下关于塔格草原一役的各方口供，圣上还是更相信他是临阵脱逃的。"

云浠沉吟片刻："不知大将军所擒的那名俘虏姓甚名谁，家住何方，大致迁往了何处？"

裴阑问："你打听这些做什么？"

"云氏一门镇守塞北多年，父亲与哥哥有许多故友都住在那里，我去信一封，请他们帮忙找一找人，如实在找不到——"云浠抿了抿唇，"我亲自去一趟也可。"

裴阑定定地看着她，过了一会儿，忽地问："阿汀，你这些年过得好不好？"

竟没答她方才的话。

云浠一愣，不由得抬头看了他一眼。

淡薄的春光斜照入户，浮在半空的烟尘清晰可见，缭绕像雾，裴阑的眉眼被笼在这层薄雾中，既像小时候的那个少年，又仿佛已不是了。

他柔声道："三年前你来塞北为云洛收尸，我军务繁忙，原想等忙过那一阵亲自送送你，没承想隔一日你竟一个人走了。"又无奈地笑道，"三年了，你也未曾来信一封。"

若有心送一个人，追上十里百里，都会相送。

三年了，她未曾给他去信，他不也从未问过侯府一句安吗？

云浠不想与他提这些有的没的："敢问大将军，那名俘虏——"

话未说完，屋外一名武卫前来通禀："禀将军，枢密使大人过来了。"

门是敞着的，云浠回头望去，只见来人除了姚杭山，连姚素素和她的侍婢也一并来了。

她退去一边，朝姚杭山行了个礼："姚大人。"

姚杭山看到她，明显愣了一下，还未发话，裴阑便解释道："云捕快是为云将军袭爵之事来的。"

姚杭山皱了下眉头："这事已盖棺定论了，还有什么好打听的？"

云浠一怔。

盖棺定论？裴阑方才不是说，还在为哥哥找证据吗？

她心中狐疑，很想立刻问个究竟，但眼下枢密使大人在此，哪有她区区一个小捕快插嘴的份？她只好暂将疑虑压下去，在一旁候着。

姚素素目光落在案头散着袅袅轻烟的茶壶上，轻呼一声："这壶里泡着的可是二哥哥日前与素素提的塞北'十里飘香'？"

裴阑的祖母老太君是琮亲王的乳母，也是当今皇贵妃的娘家人，姚素素的母亲是皇贵妃的远房表妹，两人要论亲疏关系，勉强算是出了五服的表亲，叫声哥哥妹妹也无妨。

姚杭山笑道："素素爱茶，那日你来姚府拜访，与她提过塞北的'十里飘香'后，她便念念不忘。今日我印章忘了带，她给我送来，我想着早上从你值房过，闻着了香味儿，便带她过来尝一尝，省得她回府后日日馋着。"

裴阑听了这话，没应声，唇边浮起一抹微笑，自身后的柜阁里取出两只茶盏，亲自斟好茶，一杯递给姚杭山，一杯递给姚素素。

姚杭山吃完，对姚素素道："行了，为父还有正事与景逸说，你先去院子里等着。"

言语间也扫了云浠一眼。

云浠抱了抱手，退出屋去了。

待姚素素带着婢女也退到院中，裴阑将门掩了，问姚杭山："大人可是来与卑职提三公子的事的？"

姚杭山点了一下头，由裴阑引着在上首坐了，说道："他到底是琮亲王府的独苗，等日后封了世子，就是货真价实的小王爷。眼下琮亲王想为他找份差事，让他过来枢密院，你仔细为他参看参看，职位高了不行，低了也不行，更不要危险的，如果有办法，就把他往别的衙门推。总之，琮亲王府咱们得罪不起，你刚回京，一切还是小心行事，万事太平为妥。"

裴阑仔细琢磨着姚杭山的这段话。

前头大半截他是听懂了，职位给高了，怕三公子惹祸；职位给低了，怕琮亲王不满，什么叫万事太平为妥？

整个金陵任谁不知，向来只有小王爷闯祸，难不成还有祸找他的？

姚杭山看出裴阑的困惑，悠悠道："二月中，三公子落水了，你知道吗？"

"回来后听说了。"

"他命大，逃过一劫。"姚杭山又道。

裴阑乍一听这话没觉出什么，仔细一回味，愕然道："大人的意思，三公子竟是被人害的？"

姚杭山点了一下头："听说他袖囊里塞了两块金砖。"

　　裴阑沉默，他也算显贵门第，程昶被害的事，连他父亲工部尚书都不得而知，可见是一个天大的秘密，整个金陵没几个人知道。

　　他不该追问。

　　姚杭山看他这副样子，放心道："行了，老夫也是看重你，把你当自家人，所以多叮咛一二，你心里记着就是。其实也不算大事，琮亲王府的小王爷，人是个极糊涂的，恐怕连他自己都不知道被人害过一遭。"

　　这句"自家人"是何意，裴阑听得分明，应道："是，晚辈记着了。"又问，"三公子何时来枢密院？"

　　"说是今日，眼下应该在路上了，就不知会不会临时变卦。"

　　程昶的确已在来枢密院的路上了。

　　他这一个多月过得神魂俱损。

　　先是被千里迢迢赶回来的琮亲王吊起来痛打了一顿，随后又被关进祠堂里，禁了三日水食，饿到奄奄一息了才被人扛出来，刚养了没几日，又听说家里的几十个小厮觉得醉香楼的包子玷污了他的尊口，抄起家伙要去拆楼。

　　他只好说那包子好吃。

　　这一说不打紧，要命的是自这以后，家里的小厮日日都去醉香楼给他打包三屉包子回来。

　　他前生有心脏病，口味十分清淡，醉香楼的包子本来就是咸口儿的，那楼里的厨子更不知道发什么疯，听说是小王爷要吃，可劲儿地给他添油加料，每日三屉吃下去，足足吃了半个月，吃没了他半条命，险些要丧失味觉。更不提府里的小厮们没楼可拆，直嚷着手脚发霉，成日里都想着翻墙出去惹事。

　　一时说东街新开了家瓷器铺子，咱们抢些回来给小王爷砸着玩可好；一时说西街卖豆腐的小姑娘长得赛西施，咱们把她绑回来给小王爷扔床上可行；自然还有提议去隔壁弄堂点炮仗的，趁着深夜去前巷书院扮鬼吓人的，把青楼里嫖官迷晕了塞去另一个嫖官床上的，话题纷繁，总之离不开烧淫掳掠，个个摩拳擦掌，跃跃欲试。

　　程昶被他们折腾得心力交瘁，连夜里做梦都是他家小厮抬着他满大街找花姑娘。

　　程昶终于醒悟，人是社会动物，有时候不得不屈从于大环境，譬如他来到这里，单是他自己想做个人还不行，他还得带着一王府的小厮们通通做个人。

　　这群小厮以现代的眼光看全是失足青年，思想的根本上出了问题，按照二十一世纪的做法，直接送去劳动改造完事。

　　可大绥朝没有劳改所，程昶只好自己给他们改造。

　　可惜他上辈子有心脏病，连军训都没去过，只上过几节体育课，也不知道体育课这一套行还是不行。

琮亲王府的马车在枢密院门口停下，程昶下了马车，对今日跟来的几个小厮道："我一个人进去，你们在这里等着。"

其中一人道："小王爷，咱们陪您一起进去不成吗？"

"是啊，枢密院咱们还没来过呢。"另一人应承，"咱们护您进去，有人敢找碴儿，咱们就揍他！"

程昶无言，片刻道："张大虎，出列。"

小厮中，一个长得虎背熊腰的立刻排众而出，这是程昶选出来的"体育委员"，优点是一根筋，只听他的话，缺点是……太一根筋。

张大虎道："到！"

程昶指了指身后的枢密院："带他们绕这里跑两圈。"

"是！"张大虎立即转身对着一众小厮高声道，"立正！"

小厮们看着小王爷还在，不敢违令，立刻排成横队站好。

张大虎又发指令："稍息。"

小厮们迈出右脚。

"向右看齐！"

小厮们朝右看去，调整队形。

"报数！"

"一、二、三、四……"

程昶看着张大虎带着一众小厮十二人小跑离去，松了一口气，转身迈入枢密院。

程昶没有深学过中国史，但他文化底子不错，大致的历史进程与政况还是了解的。

譬如眼前这个枢密院，放到现代来看，等同于军委。

套个宋代的模板，枢密院掌军事，领头的是枢密使，管的是武将；中书省与门下省掌政务，领头的是丞相，管的是文臣。

一文一武职责分明，总理天下，倘若乱了套，就容易出大事。举个例子，南宋时期的大奸臣秦桧，他就是拜相后又兼任了枢密使，一人独掌军政大权，什么事都是他一人说了算，皇帝又不怎么作为，这就很容易出乱子。

程昶知道他爹琮亲王为什么让他来枢密院找差事。

他的"前身"是个混世魔王，不惹事就不安生，根本坐不住，干不了文职。在枢密院混个武官，找机会跟着哪位将军外出一趟，只要不出大岔子，走点关系捞一桩军功，琮亲王就能为他请封世子了。

但程昶不这么想，他觉得自己闲着也是闲着，既然要当差，不如干点实事。

他上辈子的身体基本告别武艺，这辈子虽然想磨炼体魄，但上阵打仗一类的还

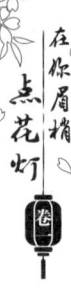

是免了。他是个惜命的，冷兵器时代，刀剑无眼。何况他身后还跟了一帮正待改造的小厮。

程昶已想得很明白，依他"前身"的秉性，枢密院只会觉得他是个烫手的山芋，巴不得把他往外推，兼之琼亲王府的地位，等会儿到了审查司，他只管将自己的求职需求一说，自会有人把他引荐到适合的衙门。

这一胎投得好不好还两说，找工作是真容易。

武卫一路将程昶引到审查司院前，程昶抬头一望，院子里竟有三个姑娘。

左边坐着的是个身份金贵的小姐，一身轻纱烟罗裙，环钗明珰齐全，美是很美了，可惜没什么神，叫人记不住，不如另一边站着的云浠明媚干净。

程昶对云浠的印象还不错，刚想打招呼，姚素素身旁的丫鬟便阴阳怪气地开了口："说是为了正事，谁知是不是真的呢？裴二少爷上任的第一日就找到人家跟前来，这么上赶着，当别人瞧不出什么心思？"

她这话虽没指名道姓，说得却甚是露骨。

云浠垂眸立着，只当没听见。

她并不是真的想忍，只是眼下与一个小丫鬟闹起来，对自己而言没有任何好处。她心中还记挂着哥哥的事，想要找裴阑问个明白。

姚素素一向清高，听自家丫鬟话说得这样难听，原想拦着，但她心中也是有气的。

裴阑年轻有为，出身显赫，英俊温柔，她一直喜欢。这些年与裴阑相处，时而与他书信往来，只言片语中，她觉得他心中是有她的。

可整个金陵任谁都知道裴阑与云浠是指腹为婚。

姚素素与云浠不熟，但与云浠的远房表妹罗姝相交甚密，从罗姝口中，她大致知道云浠为人。原本以为依这位侯府大小姐的脾气，该是无颜再嫁裴阑，自请与裴府解亲才是，哪知裴阑这才上任第一日，她竟厚着脸皮来枢密院了。

云浠与裴阑之间悬而未定的婚约宛如姚素素心头的一根刺，眼下由丫鬟说出来，实实在在出了口恶气。

丫鬟见小姐默许，愈发得寸进尺，接着道："小姐经常教导奴婢，做人最当知情识趣。眼下有的人已被请出值房了，竟还赖着不走，是没长眼瞧不出裴二少爷的意思吗？"

这话出口，云浠还没怎么样，院门口的程昶先皱了眉。

他喊了声："云捕快。"抬步迈入院中。

院中三人回头瞧见程昶，俱是一惊，姚素素曾经被醉酒的小王爷调戏过，往丫鬟身后躲了躲，这才向程昶行礼："三公子金安。"

程昶好似没听见，问云浠："云捕快过来办差？"

云浠点头:"是。"

程昶又问:"方便说是什么事吗?"

云浠抿了抿唇,只道:"一些未了的家事罢了。"

这时,裴阑与姚杭山听武卫说琮亲王府的小王爷到了,一起迎了出来,一并向程昶行了礼,将他请入值房上坐,奉上茶。

裴阑道:"三公子可已有了想做的差事?若没有,我这里拟了几份武职,您可以先过目,看看哪个称心。"说着,递上一份文书。

程昶接了,没看,顺手搁在一旁,问:"我来时看到院中站着三个姑娘,像是过来办差的,等了很久,将军不请进来吗?"

裴阑一听这话,与姚杭山对视一眼。

姚杭山笑道:"三公子怕是没仔细瞧,院中的姑娘正是小女,今日是过来寻下官的,不是办差。"

"是没仔细瞧。"程昶又问,"三个都是你女儿?"

姚杭山面上的笑容僵住。

他早先听说小王爷落水后,脑子像是出了点毛病,仿佛不大记事,总之跟从前有些不一样。

眼下看他这反应,竟不知是个什么意思。

姚杭山看裴阑一眼,裴阑走到门前,跟武卫低声交代了两句,不一会儿,武卫就引着云浠三人进来了。

姚杭山不清楚程昶的意思,但程昶却明白他们什么意思。

官僚主义作风,典型的畏强凌弱,拖沓办事,哪个时代都有。

他上辈子在财团上班,因为踏实能干,没几年就做到了中层,公司把他送去国外总部培训,学了一段时间的高级管理,中庸之中当有棱角,该藏锋则藏锋,该露芒则露芒。

但眼下的情况又不一样,封建时期,君权为尊,他是琮亲王府的小王爷,他怕谁。

程昶道:"凡事讲究先来后到,将军不如先帮她们把差事办了,我这是小事,等一会儿不要紧。"

说着端起茶,一口一口慢慢吃起来,竟真的是等着了。

从前的小王爷招摇且猖狂,一刻都闲不下来,但二十一世纪的程昶是个性子安静的人,虽然随和,平时话却少。

他今日着一身绣着淡色云纹的青衫,除了腰间佩玉价值不菲,浑身上下再无佩饰,愈发衬得一张脸俊美异常。

他此刻坐在那里不苟言笑的样子,竟有些冷如冰霜,但歇在眼梢的春光又将整

个人照得熠熠生辉。

一屋子的人头一回见到这样的小王爷,皆怔了片刻。

过了会儿,裴阑先回过神来,问云浠:"云捕快可还有什么差事要办吗?"

云浠也不耽搁,当即道:"敢问大将军,我兄长袭爵的事可是出了什么岔子?为何——"她又看姚杭山一眼,"姚大人说,此事已盖棺定论了?"

裴阑叹一口气道:"我怕你着急,适才便没与你详说。"

"三年前招远叛变,朝廷原本要追究云洛的责任,后来是琼亲王担心耽搁战事、动摇军心,提议将这案子延后,等打了胜仗再说。眼下我回京了,这案子一直悬而未决,圣上自然要过问,可是你也知道……"裴阑说到这里,犹豫了一下,"那封能证明云洛清白的急函一直没找到,我带回京的几个绥兵证人,说辞通通对云洛不利,圣上有些生气,下令让大理寺与刑部严审。我昨日去了趟大理寺,那边说案子耽搁不得,至多一月就要给圣上一个说法。依现有的证据来看……八成是要给云洛定罪了。"

既定了罪,袭爵便无望了。

但袭不袭爵,云浠其实不在乎,她此刻只想到了一桩更糟糕的事。

"那我父亲……"

裴阑的声音低下来:"老忠勇侯恐怕也会因此获罪。"

"为何?"云浠道,"云氏一门满门忠烈,男儿尽殁,均为御敌守家而亡。我兄长十二岁便上沙场,出生入死,立下多少战功?眼下他为国战死,分明有证据证明他的清白,而今却因大理寺一句急着结案,就要令他、令整个忠勇侯府蒙受不白之冤?"

她这话说得悲愤慷慨,话音刚落,整个值房都静静的。

程昶不由搁下茶盏,抬头望向云浠。

看这姑娘模样,大约才十八九岁,在古代或许不算小,但放到现代,也就是个刚上大学,还没步入社会的小姑娘。

她出生忠勇侯府,算是显贵门第,而今居然落魄成这样。

他看着云浠,她虽然伤心,脊梁却依然挺得笔直,垂在身侧的双手握紧成拳,干干净净的眸子里清亮亮的,双唇紧抿着,仿佛有万千不甘。

他本以为她会这么僵在这里,或是愤然请眼前的将军帮自己平反——方才听那小丫鬟说,他们之间像是有什么渊源不是吗?

可下一刻,云浠紧抿的双唇就松弛下来,她躬身,很是歉意地行了个礼,哑着声道:"三公子、姚大人、裴将军见谅,方才是卑职失言了。"

姚杭山没说什么,裴阑温和地说:"无妨,事已至此,你也不必太往心里去。

你也说了，忠勇侯府满门忠烈，想来圣上即便要处置，也会看在老忠勇侯的面子上手下留情，至多轻罚一下罢了，你不要担心。"

裴阑又问："还有什么事吗？"

云浠垂眸应道："没有了，多谢将军。"

程昶看着裴阑，心中不解。

就这样？这事不清不楚的，这样就算解决了？

他不信眼前一个大将军，一个枢密使，会一点办法都没有。

云浠退后两步，要行礼告退。

"不是说有证据能证明她兄长的清白吗？"程昶开口说道，他云淡风轻地看着裴阑与姚杭山，"这事就没一点转圜的余地了？"

裴阑与姚杭山又愣住了。

小王爷这是什么意思？难不成他们琮亲王府还想管这事？

但程昶既然问了，裴阑便道："要说没法子，其实也不尽然。办法很简单，就是有人能说服圣上，说有证据能证明云洛清白，请他将案子延后，再宽限些时日。"

昔日招远战败，云洛身亡，就是裴阑带兵去挽回战局的。而今他带着证据、证人得胜归来，这话自然由他去提更有分量。

裴阑道："末将不是没与圣上提过云洛的事，但裴府与侯府毕竟……"他一顿，隐去不能说的话，"终归圣上是不大信。当然，也可交由旁人去说，但这事有些敏感，又压了好几年，弄不好怕弄巧成拙。"

裴阑的话说得十分含糊，程昶却听得很明白。

裴府与侯府是有渊源的，倘若裴阑执意为云洛平反，反而会惹圣上疑心。

圣上已非春秋鼎盛之龄，人老了，难免就多疑多虑起来。

几年前太子病逝，圣上伤心过度，他子息单薄，余下三个儿子虽并非庸碌之辈，但似乎都不甚合他的意，至今储位虚悬。

如此一来，最怕的就是臣子结党营私。

招远叛变本就是圣上心头的一根刺，云洛与这事扯上关系也算倒霉。

若有臣子一力去跟圣上说，云将军是冤枉的，证据就快要找着了，圣上就会琢磨，这空口无凭的说法是哪儿来的？哦，裴府。再一琢磨，就要疑这臣子是不是想通过讨好侯府来巴结裴府？

在九五之尊眼里，这就是结党。

照这么看，裴阑明哲保身地不沾惹这事，似乎并没有做错。

但程昶总觉得他言辞里隐瞒了什么，好像哪里不大对。

程昶端起茶盏，不说话了。

他来这里才月余，连圣上也只见过一面罢了，眼前的是非里藏着多少弯弯绕他尚闹不清楚，既不清楚，就不轻易下结论，更不必追问。

有些事逼得急了，反而会把路堵死。

再看看吧。

姚杭山看程昶没了言语，心中松了一口气。

方才他一副清冷从容的样子，险些叫人以为是被什么仙人附了体，一双眼能堪破浮世。

这会儿再看，小王爷还是老样子，落水之后性子虽然收敛了些，但人还是很糊涂，一旦遇到要动脑子的事就懒得管了，八成连裴阑的话都没听明白。

云浠道："敢问将军，可否将那名俘虏的姓名、家中近况、大致迁往了何处告诉卑职？"

裴阑问："你还是打算去找那封急函？"

不等云浠回答，他在案上铺开一张纸，提笔蘸了蘸墨，写下几行字，交给云浠。

"最末几个人名，是我留在塞北帮忙追查急函下落的探子，你既执意要为云洛平反，可以找他们帮忙。"

云浠接过："多谢将军。"

裴阑叹一声："我多劝你一句，此事不易，且急不来。"

云浠道："但我也要竭力一试，总不能让哥哥平白蒙冤。"

语罢，她朝屋中几人行了个礼，退出值房。

程昶早已想好要找个什么样的差事。

武职肯定不行，他去当武官，只能给人跑腿打杂。

文职大概也不行，他就一个看得懂文言文的水平，古代公文他目前驾驭不了。

自然要能经常四处走动走动的，他这辈子总算摊上一副结实身子骨，久坐办公室不好，容易颈椎劳损。

最好还能管管风纪，他一想起他那一院给根鸡毛能上天的小厮就头疼，找个管风纪的岗位，正好能带着他们以身作则。

程昶把求职需求一说，裴阑想了想，道："三公子想要的差事枢密院没有，但有个官职想来很合三公子的意。

"御史台的巡城御史。"

简言之，就是满大街闲逛，顺便管管治安。

虽是御史，但文书工作并不多，升职前景又很好，而且还配马。

"那就这个了。"程昶很满意。

裴阑点头，遂给他写好一封引荐文书，与姚杭山一起戳了印，让他明日带去御

史台。

程昶揣着文书,一路出了审查司的院子,放眼一望,只见短廊尽头立着一人,一身明快的朱色劲衣,竟是云浠。

云浠也看到了程昶,快步走上来,对着他拱手一拜:"三公子。"

程昶愣了下:"有事?"

云浠垂着眸道:"刚才……多谢三公子帮忙。"

"哦,小事。"程昶不以为意,"本来就是你先到的。"

云浠抿了抿唇,又道:"还要多谢三公子肯为卑职说那一句话。"

云浠不是傻子,裴阑对云洛一事百般推诿言辞含糊,她不是瞧不出来,但她人微言轻,又能奈他何?

方才若不是程昶漫不经心的一句话,激得裴阑多交了几句底,恐怕连那俘虏的下落都不知道。

程昶淡淡道:"没事,我也没帮上什么忙。"

语气坦然且温和。

云浠听了,不由得抬头看了他一眼。

她是眼见着程昶落水,见着他被救上来,探过他的气息,又看着他死而复生的人。

旁人或许没觉察,但云浠不会察觉不到,程昶落水之后,是真的有些不一样了。

云浠道:"害三公子落水的艄公不好找,卑职查了月余,至今才得了些眉目。若改日能擒到他,还请三公子过来京兆府一趟,与他对一对口供。"

程昶听了这话,又愣了下。

那个姓张的京兆府尹摆明了不想管此事,估计这一个多月下来,衙门里连案子都销了,她竟还在追查?

但程昶没有多过问,只点头道:"好。"

云浠道:"那名艄公的家世背景,卑职早已查清了,作案的两块金砖不可能是他的,极有可能他并不是害三公子的主谋。不知三公子近日可有与谁结怨,卑职一一问过去,或能找到更多线索。"

程昶无言。

以他前身的作风,跟人结怨那是家常便饭,仇家估计已遍布整个金陵城,否则他今日来枢密院,何必要带上那十余个小厮?还不是怕自己一个人走在半道上被人套麻袋乱棍打一通。

但云浠要查也没错,命要紧,害他的人至今没个影儿,他也不安生。

程昶道:"我带你去问问我家仆役吧。"

云浠一点头:"有劳三公子。"

二人说话间,一并出了枢密院,抬头一看,皆愣住了。

一众小厮四仰八叉地瘫倒在枢密院阶下,一个个跟咸鱼似的,活生生累没了半条命。

程昶看了看天色,又看了看身后的枢密院。

他是进去了两个时辰,但他们不过是绕着枢密院跑了两圈,早该歇好了,怎么会累成这样?

程昶问:"张大虎,怎么回事?"

张大虎出列:"报告小王爷,刚才跑到一半,有人掉队了,小的按照规矩,掉队的罚一百个俯卧撑。"

程昶一愣,还没开口,其中一个叫孙海平的跳起来嚷道:"娘的,平时绕王府的池子跑一跑就算了,这么大一个枢密院,你一个习武的在前面百米冲刺,是赶着奔丧吗?我们集体掉队,好不容易跑回来,你还罚一百个俯卧撑?"

"就是!"另一人应道,"做俯卧撑就做吧,好不容易做完了,还不给水喝!"

程昶问:"怎么不喝水?"

小厮抖着手指着张大虎,告状道:"他说小王爷没说解散,叫咱们立正站好!"

张大虎梗着脖子道:"小王爷说过,解散才能自由活动,没解散就该站好!"

几名小厮忍不了,开始挽袖子:"你找揍是吗?"

张大虎也挽袖子:"你们一起上试试。"

眼见着众人就要扭打在一起,程昶道:"再闹就再去跑两圈。"

小厮们同时停住,过了会儿,默默地把挽起来的袖子放了下来。

程昶想到云浠还等着问他家小厮话,点了孙海平和张大虎,对云浠道:"云捕快有什么想知道的可以跟他二人打听。"

云浠谢过程昶,斟酌了一下,正欲开口,只见巷子另一头急匆匆跑来一人。

竟是在自己手下当差的衙役田泗。

田泗累得满头大汗,一见云浠,双手撑着膝盖狠喘了两口气:"云……云捕快,快回……快回侯府,白……白……白叔出事了!"

白叔是忠勇侯府的管家。

云浠一听这话就急了:"白叔出什么事了?"

田泗本就结巴,看着云浠急,他更急,说起话来颠三倒四,云浠听了半晌,才明白原来白叔看宗祠漏雨,亲自爬上屋顶去修补,结果摔了下来。

白叔本来就有腿疾,眼下这么一摔,直接起不来身。方芙兰得知此事,让人去医馆请大夫,可白叔偏还拦着,说是自己不中用,谁敢请大夫他就不要这腿了。

方芙兰性子软,没了法子,只好托田泗来找云浠。

云浠十分忧心，害怕白叔耽误了医治，腿就这么废了。

但她更了解白叔说一不二的脾气，找一个大夫过去，他能当真不看这腿？

眼下，她只有先回侯府看看。

云浠朝枢密院门前的武卫拱手一拜，问："敢问武卫大人，在下家有急事，可否借我一匹快马？"

武卫道："枢密院的马概不外借，即便有能借的，在下一个武卫，说了也不算。"

适才云浠来枢密院时，就是他为她引的路，看她急得出了一额头的汗，不由得出主意道："捕快大人今日不是来寻裴将军的吗？您既有要事，不如问裴将军借一匹快马，裴将军平易近人，定是肯借的。"

云浠听了这话，沉默了一会儿，抱手回了句："多谢。"转身往巷口走去。

田泗追上几步："不……不……不借马了吗？"

"我跑回去。"云浠道。

程昶不知云浠家中境况，云里雾里听了个五六分明白，就见她风风火火地走了。他想了想，点了两名靠得住的小厮去套马车，让张大虎去追云浠。

云浠自小跟着父兄习武，跑得十分快，张大虎足足追了两条巷子才追上，抬手将云浠一拦又不知道要干什么，憋了半晌才憋出一句："我家小王爷说不准走！"

云浠急道："为何？"

张大虎心想：我也不知道啊。

"不为何，反正这整条街今日被我家小王爷包了，你要走，绕道！"

云浠担心白叔的伤情担心得要命，这个当口被人拦下，根本来不及细想，心中暗骂程昶蛮横无理，握了握手里的剑，真想与张大虎动手。

但她也明白，若真动了手，今日怕是回不去了。

她只好压下一肚子怒火，准备绕道而行。

云浠刚转过身，就见一辆马车辚辚驶来，到了跟前，程昶撩开车帘对她道："上来。"

云浠一脸怒色未褪，眉宇间却浮上疑惑。

程昶又道："你家里不是出了急事吗，这么跑回去哪成？我送你。"

他的语气十分坦然，仿佛本来就该这样，倒叫人不好拒绝。

云浠便没犹豫，撑着车辕一跃而上，田泗与另两名小厮挤在车前座，一扬鞭，马车便往忠勇侯府疾驰而去。

马车行了一会儿，云浠的心情渐渐平复下来，这才道："多谢三公子。"

程昶道："没事，举手之劳。"

她又看他一眼，一时想到刚才自己被张大虎拦下，竟把他的好心当成驴肝肺，

心中有愧，不由解释道："白叔名义上虽是侯府的家仆，但他曾经是父亲手下的老将，十年前为了救哥哥坏了腿，这才做了侯府的管家。他对侯府有恩，又是看着卑职长大的，是卑职的亲人，所以卑职方才……才失了分寸。"

她又接着道："三公子落水的案子，卑职不敢怠慢。今日回府后，只要确定白叔无大碍，卑职一定竭力追查，势必给三公子一个交代。"

程昶原不明白她为何要说这么多，抬头看去，只见眼前的姑娘额发微乱，脸颊上还带着疾跑过后的微红，她坐得很端正，眼帘却垂得很低，好似不敢看他，抱着剑的双手也紧紧握着。

原来她竟在愧疚。

愧疚什么？愧疚这一来一去耽搁了他的案子？

他的"死"本就蹊跷，真凶藏得深，案子也不会因为这两三个时辰的工夫就水落石出，更何况还是她家里出了急事。

程昶也不知道说什么好，便应她："你别担心。"

云浠仍垂着眸，闷闷地点了点头。

程昶看她双手将剑柄扣得愈发紧，知道她仍在着急，掀帘催促小厮："再走快些。"

很快到了侯府，云浠跳下马车，这回没失礼数，她对程昶道："三公子既来了，不如到府中稍坐，歇息片刻。"

古代礼教森严，程昶原怕自己就这么进去，有损云浠女儿家的名声，转念一想，又觉得这个时代很不一样，就拿早先那个姓姚的闺中小姐来说，她不也出入裴阑的值房了吗？

可见男女大致可以正常往来，没有避外男这一说。

也好，反正自己闲着也是闲着，进去看看有没有什么可帮忙的。

云浠深觉自己已很麻烦程昶，自不会再劳烦他，将他请到正堂，亲自沏上茶水，留下田泗招待，便匆匆往后院去了。

程昶四处看了看，只见这侯府外头看着尚可，里面却是十分萧条，偌大的正院连个伺候的人都没有，正堂里除了椅凳桌案，摆设近无。

朝南挂着的一幅字倒是气势雄浑，但显然并非名家之作。

便不提皇宫与琮亲王府，程昶这一个多月也随琮亲王去了几户人家，谁家不是华楼锦屋，琳琅满室，忠勇侯府堂堂三品侯府，怎么落魄如斯？

茶凉了些，身后的小厮掀盖吃了一口，还没往下咽，"噗"的一口就喷了出来："什么味儿！"

他撩起袖子骂一旁战战兢兢侍立着的田泗："你们什么意思？拿这种茶来招待

咱们小王爷?!"

田泗见得罪了三公子,想解释,但他结巴,半晌只磕磕巴巴吐出几个字:"我我我……没没没,这茶……这茶……已很好了,云……云——"

程昶也吃了一口,他品不来茶,但也尝出这茶味很陈旧,苦中带了点涩。

他没说什么,只抿了小厮,将茶吃完,然后搁在一旁的案台上,不知怎的想起云浠早前在裴阑的值房里说"我云氏一门满门忠烈,男儿尽殁",心里有点不是滋味。也不知这么一个英雄辈出的侯府,究竟是怎么败落的。

程昶心里琢磨着,刚想问,只听后院传来一声哭喊,有人呜咽出声,过了会儿,有一个苍老的声音道:"我这把老骨头,不如死了算了——"

田泗抬眼觑向程昶。

小王爷稳稳当当地坐着,听到最后一句,眉心微微一动。

他生怕这不好的动静惹小王爷不快,刚想赔罪,程昶站起身,道:"我过去看看。"

第四章 无心插柳

后院的杂房里围着七八个人,大多是仆役打扮,木榻上坐着一位老叟,一身粗布短打衣裳,双腿掩在薄毯里,双唇紧抿着,不言不语。

大概就是云浠口中的白叔。

程昶又朝一旁看去。

木榻边还立着一名样貌极美、绾着妇人髻的女子。

她拿着布帕拭了拭眼角,哑着声道:"白叔说不要这腿,却叫芙兰日后如何面对九泉之下的夫君?他当年的命是您救的,视您为父,若叫他晓得您在侯府遭此慢待,定会怪罪芙兰。"

"少夫人不必劝。"白叔闷声道,"这些年老仆一家子拖累了侯府多少,老仆心中清楚。前年大小姐为了给苓儿的娘治病,把家中能变卖的都变卖了。老仆平白担了个管家的名头,没为大小姐与少夫人分忧不说,还带着苓儿在这里白吃白住。

"大小姐心好,侯府没落成这样,也没将我们这些个老弱病残撵走。府里身子有恙的又不止老仆一个,少夫人您也病着,不能断了药。老仆一个废人,又是风烛残年,这双腿不要也罢,但老仆不是白眼狼,侯府对老仆一家子有大恩,不能不报。今日话既然说到这个份上,那老仆就把该交代的交代了,左右苓儿去年就及笄了,大小姐要不……要不——"

他一顿,狠一咬牙,把守在床头默默垂泪的粗衣小姑娘往前一推。

"您就寻户有钱人家,把苓儿卖了,为奴也好,为妾也罢,左右换些银子,也算老仆回报侯府的恩情了!"

第四章 无心插柳

小姑娘被这么一推，双膝扑通跪在地上。

她有些骇然，却似乎不敢反驳，仰头望着云浠，哑声唤了句："小姐……"

云浠将她扶起来，对白叔道："苓儿小我三岁，是我看着长大的，我一直将她当作自己的亲妹妹，便是白叔您舍得卖，我也舍不得。我早已打算好了，等忙过这一阵，就为她寻户好人家，穷一些不要紧，重要的是人品清白。我会为她置办一份嫁妆，体体面面地把她嫁出去。"

她语气平静，不容人反驳。

"再就是白叔您的腿。"云浠继续道，"既然上回大夫看过后说有得治，那咱们就治，银子挣来不就是给人花的吗，何必为了省这一点银子舍本逐末？"

"眼下府里虽是由阿嫂管家，但大大小小的事，哪一样不是白叔您操着心？如何您就觉得自己是白吃白住了？"她说着一笑，"再说了，等白叔您养好腿，阿汀还盼着您陪我再过几招呢，哥哥走了后，已经很久没人陪阿汀过招了。"

白叔听了这话，泪流了下来，半晌，他哽咽道："老仆就是觉得……就是觉得大小姐一个人养家，太辛苦了……"

方芙兰见他言辞间已有动摇，赶忙吩咐身后一名杂役："去请大夫。"

杂役应了，还没走到门口就呆住了。

"大……大小姐——"

众人闻声，顺着杂役的目光看去。

杂房门口不知何时立了个人。

一袭素衫映着春晖，腰间佩玉华光流转，却丝毫不及他双眸的幽澈。

雅致不掩英挺，温润不失潇洒。

像星月，像神仙。

程昶其实有点尴尬，他原本只是过来看看，不期然听到这一屋子自家话，站在门口走也不是留也不是，想帮忙，又插不进话。

"那什么……我就是，过来看看。"过了会儿，他道。

云浠不知说什么好。

适才她与白叔的话，三公子不知听去了多少。

眼下他已说了要帮忙，若她推脱说不需要，反叫他僵在这里左也不是右也不是。

云浠往里侧了侧身子，让开一条道，拱手道："三公子。"又对屋中众人解释道，"这是琮亲王府的三公子，今日我去枢密院，得知白叔摔伤，心中着急，便是三公子送我回来的。"

屋中的人面面相觑。

琮亲王府的三公子？就是那个传闻中无恶不作的小王爷？

长得跟仙人似的,看起来不怎么坏啊。

侯府久无访客,众人不知作何反应,过了片刻,还是方芙兰俯身一拜:"三公子金安。"其余人等才跟着拜了。

云浠散了仆从,将程昶请进屋中。

程昶在木榻边坐了,问白叔:"方便让我看一眼腿吗?"

云浠问:"三公子懂医术?"

程昶摇头,又说:"从前伤过腿,知道一星半点医理罢了,连皮毛都称不上。"

他这话其实半真半假。

他上辈子的心脏病是遗传的,父母早亡,被中心医院的老院长收养,少年时有一小半时间都待在医院,算是见过各种病症。

但他没学过医,怎么治病不太清楚,且只会用西药。

程昶掀开薄衾,白叔两腿的裤脚已高高挽起,左腿约莫是今日摔的,脚踝高高肿起,好在没有变形,应该没伤到骨头。严重的是右腿,右腿干瘦如柴火,比结实的左腿足足小了两圈,很明显是肌肉萎缩。

程昶问:"这腿是受过什么伤,得过什么病吗?"

云浠道:"当年塞北打仗,白叔为了救哥哥,被蛮子砍中了右腿,流了很多血。本来已治好了,隔了年余,不知怎么,这腿就渐渐跛了。初时还能走路,到了这两年,走路都有些困难,要拄拐。"

程昶点了一下头。

这就是了。腿疾这种病,有很多并发因素,就算是用现代医学,有时候都找不到确切病因。

另外,肌肉萎缩的原因有很多种,依云浠的说法,极可能是当时受伤以后,消炎工作没做好,导致内部神经受了感染,渐渐坏死。

程昶从前跟着老院长见过类似病症,老院长说,什么病一旦扯上神经系统,那就难治了。

但也不是完全没法子,程昶亲眼见过有人小腿肌肉萎缩,还能数年如一日下地走路的。他记得那人似乎正是找了中医。

他问:"眼下你们是怎么治的?"

云浠道:"每月三服药熬着,可是一直没好转,还越来越坏。"

程昶垂着双眸,十分认真地又看了看白叔的腿,拉过薄衾为他盖上,说:"请个好点的大夫过来施针吧。"

这话说了几乎等同于没说,一旁立着的白苓听了泫然欲泣:"三公子有所不知,当初大小姐请了一个远近闻名的大夫为阿爹看诊,那大夫也说,或许施针管用,可是——"

"那就请人来施针。"不等她说完,云浠便打断道,"有劳三公子了。"

她道:"三公子身份尊贵,杂房烟尘重,不宜久留,卑职送三公子回正堂吧。"

程昶看了看她,又看了看一旁的小姑娘,有些莫名其妙。

过了会儿,他似了悟,站起身,应了句:"也好。"随云浠去了前院。

天色已有些晚了,小厮套了马车,等在侯府门口,程昶与云浠告辞,乘马车离去。

他坐在车室里,想起适才白苓没说完的话。

其实他大致猜得出来。

想要治白叔的腿,施针的大夫手艺必得精湛,且施针还得持之以恒,至少最初一月,一日一次是必不可少的。

以忠勇侯府的境况,哪里付得起这笔银子?而云浠之所以打断白苓的话,大约是不希望她当着他的面把困境说出来。既不愿求人帮忙,何必当着人的面诉苦,给自己难堪,也让旁人难堪。

程昶撩开帘子,将一名驱车的小厮叫了进来:"你去找一个常来王府看病的大夫,让他寻个借口,去忠勇侯府一趟。就说……"他斟酌了一下,"就说是常看病的一家贵人伤了腿,他急着想办法治,先在有腿疾的人身上试诊。虽是试诊,也不要不收银子,每施针一次,先收十文钱,尔后借口说自己获益匪浅,慢慢将诊金降下来,降到三文。你就跟他说,少他的诊金,让他来王府取。"

"为何?"小厮一愣,"小王爷,您要帮侯府那下贱老头儿治病?"

他颇震惊道:"您好不容易帮人一次忙,怎么不愿叫人晓得?"他又思索,自以为了然,"您该不会近日换了口味,瞧上侯府那破落小姐,动了心,想把她掳来王府,尝尝滋味吧?"

程昶一愣,顷刻失笑:"动什么心?"

才见过几次面就动心?

他撩开车帘,看着斜阳,淡淡道:"我就是觉得她挺不容易的。"

小厮松了口气,道:"没瞧上就好。上元灯节那日,您吃醉酒,撞见姚府的姚素素,把她认成了画舫的芊芊姑娘,硬要讨她的香帕子闻,王爷知道了这事儿,赏了咱们一人一顿板子。"

"叫小的说,这些官家小姐有什么好,面皮子薄,眼珠子还搁在脑壳顶,眼光却忒低了。这姓云的破落户跟姚府那朵自以为金贵的水莲花都是一路货色,铆着劲儿想嫁裴府的二少爷。那裴府的二少爷八成也不是什么真君子,等娶了她们过门就知道了,这种官家小姐美是美,没滋没味的,只能当摆设看看,哪有画舫里的姑娘腰身软?且等着他在府里吃不饱,出去打野味吧。"

程昶听他没头没脑地说着，滤去大半污言秽语，拣了一个重点，问："我讨姚素素的帕子？"

小王爷本就忘性大，落水之后更有些不记事，小厮早习以为常，转而又拉拉杂杂地解释起来，不外乎就是他"前身"做的那些荒唐事。

因姚素与芊芊长得像，他吃醉酒调戏过两回。后来不知怎么生了误会，整个金陵都误以为小王爷看上了姚素素，又说姚家小姐瞧不上他，一心只喜欢裴阑。

后来小王爷还因此动了怒，扬言等裴阑回京，要将他恶打一顿，丢进秦淮河里喂鱼，还说姚素素就是个木头美人，半点不及芊芊动人。

但这话听入众人耳中，就有点吃不着葡萄说葡萄酸的意思了。

提起裴阑，难免就要扯到云浠。

小厮又将云浠与裴阑指腹为婚的事说了一通，再把云浠、裴阑、姚素素三人放在一起诋毁，总之全金陵除了他家小王爷是真善美，其余全是假恶丑。

兜了一大圈，总算想起最初的话头。

小厮觉得自己又搞不明白了："不是，小王爷，您既没瞧上侯府那破落小姐，干吗不愿让她晓得您帮她请大夫的事？叫小的说，咱们就该亲自带着那大夫上门，外带敲锣打鼓，叫整个金陵好好瞧瞧是咱们小王爷发慈悲了。"

程昶道："不行，施恩者与受惠者之间关系本来就敏感，一个弄不好，彼此都难堪。"

小厮呆了呆，这一整句话每个字他都听清楚了，但是串一起什么意思，没懂。

他只管往小王爷脸上贴金："您这施的可不是小恩，方才您没听侯府那老头儿说吗，他觉得自己拖累了侯府，想死的心都有了，还要卖闺女。咱们帮他治腿，等同救了他的命，还捎带救了他闺女，这可是两条命的恩情。他们侯府该当您是菩萨，把您供起来，每日对您烧香磕头。"

程昶却道："那就更不能让他们知道这大夫是打哪儿来的了。"

他上辈子一半时间耗在医院，见了太多人心难测，医患之间，患者与患者之间，患者与家人之间，许多是非颠倒，恩惠施到最后，未必就有好结果。

上大学期间，程昶看过一篇社会学相关论文，探讨研究肾脏捐助者与被捐助者之间如何维系关系。这是货真价实的救命之恩，但上百对调查对象，其中竟有不少因为走得太近而交恶，以至于一辈子老死不相往来。因此论文到了最后，一方面鼓励匿名捐赠，一方面呼吁捐助者与受捐助者之间保持距离。

程昶身上其实有现代人的通病——疏离。

这种疏离源于一种自我保护，更源自对人世无常的敬畏，而天生染疾，父母双亡，从小寄人篱下，见惯生死离散的程昶更是如此。

第四章 无心插柳

所以小厮说动心,他就笑了。

动什么心?

这个时代的人瞧不见,他的心外头裹着一层特有的坚壳,二十一世纪特产,挺好的,且他的壳格外厚。

小厮见他家小王爷坐着不说话,兀自琢磨了一阵,又恍然大悟。

"小王爷,小的知道了,您是想干一票大的!您是不是觉得侯府那个破落小姐自从当了捕快后,老带着手下的衙差盯着您,您早就烦她了,所以先略施小惠,叫她对您卸下防备,然后再想个法子把她往死里整?"

程昶:"……"

行吧,十年树木,百年树人,看来他这一院小厮还需再改造个五百年。

小厮想,整人他擅长,先捧后踩这么刺激的还没玩过,跃跃欲试地出主意。

程昶被他吵得耳根子疼,叫停了马车,打发他:"我饿了,你去看看哪儿有好吃的,买些回王府。"

"好咧!"小厮一听这话,跳下马车,也不挑方向,径自就往东街走去。

程昶看着他雄赳赳气昂昂的背影,心中隐有不好的预感,喊道:"回来!"

"你知道去哪儿买吃的吗?"

"知道知道,小王爷,您是馋醉香楼的包子了吧?"

程昶:"……"

至夜里,云浠才在后院忙完。

回正堂的路上,她一路心事重重,请来的大夫为白叔瞧过腿后,说法与程昶一模一样,想要治,只有请国手施针。但一来,国手不是那么好请的;二来,她付不起这银子。

大夫走后,阿苓默默跟着她出了屋,哽咽道:"小姐,要不您还是把我卖了吧。换来银子给……给阿爹治病。"

她生得俏丽娇小,又刚及笄不久,卖出去,必有富户官家抢着要。

云浠道:"说什么呢?治病的银子是小事,卖几个物件就行了。"

"可是小姐前年为了给阿娘治病,已卖了许多物件了。"

"那就再卖,物件哪有人重要?"

云浠一路想着家中还有什么可变卖的,不期然抬头,正院里立着一人。

方芙兰提着灯笼迎上来,神色十分复杂地看了她一眼,犹豫片刻,道:"阿汀,我问你,那琮亲王府的三公子,今日怎么会到咱们府上来?"

云浠一五一十地将白日里的事说了,略去没跟裴阑借马的事,道:"他看我着急,就说相送,催着小厮赶了一路,到了府门口,我就请他进来坐坐。"

方芙兰点了一下头:"倒也合乎礼数。"她眸中仍有些忧色,"但这三公子,名声是出了名的……不怎么样。今日他虽帮了你,于他而言不过是举手之劳,且不知背后安着什么心。你日后切莫因此与他走太近,省得出了岔子,遭人闲话。"

云浠听了这话,沉默一会儿,道:"我觉得……他落水以后有些不一样了,可能是吃了亏,转了性情,所以……"

她没说完,见方芙兰眉间忧思愈重,便掐断后半截话,点头道:"我晓得。"

方芙兰看她一眼,轻声道:"我再问你,今日你去枢密院……如何了?"

云浠知道方芙兰这句欲言又止的"如何"究竟指的是什么,但她不想提裴阑,避重就轻道:"哦,审查司的官爷说,哥哥袭爵的事出了点岔子,需要找一份证据,我跟他讨了线索,也想法子找找。"

她怕方芙兰追问她与裴阑的事,抢着又道:"这么晚了,阿嫂您快去歇着吧,我适才过来,听人说田泗还在正堂里等着我呢,不知有什么事,我瞧一眼去。"

言罢,她反身就往正堂走去。

方芙兰看着云浠的背影,过了会儿,幽幽叹了一口气,提着灯离开了。

田泗一见云浠,险些要给她跪下,一脸焦急道:"云云云捕快,我……我可能,给您惹大麻烦了。"

云浠一愣。

田泗这大半日都待在正堂里没出来过,怎么就给她惹麻烦了?

再细问了问,田泗结结巴巴把白日里茶水的事说了:"小王爷嫌……嫌这茶水不好,发了……发了好大的脾气。"

云浠沉默,她知道这茶水不好。

忠勇侯府没落至斯,府上已许久没来过贵客了,因此今年开春后,府上便没备什么新茶。

招待程昶的这一壶还是去年余下的,不怎么名贵,却是她能拿出的最好的。

田泗道:"云云云捕快,怎么……怎么办啊?咱们惹了……惹了小王爷。"

云浠听他这么说,不知怎的,心里忽然一动,问:"这茶水不好,究竟是三公子说的,还是他身边那两个小厮说的?"

田泗想了想:"小……小厮。"

云浠又问:"那三公子可说过什么了?"

"不……不曾。三公子,坐……坐了一会儿,说,要去后院看看,就走了。"

云浠"嗯"了一声,对田泗道:"你回吧,望安来年不是要考科举吗?你这么晚回去,小心打扰了他。今日多谢你,三公子那里,改日我去跟他赔罪。"

望安正是田泗相依为命的弟弟。

第四章 无心插柳

田泗指一指云浠身后正案上的茶壶、茶盏："还没收……收呢。"

云浠笑了笑："我收。"

送走了田泗，她返回正堂，取了托盘，想把茶盏、茶壶收去洗了，手还没碰到壶柄，整个人倏然愣住。

两盏没怎么动的茶水都搁在一旁的高几上，是她沏给小厮的。

可正案上的这盏茶，分明已吃得干干净净了。

这是三公子用过的茶盏。

她的茶水不好，她知道。

云浠想起今日在枢密院，她赶着回侯府，身后马车辚辚追来，三公子掀了帘，对她说："上来。"

那一刻，风带起他的袍带，拂过他如仙人般的眉眼，也是清清冷冷的。

云浠莫名伸出手，将空了的茶盏握在手里，出了一会儿神。

也只是一会儿，然后她匆忙放下，收过案上杯盏，拿去院子里清洗了。

四月小满一过，金陵一日胜似一日地炎热起来。

程昶走马上任当日，身后跟了两名小厮，说是小王爷头一回当官，他们来给他助威。

巡城御史巡街，从没有带家仆的，但三公子乃天潢贵胄，他当皇帝的亲伯父都没说一个字，御史台只好睁一只眼闭一只眼。

于是乎，整个金陵城风声鹤唳，程昶所到之处，草木皆兵。

谁知老百姓们胆战心惊了好几日，琼亲王府的三公子竟没怎么生事。

有一回，跟着三公子的小厮闲不住手脚，掀了两个果子摊，瓜果滚得满大街都是，竟被三公子好一通申斥，乖乖地捡起了果子。

金陵城一时间众说纷纭，有猜测三公子溺水淹坏了脑子的，有猜测小王爷被琼亲王打狠了转了性的，还有人说三公子已到及冠之年，着急封世子，所以不得不约束自己，等他目的达到了，八成又要开始为非作歹。

月末宫中设赏荷宴，邀宗亲命妇们入宫。

宴席上，皇贵妃抱来一只白猫，说这猫叫雪团儿，颇有灵性，能识美人，她要将它赏给在座最好看的美人。

皇贵妃的远房表妹是姚素素的母亲，她一向宝贝这个表侄女儿，果然她环视一圈，笑盈盈地就道："素素，你过来。"

姚素素莲步轻移到皇贵妃跟前，伸手去接雪团儿。

谁知雪团儿竟在这时脱了手，左右一张望，飞也似的蹿到程昶座旁，"喵呜——"

一声拱了拱他的脚背，赖着不走了。

场面一时十分尴尬，众人都停了杯，目瞪口呆地看着这一幕。

同时不约而同地想：这猫果然能识美人。

后来还是程昶弯腰抱起雪团儿，走到姚素素身边将猫递还给她，才化解了这份尴尬。

他当时没说什么，本来这猫就不是给他的，再说了，他一个大男人养什么猫？

他喜欢狗，最爱大金毛与小比熊，上辈子因为心脏病，怕狗没了他也发病跟着去，没敢养；这辈子……没工夫遛狗，能把他家小厮遛明白就很不错了。

程昶还姚素素雪团儿的那一幕不知怎么从宫中传了出去，加之两人先前的流言，越传越离谱，零零碎碎拼凑起来，倒还成了一段有头有尾的故事。

说三公子起先招惹姚素素，只是因为她与画舫的芊芊姑娘长得像罢了，但姚素素清雅高洁，如出水芙蓉，任凭三公子招惹，她都不予理会。

她越不理，三公子就越来劲，久而久之，就动了几分真心。

三公子是琮亲王府的小王爷，谁嫁给他，就是将来的王妃，攀上枝头做凤凰，因此他若瞧上了谁，自去提亲便是，断不敢有拒的。

但姚素素不一样，她一心倾慕裴府的二少爷，裴阑回京那日，她还亲自去迎了。

三公子终于有了危机感，这才转了脾性，当了巡城御史，不生事，不闯祸，等着立功封世子，好与裴阑一决高下，争夺美人。

虚实参半，入木三分，听着还真有那么几分令人信服。

云湘身为捕快，常在街头走动，这些流言她自然也闻得一些，却只是沉默，不多说一个字。

田泗看她这个样子，以为她在难过，大骂那裴阑没良心，这里有桩指腹为婚的亲事他提也不提，回京这么多日子，倒与别人家的小姐传出了一段佳话。

这夜云湘值宿，早上下了值，打桐子巷路过，不期然被一名小贩叫住。

小贩有些眼熟，在摊子下翻找一阵，取出一锭银子递给她，说："捕快大人，您不记得小的了？上回三公子在小的摊前看瓷器，小的冒犯了他，还是您在小的这里买了一个折枝果小盆炉拿去赔罪，他才饶了小的。"

"前几日三公子巡街打小的摊前路过，又来看瓷器，问起那小盆炉的来历。他原本是问朝代，小的听岔了，以为他在问谁买的，便一五一十地把捕快大人您花银子的事说了。

"三公子倒没说什么，只在小的这里又挑选了几样瓷瓶子买走，付银子的时候打听了一下小盆炉的价钱，然后给了这锭银子，嘱小的还给大人您。"

银子接在手中，一钱不多，一钱不少。

第四章 无心插柳

云浠沉默片刻，将它小心藏入荷包里，跟小贩说了句："多谢。"

出了桐子巷，田泗不经意间看了云浠一眼，过了会儿，又看了一眼，忍不住道："云捕……捕快，您心情怎么，一……一下子好了？"

云浠一愣："是吗？"

田泗点点头："方……方才，您听了裴府二少爷那些流言，还沉……沉着一张脸，这会儿，步子都轻快了。"

云浠也一头雾水，但她仔细感受了一下，心情好像真的还不错。

她不以为意道："可能是因为下值了吧。"

田泗点点头："望……望安今日要温书，我去……侯府，照顾白叔。"

望安姓田名泽，字望安，是田泗的弟弟。

他是读书人，刚来金陵那会儿，因为书本太贵买不起，田泗便带着他来侯府借些云洛从前看过的书。

田泗为了这个弟弟，活得很不容易，父母早亡，明明是个大男人，又当爹又当娘，补衣服、烧饭、劈柴无一不会，就连他的口吃，听说也是有回遇到歹人吓出来的。

初来京兆府时，衙门里人大都瞧不起他，只有云浠愿意收他在手下当差。

兼之云浠又肯借书本给田泽，因而田泗对她十分感激，一得闲便去侯府帮忙。

近日侯府来了位试诊的大夫为白叔施针，白叔下不了地，还需人照顾，田泗去侯府就愈发去得勤了。

云浠与田泗回到侯府，赵五竟没在门口守着。

云浠觉得奇怪，忠勇侯府统共就两个轮班看门的，没人在这里，难不成去前院帮忙了？

等她迈入正堂，一下就明白了。

家里居然来了客。一个是她那远房表妹罗姝，另一个看着像是个大户管家，身上锦缎华衣，四十来岁，身后还跟了两名仆从。

罗姝一见云浠就迎上来，笑盈盈地握住了她的手："这不，正说着她，她就回来了。"

云浠愣了愣，与来人抱拳见了礼，疑惑地看向上首坐着的方芙兰。

方芙兰道："姝儿妹妹是一早来的。"

她又用手指着那位管家："这位是裴府的冯管家。"

冯管家起身："常听老太君提起侯府的云大小姐，小姐风姿绰绰，果然百闻不如一见。"

云浠一听"老太君"三个字，明白过来了。

老太君是裴阑的祖母，将门出身，年轻时曾在沙场带过兵。

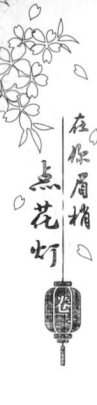

其实忠勇侯府与裴府的交情，就是老太君这一辈结下的，所谓的指腹为婚的指腹人，正是老太君。

当年云浠住在塞北时，与老太君十分亲，简直要把她当成自己的亲祖母。

后来裴府一家高升迁往金陵，老太君随之前往，但她身体不好，没在金陵住几年便回故里调养了。一直到去年年末，老太君原本在故里好好地吃着斋、礼着佛，不知怎么，突然说要回金陵看看。

裴府的人担心她一路辛苦累坏了身子，好劝歹劝，老太君就是不听，于是待今年开春回暖，裴府便命人回故里把老太君接了过来。

"也是巧了，五月初是老太君的七十大寿，府里的人近两月都忙上忙下地要为她祝寿呢，结果老太君前脚进了府门，一听说这事，头一个问的就是阿汀来不来。

"小的是这两年才到裴府的，有些孤陋寡闻，一打听才晓得阿汀原来是云大小姐的闺名。老太君交代了，这回祝大寿，小姐您不来，她就不过这寿辰了，可见她是想坏小姐您了。"

冯管家说着，指挥着身后两名仆从将两个红绸裹着的盒子放在桌案上。

"这是老太君从故里带来金陵的点心，指名要给小姐您。她说名贵的东西小姐您不喜欢，您小时候最爱甜口儿的，那时还常缠着她给您做点心吃。"

云浠说不出话来，她没想到这么多年过去了，竟还有人这么惦念着她。

她也很想老太君，可一想到裴阑，她又觉得她与裴府的缘，这辈子怕是淡了。

既淡了，不如远之。

"小的知道云大小姐差事繁忙，但老太君寿辰当日，还请小姐务必要来。"冯管家道。

云浠还未答，罗姝便轻唤："阿汀，你可知道老太君大寿那日，都有什么人登门？"

一时间她把朝官命妇一一数来，末了还压低声音道："听说连琼亲王、三公子、还有陵王殿下都要一并前来呢。

"你说，老太君的寿辰请了这么些皇室贵胄，听说还在身边专设了一席让你来坐，是不是……要给你与裴二哥哥的亲事做主了？"

云浠听了罗姝的话，不怎么想理会。

她一时沉默下来，心里倒是想起几桩不相干的。

老太君系名门出身，与皇贵妃沾了点亲，皇贵妃见了她还得称一声表姑母。

陵王殿下是皇贵妃的儿子，老太君七十大寿，皇贵妃身为宫妃不能亲往，因此才让陵王殿下登门贺寿的吧。

至于琼亲王，据说琼亲王刚出世时，身子十分孱弱，宫里的人只当这个小皇子

是养不活了，后来老太君进宫，怜这婴孩可怜，见他吃什么吐什么，情急之下便将自己的母乳喂给他吃。

琼亲王吃了老太君的母乳，慢慢竟不吐了，琼亲王的母妃于是求到先帝那里，要老太君做琼亲王的乳母。

老太君出身高贵，又是立过战功的女将军，而今要做一个皇子的乳母，难免有些屈就。于是作为补偿，在老太君喂了琼亲王半年后，先帝一道旨意下来，封她做了诰命夫人。

琼亲王一直十分敬重老太君，适逢老太君七十大寿，他带着三公子登门拜访，便不奇怪了。

冯管家看云浠不言不语，心中十分忐忑。

其实他今日来请这位侯府小姐赴宴，哪有表面上看着的这么轻松。

老太君初到金陵，便声色俱厉地将老爷与二少爷申斥一通，质问他们何以将与忠勇侯府的亲事一拖再拖。

她还说，若他们不紧着去侯府提亲，她便穿诰命服，进宫请圣上为裴阑与云浠主婚。

冯毅身为裴府的管家，自然清楚老爷与二少爷的意思。

忠勇侯府门庭败落，二少爷若娶了这么一位落魄小姐过门，不但耽误他自己的仕途，还耽误裴府的前程。

奈何老太君得人敬重，说话太有分量，老爷与二少爷拗不过，只好暂且顺她的意。

便说今日请云浠赴宴，也是一招缓兵之计。

裴铭的原话是："母亲便是想为阑儿与阿汀的亲事做主，好歹将大寿过了再说。"

至于老太君是不是看破了老爷的心思，将计就计，想借着自己的寿辰给云浠做主，且等着老爷与二少爷去愁吧。

冯管家这样想着，抬袖口揩了揩额角的汗，赔着笑道："不瞒小姐说，今日小的来侯府前，老太君还特地嘱咐了一席话。

"老太君说，这几年侯府的境遇不好，她老人家都知道，便是老爷公务繁忙，断没有不相帮的理。侯府与裴府间走动得少，是老爷与二少爷的疏忽，她老人家这就代为赔罪了。"

冯管家说着，朝云浠鞠了一个大躬。

"老太君身子不好，今年这么折腾着赶了三个月的路来金陵，说是想老爷与几位少爷了，岂知不是想见一见小姐您呢？老太君说自己老了，与后辈们也是见一面少一面了，这回寿辰，小姐您可一定要来，她老人家还巴巴地在府里等着小的去回

话呢,您可千万别令她伤心失望啊。"

云浠不想去裴府。

可话都说到这个份上了,她再推辞就说不过去了。

云浠只好点头道:"好,老太君寿辰当日,我一定前去贺寿。"

她想了想,又补了一句:"烦请管家回去跟老太君说一声,我去裴府只是因为想老太君了,特地为我设座便不必了,赴宴的都是贵人,我照规矩入席就好。"

"好,好。"冯管家见云浠应承,大大松了一口气,她的要求无有不应的,恭维道,"小姐您可是堂堂三品侯府的嫡出小姐,便是照规矩入座,席次又哪能低了?"

言罢,他称要赶着回府告诉老太君这一喜讯,匆匆走了。

冯管家一走,方芙兰还没开口,罗姝便喜道:"阿汀,这可真是太好了,我方才看你的样子,还当你不愿去裴府呢。这下好了,你我同去,好歹也有个伴。

"哦,对了,你可知道这回老太君祝寿,素素也会来?前阵子皇贵妃设宴,我进宫遇见她,她说裴二哥哥初回京,你去枢密院找他办事,与她撞了个正着,彼此之间生了点误会。她回去后细想此事,心中很是过意不去。这回借着老太君的寿宴,我正好帮你们把这误会解了。"

罗姝的父亲在枢密院任职,是姚杭山的下属,两家之间常有来往,罗姝因此也与姚素素走得近。

云浠当了一夜的值,有些乏累,不想与罗姝周旋:"你多心了,我与姚素素之间并没有什么。"

她问方芙兰:"阿嫂,今日您是不是该去看大夫了?我正巧有空,陪您去吧。"

方芙兰浅浅笑道:"哪用得着你陪,姝儿妹妹一早来就说要陪我去医铺,你辛苦了一夜,自去歇着吧。"

云浠想了想,一点头:"行,我送你们出门。"

三人刚走到院中,只见田泗与阿苓扶着白叔从后院过来,一并送前来施针的大夫。

白叔的腿疾自施针以后,一日好似一日,虽不能如常人一般,好歹能拄杖行走了。

几人对大夫千恩万谢,云浠略一沉吟,唤住大夫,将他请到一旁:"吴大夫,有桩私事想跟您打听,不知您方不方便相告。"

"大小姐只管问便是。"

"不知是哪家贵人伤了腿,您才来侯府试诊的?"

"这……"吴大夫有些犹豫,"贵人身份尊贵,他的名讳,在下实在不便相告。"

云浠心中其实对试诊的事有几分揣测,看他不愿答,知道追问无果,转而道:"您初来施针时,一次好歹还收十文钱,眼下降到三文钱,实在太低了,侯府承您之恩，过意不去，不如还是按当初的价钱付给您吧。"

"使不得，使不得。"吴大夫忙道，"小姐有所不知，就因为给侯府出诊，在下于医道上颇有所获，治好了贵人的腿，从贵人那里得了许多赏赐。说起来，还是侯府帮了在下，在下如今来为白管家施针，连三文诊金都不该收的。"

云浠见他执意不肯，只好点头："实在是有劳吴大夫了。"

说着，她与田泗、阿苓一起，把罗姝、方芙兰还有吴大夫一并送出府门。

几人还未离开，巷子口一名衙差匆匆跑来。衙差名唤柯勇，虽不常在云浠手下当差，却是个十分信得过的。

他撑着膝盖，狠喘了一口气："云捕快，那个害三公子落水的艄公找着了！"

第五章 雾里悬灯

"当真?"云浠一喜,又一想,那艄公实在狡猾,水性又好得出奇,人往水里一钻,竟消失得无影无踪,她连日来几回寻到艄公的踪迹都被他扎入秦淮河里溜了,这回是怎么寻到的?

柯勇看出云浠的疑虑,当即道:"他是自己来投案的。"

"自己来的?"

"对。"柯勇点头,眼神十分复杂,"他说,有个贵人要杀他灭口,这才投案求官府保他的命。"

云浠一听这话就愣了。

贵人?

是了,当初三公子之所以溺水沉底,正是因为袖囊里被塞了两块金砖,艄公一穷二白,金砖显然不是他的,因此他推三公子下水,一定是受人指使。

而今这个人要杀他,自然是要灭口了。

云浠道:"你们可问了他,是谁要杀他灭口?"

"早已问过了。"柯勇道,"但他也不清楚,只知那人厉害,派出来追他的人手比咱们京兆府都多。他兴许是被吓着了,说话颠三倒四的,还提及三公子什么什么的。三公子的事,小的们也不清楚,更不敢多问,想着云捕快您或许有主意,便赶来告知您。"

云浠知道此事耽搁不得,立刻点头道:"好,我现在便回衙门。"

她又回头吩咐田泗:"你沿路找个巡城御史问问,看看三公子今日在哪里巡街,

跟他说艄公找着了，请他务必赶来京兆府一趟。"

云浠到了京兆府大牢，外间的两个看守道："云捕快，您总算来了，早上来投案的那个犯人在里头犯了好一阵疯病呢。"

云浠有些不放心："方才可有什么人来过大牢？"

"除了傻子七过来送饭，没人来过。"其中一名看守道，"云捕快，您放心，老柯走之前交代过了，您到衙门前，不放任何生面孔进来。"

云浠一点头："辛苦你们了。"便带着柯勇进了牢门。

刚下了一段石阶，只听身后看守喊："御史大人。"

云浠回头一看，田泗已带着程昶与两名小厮赶到了。

时逢正午，京兆府大牢里除了牢门口透进来一点光，里头十分幽暗。程昶一袭墨蓝官袍，一头青丝规规矩矩地束成髻，拿白玉簪簪了，五官瞧不太清，眸光却被晃动的烛火照着，时隐时现。

云浠愣了下才见礼："三公子。"

程昶点头："听说那个艄公找着了？"

"找着了。"云浠应道，"卑职这就带三公子过去见他。"

下了石阶是一条长长的甬道，两侧均有牢房，云浠将程昶带到最后一间牢门前，只见那艄公瑟缩着坐在墙角，嘴里喃喃自语，不期然瞧见他们，一下扑过来，扶着栅栏嘶喊道："小王爷救我，官老爷救我——"

云浠看了柯勇一眼，柯勇会意，取来钥匙打开牢门，搬了张干净杌子给程昶坐，安抚艄公道："你放心，只要你把花朝节当夜的事老实交代了，三公子与京兆府必会保你的命。"

"是，是。"艄公磕头。

他连日被追杀，神志已不太清醒，说话颠三倒四的，云浠听了一阵，总算理出个头绪，与她查到的差不多。

这艄公有个女儿，去年刚及笄时说了门好亲事。一日她在河边卖花，被醉酒路过的三公子调戏了几句，倒是没怎么样。可惜那亲家听说了这事，忽然执意要退亲，还扬言艄公的女儿不干净，是个傻子，让艄公把收下的聘礼退回去。

女儿家名声毁了，这辈子怕是要嫁不出去，艄公气不过，恨来恨去便恨上了程昶。

"只是这样？"柯勇道，"就因为这个，你就对三公子下毒手？"

"倒也不全是……"艄公支支吾吾道，"草民……草民有些好赌，手里一有银子便留不住。那亲家来讨聘礼时，已被赌没一半了，草民没法子，只好去跟地下钱庄借，借了却还不上，那钱庄的东家便说要草民赔一双手。草民一个摇橹的，手没

了,吃饭的家伙就没了,正急得焦头烂额,有个人找到了草民……"

"谁?"

"他遮着脸,草民瞧不清。他说,只要草民为他办一桩事,他便帮草民把钱庄的银子还了,还会再给草民一百两银子。"

云浠问:"便是他让你往三公子的袖囊里塞金砖的?"

艄公点头道:"三公子是堂堂琮亲王府的小王爷,草民原也是不敢的,可是……若没有人帮草民还银子,草民没了手,命也就没了。那人跟草民说,不过是往三公子的袖子里塞金砖罢了,草民这么穷,谁能料到是草民做的,八成都以为是三公子自己落水呢,草民也就信了他。"

"不想——"艄公说到这里,眼眶一红,声音哽咽起来,"三公子出事以后,头一个要杀草民的,竟不是官府的人,而是那人的人。那人手底下个个都是高手,草民知道自己遭了大祸,担心渔儿被牵连,趁那些人不备回了一趟家,带着渔儿一起逃……"

渔儿便是这艄公的女儿。

这事云浠知道,她在艄公家周围安插了眼线,第一回寻到艄公的踪迹,便是他回家找女儿的时候。

"那些人的心肠实在歹毒,连一个小姑娘都不肯放过。渔儿水性不及我,不慎被追到,还在水下,那些人就直接一刀——一刀要了她的命!"

艄公目眦欲裂,狠狠抹了一把溢出眼眶的泪道:"我心知自己是躲不过了,我做错了事,命贱,死了也就死了,可渔儿不能白死,我要那些人为她偿命!"

艄公言罢,一时悲愤交加,左右一看,瞥见小桌上搁了一碗清水,端起来喝了一口。

云浠问:"追你的人既有官府的衙差,又有杀手,你是如何区分的?"

她派去找艄公的衙差,大都穿常服,穿着官服去追人,不是摆明了告诉对方快逃吗?

"官府的人不要我的命,那些人却心狠手辣,且他们都穿黑衣,蒙着脸,大约是怕被人认出。"

穿黑衣,蒙着脸,还个个都是高手?这架势倒像是哪户高官显贵自己养的暗卫。

看样子,藏在背后的真凶果然是个厉害人物。

云浠又问:"那些黑衣人中,你能否分辨出其中一二人,或是知道什么特别的线索?"

"分辨不出。"艄公道,想了想又说,"倒是最开始与我接头的那个黑衣人,他把两块金砖递给我时,我瞧见……他的右手手心有一道刀疤。这么长,这么深,

第五章 零里悬灯

就像有人拿刀将他的右手切成两半后又缝上的。"他边说边比画着。

"至于线索……"艄公皱眉沉吟,竭力回想,忽然抬起头,瞪大眼,像是回想起什么可怖的一幕,"有……有——"

他骇得说不下去,又端起桌上的水,咕噜咕噜一口饮干。

"那个右手有疤的人来找我时,我一开始也担心,毕竟他让我害的人是小王爷,一不小心,我和渔儿全要赔了命去,我就问他,究竟是谁想做此事。"

"他说,他说——"艄公脸色发白,额头渗出汗,仿佛说话艰难,伸手抚住脖子道,"他说,不该问的别多问,总之小王爷他……他——"

艄公的声音越来越涩,到了最后一个字竟已说不下去,伸出双手紧紧卡住自己的嗓子根。

"不好!"云浠见这情形,反应过来,即刻吩咐道:"快取水来,干净的水!"

然而已经太晚了。一切发生在瞬息之间,艄公的嘴里忽然涌出大口鲜血,整个人僵直着倒地,慢慢地没了气息。

一牢房的人面面相觑,一时间无人说话。

方才还好端端的一个人,突然就这么死在他们跟前了。

过了会儿,只听一个沉静的声音道:"是这碗水。"

这话是程昶说的。

他的目光落在小桌的空碗上,空碗里本来是有水的,方才艄公心急如焚,把水都喝尽了。

田泗甚是聪明,听了程昶的话,出了牢门,不一会儿拎回来一只耗子。

耗子把碗中剩余的几滴水舔干净,没过多久也死了。

艄公自投案到进这间牢房,统共也就两个时辰,云浠来时就问过,这两个时辰里除了来送饭的傻子七,没人进来过。

傻子七是个真傻子,一出生脑子便坏了,若不是他当捕头的爹因公差死了,京兆府不会给他这份送牢饭的差事。

也因此,傻子七每回送饭送水,碗上都标着号,哪一间哪一碗,清清楚楚,一旦错一碗,他就会彻底弄混。

傻子七这么傻,艄公不会是他害的。

可大牢的看守明明说了,艄公被关进来这期间,没人进来过。

所以,要么就是看守撒了谎,要么就是傻子七送来的这碗水被人途中做了手脚。

田泗道:"我……我……我找李大屏问问去。"

李大屏是其中一个看守。

"不必了。"云浠摇了摇头,"看守没有撒谎。倘若是看守撒了谎,除了傻子

七还另放人进了牢房,那人既有时间下毒,何不一刀杀了这艄公更痛快?"

那些人之所以要杀艄公,就是为灭口,在一碗水里下毒,谁知道他什么时候喝?倘若他在喝之前把该交代的都交代了,岂不白费工夫?

因此,事先除了傻子七,必然没有人来过这牢房。

看守没有撒谎,水是在傻子七送过来时被人下了毒。

程昶问:"那个要杀艄公的人既没进过这间大牢,怎么确定艄公在哪间牢房的?"

柯勇道:"三公子有所不知,咱们衙门里,每个身上有案子的捕快,都有一间自己的牢房。倘若抓来嫌犯,也是先关入自己这间,一旦大人们要审案子,衙差们就知道去哪一间提犯人。"

程昶点了一下头,又陷入深思。

过了会儿,他看了云浠一眼,欲言又止:"你……"

云浠愣了愣,立刻反应过来,吩咐其余人等:"田泗、柯勇,你们带着人先去外头等。"

待人都撤出牢房了,云浠对程昶道:"三公子有话但说无妨。"

程昶点了点头,问的却仿佛是一桩不相干的事:"我听说,昨夜你值宿,今早艄公过来投案的时候,你本来在家中,是衙差去寻你,你才赶过来的?"

"是。"

"当时你家中有几人听见艄公投案这事?"

云浠一愣,心想:这可就多了,来她府上做客的罗姝,为白叔看诊的吴大夫,还有方芙兰、丫鬟鸣翠、白苓、赵五,以及前院的几个仆从。

云浠道:"三公子的意思是,卑职身边的人有问题,否则那位给水做手脚的人,不会知道艄公被关在卑职这间牢房里?"

程昶摇头:"不止。真凶势大,要杀艄公早就杀了,何必等到他来投案?说明艄公来京兆府,他也是始料未及的。"

"即便始料未及,那真凶一旦得知艄公在京兆府大牢,派人过来杀了就是,何必畏手畏脚?以他的势力,难道还怕两个看守,不敢进这牢房?"

云浠一想,是了,毕竟那是连琮亲王府的小王爷都敢下手的人。

"只有一个解释。"程昶道,"他要派人进这牢房杀人灭口时,已经来不及了。

"你我都是正午到的,适逢傻子七刚送过饭,那么反过来想,真凶派来的人为什么会来不及直接对艄公下手?因为他一定是知道你我快到了,怕被抓个正着,这才没有进牢房,而是选择在傻子七的水里做手脚。这就说明,这个被真凶派来杀人灭口的人,只比你我早到一会儿罢了。"

第五章 零里悬灯

"他为什么只早到了一会儿?"

"因为他与你我一样,也是刚接到艄公投案的消息。柯勇是去侯府把消息告诉你的那个,若是他沿途透露的消息,真凶有充足的时间安排人手灭口,因此不可能是他,田泗与两名看守也是如此。所以,这个消息只有可能在两个时间点泄露。"

云浠恍然:"柯勇把消息告诉我时,或者田泗去找三公子,把消息告诉三公子时?"

程昶点头,犹豫了一下道:"但我觉得,问题并不出在我这里。田泗来找我时,我身旁除了两名小厮,并无旁人,且我一听到这个消息,当即快马赶来了,真凶的人未必能比我快。"

所以,消息泄露的地点,最有可能是在今早侯府门口。

是了,云浠想,她是徒步赶来京兆府的,她再快,终究抵不过旁人快马加鞭。

今早的侯府门口,一旦有人得知了艄公投案的消息,然后赶着把这消息告诉真凶,真凶再安排人快马赶来京兆府,刚好与她差不多时辰到。

"而且……"程昶又补了一句,"这个人还精准地知道,你的牢房是哪一间。"

可是,这个人是谁呢?

早上在忠勇侯府门口的那些人,都是云浠再熟悉不过的人。

云浠默然立着,她抿着唇,双手渐渐握紧成拳,十分自责。早上柯勇来找她时,她怎么就不警醒些呢?这些日子柯勇一直在帮她寻找艄公的踪迹,她怎么就不能在柯勇开口前先截住他的话,把他带去一边再说呢?

她又有些后怕,泄露艄公投案消息的,竟是她所熟知的人。

她身边的人里,竟有人认识要杀害三公子的真凶,并且是非不明地助纣为虐。

程昶看着云浠自责又惶然的样子,说道:"你也不必太放在心上,这些只是我的推论罢了,不一定对,说不定有的细节被我忽略了。"

云浠却摇了摇头:"是我太大意了!这艄公好不容易来投案,却没说完最关键的一句话,这下线索又断了。"

牢房烛光晃动,云浠低垂着眸,长睫在眼睑下方投下深影,牙齿紧咬着唇。

程昶默不作声地看了一阵,片刻后说道:"线索没断,我有办法。"

"三公子有办法?"

可是人都死了,还能有什么办法?

程昶道:"正着不行,我们可以反着来。"他解释道,"那些杀艄公灭口的人,最希望的是艄公死,那么反过来,他们最怕的是什么?"

云浠张了张口,似有所悟。

程昶点头道:"他们最怕的就是这艄公没喝那碗投了毒的水,他根本没有死。

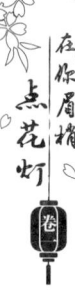

"所以，背后藏着的真凶一定会千方百计地派人来确认艄公的情况。一旦他发现艄公并没有死，一定会再次动手。"

"请君入瓮？"云浠茅塞顿开，"三公子的意思是，我们可以暂将艄公的死讯瞒下来？"

程昶"嗯"了一声："这艄公根本没见过真凶，知道的线索并不多，但那些杀手就不一样了，他们应该是真凶养的暗卫，只要活捉一个，能问出的东西一定比这艄公多许多。我们可以先寻一人假扮'艄公'，诱杀手上钩。"

他说着，沉吟一番，又道："附近几间牢房里没有人，方才艄公死的时候，我们并没有声张，也就是说，眼下知道这艄公已死的人只有我们六个，都是可信之人，因此不必担心艄公已死的消息外泄出去。但这间大牢不行，牢房的走道是相通的，人来人往，假艄公关在这里，太容易被人发现。"

云浠想了想道："卑职可以向张大人讨要一间柴房，暂将假艄公移往此处关押，只是……"她犹豫了一下，"假艄公进了柴房，便需额外的人手日夜轮班看守，卑职这里……只怕是人手不够。"

她的话没说完，其实并非人手不够，而是能够信任的人实在不多。

艄公投案的消息就是在侯府门前泄露的，她已是杯弓蛇影。

"人手我有。"程昶道。

他一来到这边就知道"自己"被人杀害，两三个月下来没干别的，净顾着想法子保命了。王府中小厮与武卫的根底被他摸了个干净，哪些人可用，哪些人要再看看，哪些人该远离，他心底清楚得很。

程昶执行力极强，说做就做，打开牢门把田泗、柯勇以及两名小厮叫了进来，一面吩咐小厮回王府调派人手，一面让柯勇去牢门口守着，暂不放任何人进来。

不出半个时辰，小厮便引着王府的人到了。

程昶已把事情如何安排在心里过了几遭，条理清晰地交代："你们把艄公押进柴房后，日夜轮班守着，若有人问起，不必顾忌，只管说这艄公在花朝节推我入水，而今他投案了，却言辞疯癫，时而说有人要杀他，时而又说害小王爷的不是他，再问下去，他却什么都说不出来。我因此大怒，认为他是拒不招供，这才将他关入柴房，命人日夜刑讯拷问。"

言罢，看死去的艄公虎背熊腰的，与张大虎体格相似，嘱咐张大虎与艄公换了衣，散下长发，往脸上抹了灰，扮作艄公的样子关入了柴房中。

云浠在一旁看着，一边跟着思量，心中渐渐明白过来。

是了，对真凶而言，这艄公死了固然好，但他若没死，活着把什么都交代了，真凶便没必要费心思派人来杀他了。

程昶之所以要放消息说这艄公言辞疯癫，便是要让那真凶觉得，这艄公被连日追杀吓出了疯病，尚未将最关键的环节交代出来。

只有这样，真凶才会中计。

左右琼亲王府的小王爷跋扈惯了，在京兆府占一间柴房拷问得罪自己的囚犯，是他能干出的事。

一时柯勇又来问那碗投了毒的水对外该如何说，程昶稍一思索，简单吩咐了几句，便交代妥当。

他逆光立着，整个人从容冷静，话不多，每一句都交代在点子上，时而垂眸深思，长睫遮不住眸底的光，却在眼梢拖曳出一抹淡影，像有人拿着墨笔信手挥就。

云浠曾跟着衙门里的人办案，便是那个资历最深的老推官，也不如眼前的三公子神思敏捷。

这还是从前那个飞扬跋扈无恶不作的小王爷吗？

又或者，根本是世人误解了他。

云浠莫名失了一会儿神，不知怎的，心里渐渐内疚起来。

这是她的案子，却要劳他在这里劳心费神。

云浠觉得自己帮不上程昶的忙，只好多出力，见柯勇要把艄公的尸体混在死去的囚犯的尸体里运出去，连忙找来板车，帮着搬运。

要出力的地方还不少，清扫现场、布置柴房、掩埋尸体，云浠是京兆府的人，还要进出衙门与张怀鲁禀明事态。

一直忙到暮色四合，云浠精疲力竭，抱着稻草进柴房时，连步子都有些踉跄。

一旁的田泗见了，说："阿汀，你去……去歇着吧。这几日你——夜里当值，白日还要照顾白……白叔，昨晚到现在，你都没……没睡过。"

这话不期然被不远处的程昶听了去，他看了云浠一眼，只见她面色苍白，唇上一点血色也无。

没吃没睡，典型的低血糖反应。

他想了想，叫来一个小厮："你去街口买些糖回来。"

他从前上班的时候，随身会揣几颗糖，上班族早晚加班，经常误饭点，又不运动，很容易低血糖头晕，这时候吃两颗糖下去，效果立竿见影。

"买糖？"小厮愣道，"小王爷，什么糖？"

"随便什么，糕饼、果酥，实在没有，白糖也行，只要是甜的就成。"

小厮应了声"好咧"，便往街口而去。

程昶又回头去看云浠，她仍没歇着，忙完柴房的事，又吩咐底下的人得空去秦淮河里捞一捞艄公女儿渔儿的尸体。

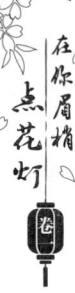

好歹是一条无辜的生命,她想,等害三公子的真凶抓着了,便把艄公与渔儿葬在一起。

云浠调配好人手,回来与程昶禀报:"三公子,卑职这里已忙完了。傻子七那里,我让柯勇过去随便问两句,他不记事,不记人,八成什么都不知道,若问多了,反而惹旁人疑心。这几日卑职得空,便来衙门守着,三公子您若有什么消息,派人来知会卑职一声便可。至于艄公提到的那个掌心有刀疤的人……"

她说到这里,胸口蓦地又闷又慌,人也有点发晕,不由得抬手扶了扶额。

程昶道:"你先歇一会儿。"

云浠也觉得自己有些撑不住,点头说好,走到一旁的稻草堆边,倚着坐下。

这么一坐,眼前就开始发黑,她闭上眼,脑中轰鸣不止。

因心中有未办完的事,她强撑着没让自己睡去。

程昶看了看她,又举目看向街口,没过多久,小厮气喘吁吁地回来了,手里拿着一串糖葫芦。

程昶愣了下:"怎么买这个?"

小厮道:"回小王爷,衙门附近的糕饼铺子关得早,小的一连跑了三条街,才买到这支冰糖果子哩!"

程昶:"……成吧。"

蒙眬间,云浠听到有人唤自己,先喊了声"云捕快",她没应,那人又喊"云浠"。

云浠缓缓张开眼,不知何时,天色已晚,程昶安静地站在她跟前,一身墨蓝官袍直要与这一天一地的苍茫暮色融为一体。

他伸手,递给她一串糖葫芦。

云浠愣愣地看着他。

他却淡笑道:"吃了这个,人就会好点了。"

暮色里有凉风拂过,吹动他眸里一点一滴的清冷光影,化成星。

云浠觉得,她在上元灯节的夜里,在花朝节的夜里,所见过的最亮的明灯也不过如此。

她默不作声地伸出手,将冰糖果子接在手里。

她不是生来就这么辛苦的,小时候跟着父兄住在塞北,堂堂侯府大小姐,也曾被人捧在手心疼爱过。

那时她最爱甜口儿的,常缠着老太君做点心给她吃。

冬日里果食稀少,有时馋冰糖果子了,云洛和裴阑还会溜出兵营去镇上买给她吃。

有多久没人买糖果子给她了?

是迁来金陵以后吗？还是父亲战死，哥哥牺牲，她带着哥哥的棺材回京的那一日？

忠勇侯府只余老弱病残，连阿嫂也染了疾，沉沉的担子扛在肩上，银子都要掰开来细数着花，平日里只吃衙门的饭菜，管饱了事，哪里会在乎味道。

或许连她自己都忘了，她喜欢甜口儿的，当年最爱冰糖果子。

她咬了一口，冰糖在嘴里融开，带着山楂的酸脆，丝丝润入心肺。

云浠垂着眼，声音很轻地道："多谢三公子。"

程昶看她一副沉默的样子，以为她还没缓过来，说："没事，你今日为我的案子忙前忙后，按理我该请你吃顿便饭，但天太晚了，饭算我欠着。等你歇好了，我先送你回家。"

马车辚辚走在道上，车内宽敞舒适，角落里的小几上点着灯，程昶倚着车壁而坐，低垂着眸，一言不发。

他操劳了一日，不是不累的，但他深知自己身上的这桩案子非同小可，单凭他和云浠，想要揪出背后藏着的真凶只怕十分艰难。

他也知道京兆府的张府尹想要息事宁人，见他落水后无事，早已销了案子。

依照常理，程昶应当把落水被害的事告诉琼亲王，由大理寺立案彻查。

可是……

一来，他并非真的小王爷，若大理寺遣人来问案，问不出真凶的线索不说，只怕他自己先露出马脚。

二来……他也知道这事有点匪夷所思，但冥冥之中，那个死去的程昶仿佛在这具身体里留下了一缕执念。

是他告诉他，找琼亲王无用，寻大理寺也无用，这事若太早掀开来摆在明面上，更会打草惊蛇。

马车已行了一阵，云浠看程昶一直沉默不语，心中渐渐浮起一桩事来。

她唤他一声，低声道："有桩事，冒昧与三公子打听。"

程昶仍在深思，好半晌才回过神来应道："嗯？"

"大约半个月前，卑职府上来了一位姓吴的大夫，说他常看病的一家贵人伤了腿，他急着想法子治，便给有腿疾的人试诊。敢问三公子，这位吴大夫……可是您帮忙请来的？"

知道白叔患腿疾的人不少，可是近日来帮过侯府的，只有琼亲王府的三公子。

程昶愣了下，很快点头："是我。"

他轻描淡写道："月初礼部林大人祝寿，他的夫人伤了腿，吴大夫过去看诊，说有几个办法医治，不知选哪个好，想出义诊试试，当时我刚好在寿宴上，就跟他

提了白叔的事。"

林大人的夫人张氏与琮亲王妃是表姐妹,也是程昶的表姨母,程昶这番话,并不算凭空捏造。

月初确实是礼部林郎中的寿宴,宴上张氏也确实伤了腿,但只是寻常扭伤,养几日就好了,断不必大夫出义诊试法子。

而琮亲王妃之所以纡尊降贵,带着程昶去一名区区五品官的府上赴宴,祝寿是其次,主要是小王爷已到及冠之年,好不容易收敛脾性,议亲才最要紧——林府那位表小姐温顺可人,是不错的人选。

程昶知道,眼下云浠已然猜到是自己帮忙请的大夫,若一味不认,反而显得挟恩自骄,不如寻个由头把这事带过去。

云浠道:"多谢三公子,而今白叔得吴大夫施针,腿疾已好了许多,卑职……"她犹豫了一下,"卑职不知道当怎么回报三公子,您的案子,卑职一定会竭尽全力。"

程昶云淡风轻道:"我就是顺道提了一句而已,你别放心上。"

不多时,侯府到了,程昶帮云浠打了帘,嘱咐道:"你好好休息。"然后坐回车里,让小厮驾着车走了。

马车在巷子里越行越远,映着灯火与月色,慢慢消失不见了。

云浠立在侯府门口看着,不知过了多久,府门"吱呀"一声,方芙兰提了风灯出来,问云浠:"阿汀,你站在那里做什么?"又往巷子口看了一眼,"我方才听见马车声了。"

云浠回过神来:"哦,方才是琮亲王府的三公子,我……他走了,我给他站班子。"

方芙兰听是程昶,眸中闪过一抹讶色,上回是他,这回又是他。

但她没说什么,只笑了笑:"人都走这么远了,你还站什么班子?"

不等云浠答,她又说:"你累了一整日,赶紧回来歇着。"

云浠一点头,跟着方芙兰往府里走,不经意间想起白日间的事——那个泄露艄公投案消息的帮凶,就是今早出现在侯府门口的人。

今早出现在侯府门口的有哪些人呢?

云浠在心里默数,除了她和方芙兰,还有白叔、阿苓、赵五、丫鬟鸣翠、两个仆役,以及罗姝与罗姝的丫鬟。

究竟是谁把消息泄露了?

云浠慢慢顿住步子,唤道:"阿嫂。"

方芙兰回过身来。

"咱们府上的人,都是可信的吗?"

第五章 零里悬灯

方芙兰一愣，不知她何故有此一问，柔声道："可不可信，你还不知道吗？前几年府上无以为继，你我散了大半仆从，留下的这些，哪个不是跟了侯府大半辈子的？"

见云浠眉间思虑颇重，她问："阿汀，怎么了？可是出什么事了？"

方芙兰身子不好，云浠不愿让她跟着忧心，摇了摇头："没事。"

她又寻了个幌子："就是哥哥袭爵那事，我前阵子不是说要找份证据吗？这都快一个月了，塞北那里除了秦叔和阿久回信说会帮忙，其余的包括裴阑给的线人，全都没有消息。

"听说圣上五月初就要审哥哥的案子，我有些着急，本想亲自去塞北一趟，又担心府上的人照顾不好您。"

方芙兰听她说完，不由得一笑："原来是为这个。"她温声道，"你哥哥袭爵的事已拖了好几年，不必急在这一时，眼下倒是有桩更要紧的事，你可仔细放在心上才是。"

"更要紧的事？"

"你糊涂了？"方芙兰失笑，"你且算算日子，老太君是五月初二的寿辰，今日是哪一日了？"

今日是四月二十七，只余四日了。

云浠忙昏了头，这才意识到老太君大寿将近，一时着急："也不知来不来得及为老太君备寿礼。"

"这个你不必担心。"方芙兰道，"今日冯管家回去跟老太君禀明了你赴宴的事后，下午老太君又打发他过来了一趟，说是帮老太君带话，问你讨要寿礼，指明要一柄侯爷从前用过的旧剑。"

为了不让她难堪，连寿礼都帮她想好了。

方芙兰笑道："阿汀，老太君这么念着你、想着你，说不定真如姝儿妹妹所说，要在寿宴上为你和裴阑少爷定亲。"

她回过身，往正屋里走："我今日看完大夫，去当铺把皇贵妃娘娘赐给我的玉镯子当了，为你置办了一套衣裳首饰。还有庚帖，我让鸣翠从旧阁里取出来了。老太君祝寿当日，咱们把庚帖带去，省得定亲时，旁人要看你和裴阑指腹为婚时交换的庚帖，咱们拿不出来……"

方芙兰兀自说着，语气十分轻快。她平日里话不多，今日显见得是极为云浠高兴的。

云浠落后她两步，不知怎的，心中竟半点没有方芙兰的喜悦，反而觉得有些落寞。

"阿嫂。"她握了握手里的剑，垂眸道，"我不想嫁给裴阑。"

"为何?"方芙兰愕然回头。

云浠摇了摇头:"我也不知道。"

她一身朱衣立在月色下,整个人十分落寞。

其实,她是知道自己为何不想嫁给裴阑的,她只是不知道自己今日为何就将这话说了出来,仿佛藏不住了似的。

她从前怕方芙兰担心伤身,总是顺着她的意,许多事都埋在心底。

方芙兰提着灯走下石阶,问:"阿汀,你是不是在怨裴府这些年从未帮衬过咱们?是不是在怨裴阑回金陵后没有立时上门来提亲?但是你要想啊,"方芙兰柔声道,"每一个人都有自己的难处,每一户大家子也有他们作为大家子的难处,人活在这世上都不容易,有时候多为自己想一些,多几分私心,并没有错。而今裴府愿意向你提亲,便说明他们愿意信守诺言,何必为了赌气,拿自己的前途当儿戏呢?"

云浠张了张口,却什么都说不出来。

方芙兰的话,她无从反驳,纵然她觉得裴阑待她已不仅仅是"私心"二字这么简单,她也不愿多说旁人闲话。

何况,她亦是惶惑的。

心中茫茫起了大雾,雾里亮起一盏灯,她不自觉地朝着那灯走,便与从前的自己远了。

方芙兰道:"你是累了,去歇着吧。明日到我房里把新置的衣裳首饰试一试,等老太君寿辰当日,你一定打扮好看了去。"

第六章 寿宴退亲

五月,江南入了梅,雨水淅淅沥沥的,从黎明落到暮里。

初二一早,方芙兰撑着伞,嘱咐两个仆役将备好的贺礼搬进马车里。

这日是老太君的寿辰,极可能也是云浠的大好日子。

虽然老太君先前已讨要了一柄旧剑作为贺礼,方芙兰怕送过去太寒酸,失了侯府的脸面,仍想法子备了些旁的。

云浠看着方芙兰忙进忙出,原想问那些多出的贺礼是从哪儿来的,微一思量,到底没问出口。

同一屋檐下相依为命,彼此知根知底,哪还有什么猜不到的?

云洛生前待方芙兰十分好,那时方家小姐艳冠金陵,云洛尚未娶她,便将她搁在了心尖上。

方芙兰过门后,云洛因征战,两人相守的日子并不多,每逢他得了朝廷的赏赐,都会买许多物什寄送给她。

环钗首饰,脂粉华衣,不一而足。

方芙兰生得太美,云洛觉得天底下最好的珠玉都不能与她相配,总怕怠慢了她。

可惜这样琴瑟和鸣的日子没过多久,云洛便走了。

云洛战死塞北的噩耗传来,方芙兰伤心欲绝,病了大半年,险些随他而去,后来还是看着云浠一个孤女支撑侯府艰难,才强撑着站了起来。

一府老弱病残,哪里都需要花银子。

阿苓的娘亲病得只剩一口气的时候,方芙兰一咬牙,拿出云洛生前给自己买的

环钗，对云浠说："阿汀，你拿去当了吧。"

云洛走得突然，连一句话都没来得及跟方芙兰交代，这些环钗是他留给她唯一的念想。

云浠本不愿当了它们，方芙兰却说："在你哥哥心中，这个侯府，还有侯府里的这些人，永远都比这些死物重要。"

云浠于是为方芙兰留了几样她最喜欢的，其余的都当了。

看着方芙兰指挥着仆役往马车上抬贺礼，云浠想：她的阿嫂为了她，大约把自己最喜欢的那几样首饰也变卖了吧。

裴府的寿宴在晚上，不少人一大早便登门祝贺，大都是看在裴府显贵，过去拉交情的。

忠勇侯府没人当官，倒是不必去那么早。

傍晚时分，雨停了，方芙兰与云浠带上丫鬟，由赵五驱车，往裴府而去。

裴府门口十分热闹，两旁挂着的红灯笼上以金粉写着大大的"寿"字。

冯管家与二房的两位小公子在府门前迎客，一旁站着一排收礼的仆役，后面有张桌子，上备笔墨红宣，供来客写祝词。

冯管家一看到云浠，当即迎了上来："少夫人、云大小姐，您二位可算来了，老太君今日早盼着哩，快请进，快请进。"

说着，跟一旁的小仆交代了两句，便亲自将她二人迎进了府内。

裴府很大，宴席开在东面的花苑里，中有小池，莲叶田田，虽未开宴，众人已相谈甚欢。

云浠举目望去，只见上首的座旁，姚杭山与罗复尤这些当朝大员正陪着老太君说话，而姚素素、裴阑、罗姝就立在一旁，一时不知说起什么，姚素素与罗姝的脸竟同时一红。

这时，一个小仆凑到老太君耳旁说了一句。

老太君一怔，抬头瞧见了云浠，拄杖疾步朝她走来。

走近了唤一句："阿汀。"握了她的手，不知是喜是悲，险些落下泪来。

云浠也动容道："这几年祖母身子不好，阿汀早有听闻，一直没能去探望，是阿汀不孝。"

老太君比以往老了些，但她到底是女将出身，哪怕到了古稀之龄，依旧鹤发童颜，精神矍铄。

听到这一声"祖母"，她的声音愈发哽咽："难为你还肯叫我一声祖母，这些年……唉，哪里是你不孝，是裴府亏欠了你才对。洛儿那孩子，小时候那么顽皮，我还骂他是祸害遗千年，没承想，没承想……"

第六章 寿宴退亲

她说着，双眼渐渐盈满泪花，方芙兰见状，柔声劝慰："今日是老太君的寿辰，流泪可不吉利。这些年老太君一直思念阿汀，阿汀何尝不是盼着能见您一面？而今祖孙二人终于得以重逢，该高兴才是。"

"是，是，芙兰说得对。"老太君用手拭了拭眼角的泪，笑道，"我是老糊涂了，而今我们祖孙终于重逢，是大喜事。"

云浠与云洛自小就跟老太君亲，唤一声"祖母"不为过。

可他们之间到底没有亲缘，方芙兰与老太君一人一句"祖孙俩"，旁人听在耳里，就是另一番意味了。

一时有人窃窃私语，话里话外不离云浠与裴阑的亲事。

姚素素立在一旁，慢慢握紧罗姝的手，脸色发白。

可老太君眼里哪里还装得下旁人？她松了云浠的手，将她推开了些，上下打量。多年未见，这个常缠着她的小姑娘长大了，出落得比她想象的还好看。

眉眼明媚如春，青丝茂密，干干净净的眸子里藏着云氏一门与生俱来的坚贞坚韧，双唇微微一弯，颊边的梨涡又溢出几分如早春山溪般的澄澈。

她今日没穿捕快衣，一身淡青裙衫外罩了一层轻纱，腰扣上的玉虽不算名贵，映着灯火，华光流转，与她马尾间的栀子花簪相映生辉。腰身纤细，不显娇弱，反而更加亭亭玉立。

老太君连连点头："好，真是好……"

她拉过云浠的手，比方才更亲昵几分，悄声道："我今天下午趁着午歇的时候，给你做了几份你小时候最爱的点心，你快来尝尝，看看合不合胃口。"

一旁侍立着的三房少爷听了这话，一面去扶老太君一面笑道："祖母当真偏心，下午做好点心，孙儿想尝一口都不肯给，偏生等到云大小姐来了，全拿出来给她。"

老太君拍开他的手，笑骂："你也配跟阿汀比？"

这话一说，什么意思众人都听明白了。今日的寿宴上，老太君一定会给裴阑与云浠的亲事做主。

一时间，裴府的仆从、外来的宾客，对侯府人的态度都恭敬起来。

这时，外间有人来报："老太君、大老爷，陵王殿下、琮亲王殿下、三公子到了！"

老太君一怔，放下手中的点心，拍了拍云浠的手，叫上裴铭与裴阑："随老身去前院相迎。"

皇子与王爷到了，众人皆不敢怠慢，跟着老太君，一并去了前院。

前院比方才静了许多，仆从们屏息凝神，从大门口迎进来一个身着绀青锦衣、眉眼英朗端方的人，正是当今的三皇子，陵王殿下。

前些年太子病逝，昭元帝膝下还余三个皇子。三皇子陵王最为年长，另就是四皇子郓王，而六皇子年纪小，才十一岁，尚未封王，如今仍住在宫里。

陵王系皇贵妃所出，算是个身份尊贵的庶皇子。

老太君见了陵王，领着裴铭与裴阑参拜。

陵王上前扶住她，彬彬有礼地说："小王是听从母妃的派遣，过来与老太君贺寿的，老太君是长辈，小王怎好受您的礼？"

言罢，他一并免了院中所有人的礼。

这时，府门口又有动静传来。

是琮亲王与三公子入府了。

众人尚未来得及跟琮亲王参拜，目光便不由自主被落后他半步的三公子吸引。

程昶今日一身淡青色长衫，长发如墨绾成髻，手里还拿了把折扇。

要命的是那张脸，好看得天怒人怨，偏生他近日转了性，不苟言笑，沉默且清冷地立在灯火下，不动倒也罢了，倘动一步，衣摆云纹浮动，恍若月色流淌，不是行在人世间，而是步在云端里。

在座都是凡人，只他一个是天上仙。

今日是老太君的寿宴，琮亲王不愿喧宾夺主，与陵王一样免了众人的礼，领着王妃与程昶入了席。

贵人们都到了，这就开了宴。

云浠是三品侯爵府的嫡出小姐，座次并不低，与姚素素和一位尚书府小姐挨着，抬头就能望见老太君。

菜肴全是珍馐，天南地北的菜式都有，酒过三巡，下人们端上来一份糯米甜枣儿。

老太君一看，笑道："老了，吃不来甜了。"招呼裴阑，"阑儿，你过来。"

裴阑起身，恭敬地唤了声："祖母。"

"你去，帮祖母把这份甜枣儿拿给阿汀。"

裴阑愣了愣，一时没动，回头往云浠的方向看了眼，不知是在看云浠，还是在看垂眸不言的姚素素。

老太君催道："愣着做什么，你不是知道她最爱吃甜口儿的吗？"

裴阑只好称"是"，端起那份糯米甜枣儿，走到云浠座前："请慢用。"

老太君笑意盈盈地瞧着，裴阑英俊，云浠动人，实在是天造地设的一对。

她忍不住对陵王与琮亲王道："叫殿下与王爷见笑，这两个孩子，小时候一起长大，那会儿阑儿浑得很，知道小丫头嘴馋爱吃甜，居然半夜溜出兵营给她买冰糖果子呢。"

陵王与琮亲王何等人物，哪能听不出老太君话里的意思，都道："裴将军至情

第六章 寿宴退亲

至性，此乃好事。"

宴席上并不必多拘礼，一时酒酣食足，众人端起杯盏，四处走动起来。

琼亲王妃笑着朝座下一方招了招手，不一会儿，就有几人走上来与王妃敬酒。

云浠看了一眼，这是礼部林郎中一家子。林郎中的夫人张氏是琼亲王妃的表妹，之前就是她伤了腿，吴大夫才来侯府出义诊的。

琼亲王妃一时说得高兴，搁下酒盏，去拉林小姐的手。那林氏小姐生得眉若远山，眼如秋水，实在是个美人。

王妃越看越喜欢，又侧过脸对程昶说了些什么，程昶不过是点了下头，不知怎的，林小姐的脸倏地就红了。

"阿汀。"

"阿汀？"

身旁有人一连唤了两声，云浠回过神来，只见罗姝笑盈盈地立在一旁："我过来时撞见素素，还想着找你俩一块儿说说话，她精神似乎不好，让丫鬟抱了雪团儿来，说要去花园里独自待一会儿，雪团儿就是皇贵妃娘娘赏给她的那只能识美人的猫。"

云浠点头："我知道。"

罗姝又往座上老太君那里看了一眼，轻声道："阿汀，恭喜你呀。"

云浠一愣："恭喜我什么？"

罗姝拿手轻轻一推她，一副开玩笑的样子："你别揣着明白装糊涂，谁不知道老太君是借着自己的寿宴，要为你和裴二哥哥的亲事做主了呢。还请来了陵王殿下与琼亲王殿下做见证，这天底下，怕只有御赐金婚才能遮得住你这风头。

"你自小便得老太君疼爱，她把你当亲孙女看待，真是舍不得叫你吃一点儿亏……"

云浠听罗姝絮絮叨叨地说着，有些心不在焉，目光不知不觉又落到那林小姐身上。

琼亲王妃与张氏愈说愈开怀，杯中酒水吃尽，唤来一名下人去添更烈的酒。

程昶与那林小姐在一旁陪着，程昶倒是能时不时应王妃一两句话，那林小姐耳根子已红得要滴出血来。

"瞧她那小家子气的样儿，还当自己能飞上枝头成凤凰，嫁进王府做王世子妃呢？"

"就是，平日里真是瞧不出来，林若楠居然是这样的人。想做王世子妃想疯了？连三公子也敢嫁。"

不期然，一旁压低着的声音落入耳里。

云浠抬头看了一眼，竟是几户人家的女儿凑在一起说那林小姐的闲话。

"什么王世子妃？林家小门小户的，堂堂亲王府如何瞧得上眼？依我看，琼亲

王妃也就是看三公子到年纪了,先纳个侧室罢了。"

"不可能是侧室,要娶一定先娶正妃。"一旁有个明白些的道,"正因为琼亲王府的门第太高,是正儿八经的皇亲国戚,三公子的王世子妃,出身才不能太高贵。像林府这样的,刚刚好。"

一众小姐、姑娘皆愣了愣。

听明白的沉默不语,有几个糊涂的紧赶着追问。

云浠移目去看程昶。

那边正好来了位王府的家将,凑到程昶耳畔说了句什么,他听后点了下头,跟着家将往西面的水榭去了。

他刚走没一会儿,给琼亲王妃换酒的下人过来了,将新的酒壶搁在桌上,又将先前的杯盏往托盘里收。

不知何故,这下人似乎有些情急,收好杯盏端起托盘要走,转身与一名小厮撞了个满怀。

他动作甚稳,人虽晃了晃,托盘里的杯盏却纹丝不动,还顺手扶了一把小厮。

就是他伸手的这一刹那,云浠一下怔住。

因她看见,那下人的右手掌心有一道又粗又深的刀疤。

投案的艄公说,那个把金砖给他,让他去加害三公子的黑衣人,手心就有这么一道刀疤。

那艄公还比画:"这么长,这么深,就像有人拿刀将他的右手切成两半后又缝上的。"

这下人手心的刀疤,与艄公说的一模一样!

他撞了小厮,走到角落,见没人注意自己,脚步飞快地追着程昶离开的方向去了。

"阿汀?"罗妹又唤云浠,"你今日是怎么了?老是走神。"又掩唇笑道,"待会儿老太君要为你和裴二哥哥定日子了,你可别——"

不等她说完,云浠扔下一句:"我有要事。"人已匆匆离开。

程昶跟着家将往水榭走,越走越觉得不对劲。

方才周遭还有三两宾客,这会儿渐渐已无人了。

亭阁两侧湖水粼粼,再往前走,过了栈桥,则是一处竹林。

程昶本能地警觉起来。

眼前这位家将在王府三十年,忠心耿耿,一直很得琼亲王信任,按理是不会有问题的。

可是知人知面不知心,有人相识半生,也难知其真正面目。

程昶停住步子:"你说父亲寻我,他人在哪里?"

第六章 寿宴退亲

"回小王爷的话,王爷正在小竹轩等着您呢。"家将笑着回道,"小王爷这是吃醉酒,不记得裴府的路了,穿过前面栈桥与竹林,小竹轩就到了。"

琮亲王有头风病,人多热闹的场合大都待不太久,酒过三巡就爱寻个清静地方待着。

这是琮亲王的习惯,程昶知道。

可是……

程昶道:"你去与父亲说一声,我不过去了,有什么事回王府再说。"

言毕,他掉头往回走。

身后的家将没答话,程昶走了几步,慢慢觉得不对。

暗夜本是寂静无声的,可渐渐地,四周忽然传来湖水划动的声音。

水声越来越大,程昶侧目一望,只见长廊两侧的水面上泛起涟漪,四名蒙着面的黑衣人自水下冒了头,背上背着刀,扶住一侧的栏杆一跃而上。

程昶一下愣住了。

上辈子他做过心脏搭桥手术,装过起搏器,为了毕业论文和工作项目,拼着命不要,熬过几宿通宵,甚至还因为谈恋爱进过重症监护室,也算是命悬一线过,可是……他哪里见过这阵仗?

怎么办?

还能怎么办……赶紧跑啊!

电光石火间,程昶拔腿就跑,可是已经太晚了,一名黑衣人已拦在身前,举刀就向他砍来,程昶偏头一躲,正待继续跑,一柄刀迎面袭来。

寒气袭人,程昶心想:完了。

然而那寒气尚未割到喉间,胳膊忽然被人一拽,程昶猛地跌退两步,勉强避过一击。

他侧目一看,不知打哪儿蹿出一个下人打扮的仆从,将他往身后一带,迎面就与四名黑衣人缠斗起来。

这仆从武艺虽高,奈何赤手空拳,不一会儿就落了下风,他无奈地冲着程昶道:"你快走!"

程昶哪有不知道走的,可他前面的路又被拦住了。

是刚才带他过来的家将。

家将道:"小王爷,得罪了。"

他手心一翻,从袖囊里掏出一柄短刃。他身形极快,比那四名黑衣杀手更甚,程昶只觉眼前寒光一闪,短刃已到了喉咙间。

就在这时,身旁有人唤了句:"三公子当心!"

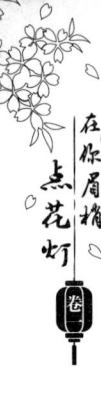

一只手从旁侧伸过来,空手将短刃打偏。

竟是云浠赶到了。

刃锋擦着程昶的耳边划过,那家将反应极快,一招不成,横刃一挥,便在云浠的手心拉出一道血口子。

鲜血喷涌而出,云浠似乎丝毫不觉得疼,顺着家将的手往前一带,封住他的手腕,就势一折,短刃顷刻从他手里脱落。

这是伤敌一千、自损八百的招式。

那家将见势不好,要去夺刀,但云浠比他更快,脚往上一钩,尚未落地的短刃又凌空飞起,云浠右手仍与家将缠斗,腾出左手来凌空一捞,将短刃握在手里,顷刻回敬了家将一刀。

这是她自小学武,父亲教给她的本事。

沙场上是搏命的地方,右手受伤,就用左手,双手没了,还有双腿,不能惧疼,也不能惧死,只要你进一分,敌人就能退一分。

家将捂住受伤的右肩,上下打量云浠。

实在看不出,眼前明明是一个大家小姐,竟这么厉害。

小王爷不会武功,他们五打二,未必就没有胜算,不过此处虽然僻静,不会一直无人,他们闹出这样的动静,只怕很快就有人赶到了。

如此一想,他厉喝一声:"走!"

四名黑衣人闻言,立刻放弃与那刀疤仆从缠斗,与家将一起往栏杆外一跃,没入水中。

那掌心有刀疤的仆从见他们走了,刚要上前来与程昶说什么,只见水榭尽头有几人朝这处赶来,他犹豫了一下,闪身往竹林里去了。

云浠本要追,程昶将她拦下:"不必追,他既有心来寻我,日后一定能碰上。"

云浠默想了一会儿,明白了程昶话里的意思——

这刀疤人原是受真凶指使来加害三公子的,而今忽然反过来相帮,八成是真凶看艄公投案,担心艄公供出刀疤人,想要杀了他灭口,他才来找三公子寻求庇护。

云浠看向程昶,忍不住担忧道:"三公子,您没事吧?"

程昶微一摇头:"我没事。"

他的目光落在云浠垂在身侧的手:"你的手……"

云浠这才想起自己受了伤,抬起右手一看,掌心的刀伤虽然长,好在不算深,已不似方才血流如注。

云浠上过沙场,而今又做了捕快,有随身携带绷带的习惯。

她道:"小伤,没事。"从荷包里取出绷带,就要往右手缠去。

程昶一愣，拦下她："你不消毒？"

"消毒？"云浠没听明白，猜了猜他的意思，道，"三公子放心，那短刃上并没有淬毒。"

程昶哪里是指毒药，这么长一条血口子，他是怕她感染破伤风。

程昶道："把伤给我看看。"

云浠微愣，过了会儿，低低"嗯"了声，把右手伸到他跟前。

程昶径自握了她的手腕，仔细查看一阵，心中松一口气，还好，目前没有感染的迹象。

水榭尽头的几个人已赶了过来，是冯管家与裴府的几个家仆。

亭阁长廊里，打斗的痕迹十分明显，地上与廊柱上还有斑斑血迹。

冯管家见此情景，咋舌道："这……这……"

不等他说完，程昶吩咐道："去取清水、酒，还有止血药来。"

冯管家也瞧见云浠手心的伤口了，连忙称"是"，交代了家仆们几句，踌躇再三，问："小的老远瞧见这处有几个黑影掠过，不知三公子与云大小姐可是遇着了什么歹人？"

他心中忐忑，云浠倒罢了，眼前这一位可是堂堂琮亲王府的小王爷，倘真遇着什么危险，只怕裴府吃不了兜着走。

程昶思量了一会儿，觉得此事与舫公那事一样，一旦闹开，反而打草惊蛇。

"是我府上几个家仆作乱，已被撵走了，回去我自会同父亲说，不干你们的事。"

"好，好。"冯管家揩了揩额头的汗，能大事化小最好。

很快，家仆们便把伤药取来了，程昶扫了一眼周围的人，一个两个全都是粗手粗脚的汉子，便对云浠道："我帮你上药。"

他取了清水，先帮云浠冲洗了掌心，然后撬开酒壶，将酒水慢慢淋在伤处消毒。

他神色认真，动作轻缓，扶着她手腕的指尖虽是温凉的，触感传到心里，莫名灼烫。

云浠忍不住往回缩了缩手。

程昶一愣，抬眸看她："疼？"

云浠咬着唇，摇了摇头："不，不疼。"

程昶"嗯"了声，很自然地道："稍微忍着点。"动作放得更缓，"一会儿就好了。"

药是止血的三七，程昶帮云浠将伤药抹好，他从前在医院当过义工，伤口包扎得很漂亮，打好结，说："行了，记得每天早晚换药。"

云浠点了点头，低声道："多谢三公子。"

程昶道:"谢什么,你是为了救我才受伤的。"

一旁立着的冯管家看程昶为云浠上药,原觉得不妥,怕两人之间有什么,眼下见程昶一副十分坦然的样子,又听说是云浠救了他,于是放下心来。

他递上一张布帕给程昶揩手,一面对云浠道:"今日多亏了大小姐。"

已近戌时,云端月牙亮得出奇,冯管家看了眼天色,对程昶与云浠道:"待会儿戌时正刻上寿粽寿糕,老太君还有大事要交代,可不能少了二位哩。"

程昶点了一下头,抬脚便跟着冯管家往回走。

云浠落后半步,心中并不多欢喜。

她知道老太君有什么大事要交代,可是她不想嫁给裴阑,一点也不想。若说年少时,她对他还存有几分如兄似友的情谊,可这点情谊早在之后的岁月里消磨殆尽了。

云浠又想,若是不嫁给裴阑,她该如何与阿嫂、老太君交代?

她的阿嫂为了给她撑一点门面,把自己最喜欢的环钗变卖了为她置新衣;还有老太君,明明身体不好,为了她的事千里迢迢奔赴金陵,她若拒了这门亲,叫这样一个年已古稀、视她如亲孙女的祖母如何受得住?

更不提忠勇侯府一府老弱病残,身患顽疾的岂止白叔一个?

一年前白婶过世,云浠伤心过也自责过,她想,她手上若多些余钱,能为白婶请更好的大夫,抓更好的药,是不是白婶便不用走那么早?

这么多年了,云浠已习惯将自身的感受放在最末。

云端月色明亮,雾里花灯灼眼,到底触不可及。

罢了,云浠有些苍凉地想,若阿嫂能好,若老太君能好,若忠勇侯府能好,若身在九泉之下的父亲与哥哥能够安息,便罢了。

过了水榭是一条回廊,快到戌正,宾客们大都赶回去等寿粽寿糕了,此处几乎无人。

回廊两侧有几间空置的花厅,是裴府用来招待来客品茶赏景用的。

路过一间花厅,里面传来私语之声,云浠本没有在意,然不等她走远,忽听一人问:"急函取回来了吗?"

这是裴阑的声音。

云浠的步子一下顿住。

急函?什么急函?

在她心里,只有一封急函是顶顶要紧的。

那封云洛写给朝廷,揭发招远叛变的急函——那封唯一能证明她哥哥清白的急函,至今杳无音讯的急函。

第六章 寿宴退亲

云浠退后两步，来到花厅一旁，侧耳听去。

不远处的喧嚣遮掩了她的脚步声，花厅里的人没有察觉到外间动静，继续道："回禀将军，已经取回来了。大理寺的人方才过来传话，今日一早他们把宣威将军的案子递上去，圣上已拿御笔批了，眼下批好的文书已到他们手上。"

"圣上怎么说？"

"圣上对忠勇侯府还是留有几分情面的，虽然咱们带回来的人，证词供词都对宣威将军不利，圣上不过是治了一个延误军机的罪，没有定叛变，只是宣威将军袭爵的事怕就无望了。"

"无妨。"裴阑道，"随便什么罪，只要定一个就行。"

"是，小的已跟大理寺的吏目打过招呼了，待会儿戌正时分，老太君若执意为将军与那侯府小姐定亲，他便赶在这一刻把云将军获罪的消息告诉老太君。"

"招远的案子本就是圣上的心中刺，云将军因此获罪，乃是犯了圣上的大忌。总不能前脚圣上给云将军定了罪，老太君后脚便要为云将军妹妹的亲事做主吧？哪怕她老人家想做主，琮亲王与陵王殿下也不愿为这门亲事做见证了，将军与云大小姐的这门亲事定然是不成了。"

厅内静下来，一时传来纸张翻动的声音，似乎是裴阑在看信。

"叫小的说，将军就是太仁慈，当初将军找到云将军这封急函，就该将它烧了，何必千里迢迢地带回来？还与云大小姐提这封急函的事，叫她平白多一个念想。"

裴阑语重心长道："你是不明白，忠勇侯已殁，但云氏一门在塞北将士心中的威望不减，便是我不提，你以为阿汀就没法子打听到这急函的事吗？不如早日与她说了。"

"只不过朝堂上的事，她一个女子终归是弄不清的，事到如今，云洛袭爵不袭爵已不再重要，左右是已经去了的人，还不如顺着圣上的心意行事。"

"是，都是已经去了的人了。便是云将军袭爵，侯府孤女寡嫂，半个子孙后代没留下，这爵位今后又由何人来继？反正百年后，大绥再无忠勇侯府，何必争这一时呢？"

裴阑叹了一声："罢了，待会儿圣上消息传来，祖母那里必定会大动干戈一番。等圣旨到了侯府，我去跟圣上请个旨，恳请他看在云氏一门忠烈的份上，怜惜侯府的孤女寡嫂，暂不要断了俸禄，圣上仁慈，想必一定会恩准。"

"将军还是念旧情啊。"

裴阑悠悠地说："我与阿汀、云洛毕竟一起长大。"

"眼下万事已尘埃落定，这封急函想必不会再有人追查，那……"

"烧了吧。"

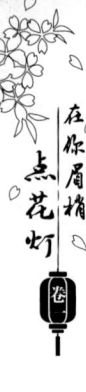

花厅外，云浠先还安静听着，到末了，整个人已气得发起抖来。冯管家见状，几回想要进屋去打断裴阑与他副将的对话，还没动作，便被一旁的程昶抬手一拦。

三公子神情冷峻，不似以往跋扈，却比以往更令人心生畏惧。

冯管家不敢出声，心间如熬着一锅滚烫的粥，心神不宁。

最后一句"烧了吧"入耳，云浠再也忍不住，她几步走到花厅前，一脚踹开了花厅的门。

厅中之人愣住了。

那副将动作极快，门口一有动静便将急函收了起来。

裴阑见门口立着的人竟是云浠，脸色不由一沉。

但很快，他收起心中不悦，笑着问："阿汀，戌时快到了，怎么不去宴上等寿糕？"

云浠半个字都不想跟裴阑多说，走到他跟前，伸出手："信。"

裴阑讶然："什么信？"

"云洛写给朝廷，揭发招远叛变的急函。"

淡淡的声音自门口传来，裴阑抬头看去，竟是程昶。

琮亲王府的三公子怎么也在这里？

裴阑的脸色再次沉了下来，看了一眼立在程昶身边频频擦汗的冯管家，心思微动，假作不知道："那封急函不是至今下落不明吗？"

"你给不给？"云浠又问一次。

裴阑不答。

"好。"云浠点头。

话音一落，她并手为刃，直取裴阑肩头，裴阑侧身一避，勉强躲开，下一刻，一腿横扫带着凌厉的劲风便自左侧袭来。

裴阑瞳孔一缩，小丫头自小武功就厉害，如今长大了，本事更比以往高强。

他是堂堂大将军，论武功，军中少有人能打得过他，可云浠单是方才出手这两招便让他觉得应付不来，大约这些年她冬练三九夏练三伏，从未有过懈怠。

裴阑倒不至于打不过她，但这么多人看着，他怎好与一个女子动手？

他往后疾退两步，沉声道："阿汀，你这是在做什么？"

云浠根本不理他，伸手又是一招。

这时，外间传来脚步声，有仆从来报："三公子、二少爷、云大小姐，您三位原来在这里，那边要上寿糕了，老太君——"

话未说完，觑见屋中场景，顷刻哑了。

冯管家朝屋中三人赔笑道："老太君八成是久不见您几位，急着命人来催呢。三位看是不是先去寿宴那边，这里的事待会儿再解决？"

第六章 寿宴退亲

可云浠哪肯听？这里的事关乎侯府与她哥哥一辈子的清白，她一刻都等不了。

裴阑见云浠招招式式都下狠手，与她缠斗一阵，再避不过，不由得皱了眉。

一旁副将见此情形，趁云浠不备，横臂一挡，化解了她劈过来的一掌。

裴阑借此时机握住她的手腕，斥道："你闹够了没有？"

云浠的右手手心本就受了伤，又经一番打斗，缠好的绷带下又渗出血来。

裴阑拧眉看了一眼："怎么回事？"

云浠根本不愿回答。

裴阑又道："今日是祖母的寿宴，你这么闹下去，待会儿惊动了她，岂不叫她老人家伤心？"

云浠愤然收回手："我只要哥哥的信！"

裴阑见她执意不从，负手不语。

云浠一字一顿道："我哥哥半生戍边，保家卫国，顶天立地的一个人，而今为朝廷捐了躯，你居然拿他的清白做文章？"

"你不想娶我，嫌侯府拖累你，大可来与我明说，何必用这样阴损的法子？"

"你以为我想嫁给你吗？"

"你当我会死赖着嫁入你们裴府不成？"

"我现在就明白告诉你，便是你们裴府要娶，我也不嫁！"

她又伸出手："信。"

裴阑依旧沉默。

"你就是不肯给吗？"云浠道，直直看入他的双眼道，"好！你若不把信交给我，我今日便哪儿也不去！

"我就在这儿耗着，待会儿分寿糕时，老太君不见我的人，定会亲自来找。

"我打不过你，拦着你毁信的本事还是有的，等老太君来了，且看你如何交代！"

云浠并非不恨裴阑，却也不欲将事情闹大，顾及老太君的颜面还是其次，更重要的是裴府在朝堂势力极大，便是今日逞了一时痛快，将这事闹到昭元帝跟前，凭裴铭的本事，也有法子轻巧遮掩过去，到最后，裴阑落个不痛不痒的处置，反倒是忠勇侯府彻底得罪了裴府。

她倒是不怕，但她身后还有一府老弱。

裴阑阴沉着一张脸，其实将云洛的信扣下本不是他的主意，而是他父亲裴铭的意思，否则他早在找到信时，就可以将信毁掉，何必千里迢迢命人送来金陵？

是裴铭说，洛儿已故，信上真相于他而言已不重要，将信扣下，待退亲后再说吧。裴阑于是将计就计，在确定信函真伪以后，下令焚毁。

也不知是否是老天开眼，竟在这个当口被云浠撞见。眼下急函的事情败露，单

是云浠一人在场尚可抵赖不认,奈何琮亲王府的三公子也在,还将事情的原委全听了去,若这么僵持下去,待老太君过来,琮亲王与陵王殿下过来,这事怕就不好解决了。

裴阑心道罢了,沉默片刻,看了一旁的副将一眼。

副将一言不发地从怀里取出一封信,递给云浠。

云浠拿了信,揣进怀里,转身就往花苑而去。

花苑中的宾客早已入席,老太君见云浠三人面色有异,还不待问,坐在左手的裴铭便斥裴阑:"让你招待二位贵客,你却好,害得贵客险些误了时辰。"

跟进厅里的冯管家连忙打圆场:"回老爷的话,此事不怪二少爷,是小的不是,方才云浠小姐在水榭伤了手,这才耽搁了。"

老太君一听这话,担心道:"阿汀伤了?怎么伤的,要不要紧?"拄着杖就要起身。

云浠知道程昶不想声张遇袭的事,摇了摇头:"不小心擦伤的,没什么大碍,祖母放心。"

老太君这才点了点头,缓缓坐下:"没事就好。"

戌时二刻,府中婢女依次给每一席上了寿粽,须臾,又见八人合力抬上来一个半丈长、三尺宽的寿糕,供众人分食。

赴宴人等同时举杯,恭祝老太君高寿。

老太君笑着应了,端起杯盏,并不饮,而是走到厅中,说道:"老身活到这把年纪,该经历的不该经历的,都趟过一遭,算是活够了。这辈子,老身算是个有福之人,到了今日半截身子入了土,只余一个心愿未了,倘若能了了,老身便是明日驾鹤西行,也能瞑目。"

"所以便算老身私心吧,今日请来陵王殿下、琮亲王殿下,请来诸位贵客,望你们能一同为老身做个见证。"

她说着,笑着对裴阑道:"阑儿,你过来。"

裴阑搁下酒盏,走到老太君身前:"祖母。"

"你年纪也不小了,本来三年前就该成婚,奈何当时军情紧急,你去了塞北戍边。保家卫国,这是好事,但男大当婚,女大当嫁,而今你既回来了,这亲事便万不可再耽搁了。"

裴氏一门从文,唯有长房的这个二孙子承她衣钵习了武,老太君因此对裴阑十分疼爱,觉得要把这世上最好的姑娘嫁与他为妻。

她抬起头对众人道:"诸位或许都知道了,阑儿的亲事是打娘胎里就定下的,那姑娘老身看着长大,一直十分喜欢,把她当亲孙女疼爱。"

第六章 寿宴退亲

她笑盈盈地朝云浠招招手："阿汀，你也过来。"

云浠半晌没动。

老太君以为她是害臊，催道："你站在那里做什么？快过来！今日的事，有祖母给你撑腰做主！"

云浠沉默了良久，终是放下杯盏，走上前去。

老太君一手握着裴阑，一手握着云浠："你二人是打出生那年就交换了庚帖的，自小青梅竹马，后来长大了，虽说天远地远地分开了好些年，好在眼下都回到了金陵。姻缘这两个字，不是说断就能断的，祖母今日就请陵王殿下、琼亲王殿下，与在座的诸位一同做个见证，挑个吉日，把你二人的婚期定了。"

一语毕，裴阑没有说话，云浠也没有说话。

倒是座中人有人按捺不住，已开始举杯道贺。

老太君偏头去打量云浠与裴阑，开玩笑似的问："怎么，打小就定下的事，到了这会儿，你们倒还一起害臊了？"

满堂欢声，裴阑仍是沉默，云浠垂眸而立，慢慢张开口，轻声说了句什么。

老太君愣了愣，以为自己听岔了，侧耳过去："阿汀，你方才……说什么？"

云浠咬了咬唇，缓缓从老太君手里抽出手，退回至大厅正中，拱手一拜，一字一顿地说："回老太君的话，阿汀方才说——我不嫁。"

老太君怔怔地看着云浠，好似听不明白她的话。半晌，她看了裴阑一眼，又看了裴铭一眼，心里渐渐明白——方才阿汀喊她"老太君"，没有再喊"祖母"。

"阿汀，你是不是受什么委屈了？"老太君温和地问。

见云浠不答，她又道："你来，有什么委屈跟祖母说，祖母为你做主。"

云浠垂眸摇了摇头，转身走到方芙兰跟前，伸出手："阿嫂，庚帖。"

"阿汀……"

"庚帖。"云浠抬起眸，眼神坚定而平静。

方芙兰知道她心意已定，只好看了身旁的鸣翠一眼，鸣翠会意，取出庚帖来递给云浠。

云浠又回到厅中，双手呈上庚帖："这是十九年前，裴、云两家交换的庚帖，今日物归原主。"

老太君没说话，裴铭对冯管家使了个眼色，冯管家出来接了。

云浠垂手而立，声如金石掷地："忠勇侯府男儿尽殁，但不是没有人当家做主了，不是任凭何人都能欺负到侯府头上的！

"我云浠也姓云，侯府的这个家，我来当，有什么事，也是我说了算。因此老太君不必觉得亏欠，今日这门亲，由我侯府来退！"

第七章 涛澜暗涌

宴上开始窃窃私语起来。

老太君看着云浠,眼前的姑娘一身青衣,目光坚定得令人心疼。

老太君不是傻子,来金陵的这些日子,纵然有人遮着掩着,她也听了不少裴阑与姚素素之间的风言风语,加上先前裴铭与裴阑对这门亲事百般推诿的态度……

老太君明白过来,她沉下脸,对裴阑道:"跪下。"

"祖母……"

"你给我跪下!"

老太君声如洪钟,容不得丝毫反驳。

裴阑的双唇抿成一条薄线,沉默了片刻,撩了衣摆作势要跪。

裴铭从旁拦道:"母亲,今日是您的寿宴,阑儿纵是犯了什么错,私下责罚就是了,如何要叫他跪着?就算不提他刚授封了大将军,这么多贵客在,丢了他的脸面是小,丢了您的脸面才是大。"

这时,外间忽有人来报:"禀老爷,府外来了个大理寺的吏目,说有要事要求见忠勇侯府的少夫人与大小姐。"

裴铭闻言,明显一怔,想了想,对老太君道:"怕是侯府的案子。"又说,"这是要事,耽搁不得,快请那吏目进来。"

吏目行色匆匆进得厅中,礼数都未行周全便道:"禀少夫人、云大小姐,招远一案,云将军的罪名定了,是延误军情!"

方芙兰闻言,脸色一白,险些要站不稳。

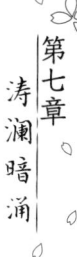

第七章 涛澜暗涌

老太君急问："洛儿那孩子行事果决，聪明透顶，战场上极擅变通，怎么可能延误军情？"

然而圣意何容分辩？她深吸一口气，缓下心神来又问："那忠勇侯府……可因此获罪？"

"倒是没有。"吏目道，"大理寺接到的消息，只称是褫了云将军宣威将军的封号，罚纹银若干，具体怎么处置还要看圣上接下来的旨意。圣旨大约中夜时分就要到侯府了，少夫人与云大小姐还是快快回去接旨吧。"

吏目的这些话听入众人耳里，哪有不明白的？

忠勇侯府已是彻彻底底的罪臣之家，侯爵没了是迟早的事。

宴上一时寂寂，只有老太君一人拄着杖，来回踱了数步。

她看向云浠，只见她神情冷静，仿佛早已料到似的。

老太君快行几步，来到云浠身前去握她的手，关切地问道："阿汀，你可是因为这事，怕侯府拖累了裴府，这才与裴府退亲的？"她毅然道，"倘若如此，阑儿更该立刻迎你过门才是。当年在塞北，侯府有恩于裴府，人世起落不定，两家既共患难过，如今更该共荣辱！"她说着，宽慰云浠，"你别怕，洛儿这事由祖母为你做主，明日一早，祖母就穿诰命服，进宫为洛儿鸣冤。"

云浠看着紧握着自己手的老太君，听着她的温言细语，心中微酸。

然而下一刻，她却摇了摇头，低声道："回老太君的话，我就是不想嫁。"

她对裴阑已失望至极，怎么可能愿嫁与他为妻？

"若您实在要一个理由，可以去问裴二少爷。"

话说到这份上，再往下深究，就要剥皮露骨了。

姚杭山见状，起身笑道："看来裴府与侯府眼下有要事要解决，既是两家私底下的事，老夫这个外人便不好在此多待了。叫老夫说，今日老太君寿宴圆满，来日云将军的事也一定能顺利平息。"

他又说了些场面话，便告辞离开。

众宾客见枢密使大人走了，再不好多留，纷纷起身跟着告辞。

宴席上，只余了陵王与琼亲王府一家子。

他们是专程请来为云浠与裴阑的亲事做见证的，眼下亲事悬而未决，又闹出了云洛的案子，老太君摆明了要管，陵王与琼亲王都与老太君沾亲带故，便也不好走。

老太君想起云浠方才说的话——若您实在要一个理由，可以去问裴二少爷。

她安抚似的拍了拍云浠的手，目光落回到裴阑身上，怒斥道："还不快说，究竟怎么回事？"

云浠看着老太君。今日寿宴上，这位年已古稀的祖母一连说了三次要为自己做

主,可究竟做什么主呢?

祖母终究是裴府的祖母,若今日承她的情,做完主后,自己要怎么报答?

今日一场风波,云浠已对裴阐彻底失望,从今以后,她不想再与裴府有一星半点的瓜葛。

云浠想,她还有更重要的事。

时间紧迫,圣旨中夜就到,她绝不能让哥哥平白蒙冤。

她走至中厅,抱手与众人行了个礼:"陵王殿下、琮亲王殿下、王妃、三公子,恕卑职无礼,实在是家中有要事,不得不先行告辞。"

言罢,她恭敬地拜了拜,转身离开。

老太君追了几步,唤:"阿汀……"

云浠背影一顿,没有回头,反倒是方芙兰回过身,对着众人又福了福,追着云浠而去。

尚未走出裴府,云浠还是忍不住,从怀里取出讨回来的那封急函,看了又看。

信已有些旧了,纸角微卷。

云浠小心翼翼地拆开来,信纸上的确是她哥哥的笔迹,末尾还有"宣威云洛"的署名,以及他早已交还朝廷的官印。

云洛在信上写道:"招远叛变,战况危急,百里江山恐沦为焦土,塞北百姓遭逢大难,宣威定竭尽全力,拼死一战,还望朝廷速速发来援兵。"

然而他在最后说:"此战凶险,宣威九死一生,若葬身沙场,心中唯放不下内人与小妹,侯府孤女寡妇,望圣上怜悯。"

一封急函言简意赅,云浠看着看着,不知不觉间视野竟模糊了。

她的哥哥,到了最后还在为她与阿嫂考虑。

云浠心中酸涩,可她很快抹了一把微湿的眼眶,毅然决然往府外而去。

厅中寂然,老太君看着云浠的背影,颓然退了一步,裴铭、裴阐要去扶她,被她挥杖打开。

陵王见状,上前搀住老太君,说:"不如由晚辈跟去问一问侯府少夫人与小姐,看看有无可相帮的?"

"好,好。"老太君连连点头,她虽不清楚内情,但也隐约猜到云洛的案子八成与裴府有些瓜葛,颓然道,"阿汀现在只怕是不愿见老身了,有劳殿下了。"

陵王一点头,快步离开。

赵五已套了马车,云浠刚要走,忽听身后有人唤:"小姐留步,少夫人留步。"

来人俊美温雅,正是陵王。

云浠行了个礼:"陵王殿下。"

第七章 涛澜暗涌

对于这位当今圣上的三皇子，云浠一直十分敬重。

三年前，她独自一人带着云洛的棺材回到金陵，雨水淅沥，棺材被醉酒的程昶的车驾撞翻，若非后来陵王从旁路过，命随行的仆从将云洛的棺材重新抬回板车上，凭小王爷那时的飞扬跋扈，此事都不知当如何收场。

陵王道："你哥哥的事本王方才听到了，到底是为朝廷征战一方的将军，落得如此下场，实在令人扼腕。大理寺那边是郓王辖着的，这案子究竟如何判，本王尚不清楚，亦不好插手。待本王差人打听打听，再看看能否相帮。"

云浠对着陵王一揖："多谢殿下，卑职已想好怎么做了。"

"怎么做？"

"哥哥不在了，忠勇侯府还有我，他既是清白的，明日一早我便去宫门为他鸣冤。"

陵王愣了愣，随即点头道："好，忠勇侯府有你这样的女儿，老忠勇侯该瞑目了。"他又道，"时候不早了，小姐快些回府吧。"再对方芙兰一点头，"少夫人也莫担忧太过，朝廷对有战功的将士，始终是宽厚的。"

云浠与方芙兰应了，一同谢过陵王，驱车离去。

身后，先前还热闹的裴府，眼下灯火依旧通明，却安静得出奇。

悬在半空的明月不见了，天空卷起云团子，暗沉沉的，像是要倾压下来。

梅雨时节，只怕又是一场雨将至。

花苑中厅，老太君震怒得几乎喘不上气来，拄杖来到裴阑面前，再一次道："跪下！"

裴铭又要拦："母亲——"

然而不等他把话说完，老太君一挥杖便将他打开："你教出的好儿子，再敢拦，你跟他一起跪！"

她沉下声问裴阑："怎么回事？冯管家说的那封信……究竟怎么回事？"

"回祖母的话，那封信不过是……"

"照实说！"老太君神志清明，知道事情到了这个当口，裴阑只怕会寻个借口遮掩过去。

她环顾一周，想起云浠是自水榭回来后才执意要退亲的，而与云浠一同回来的，除了裴阑，还有一个人。

老太君的目光落在程昶身上，对裴阑道："若要人不知，除非己莫为！你不说，那老身便请三公子把这事细说分明！"

今日这事说到底是侯府与裴府之间的纠葛，程昶一个外人不好多说，但老太君既问了，他只好道："云浠小姐讨要的那封信，是云将军写给朝廷，揭发招远叛变

的急函。"

"早前云浠小姐曾去枢密院向裴将军打听过急函的下落，裴将军只称是尚未找着，但是今日我与云浠小姐路过西院净室，无意间听说裴将军早已将急函取了回来，大约还有焚毁之意。至于此事的细枝末节，老太君可以问问贵府的冯管家。"

程昶起了这么一个头，将后头难以启齿的部分全抛给了冯管家。

顶着老太君灼人的目光，冯管家不得不硬着头皮开了口，说云浠如何想取那信，裴阑如何不肯给，又说裴阑如何利用这信迫得云浠退了亲。

老太君越听脸越白，到末了，顾不得裴铭与儿房夫人的拦阻，挥杖就往裴阑腰股间打去："你这个逆子！"

她到底是女将出生，饶是年至古稀，力道也极重，这几杖她实实在在下了狠手，落到裴阑身上，疼得他浑身一震，咬紧牙关才稳住身形。

琼亲王劝道："老太君息怒，此事裴将军虽有错，也算不上什么大是大非。再者说，那急函的消息，他既没瞒着大理寺，也没瞒着圣上，找也是他找回来的，不过耽搁些日子罢了，实在不值得您为此气坏了身子。"

他不想掺和裴府的家事，这事管到这个份上就够了，见老太君稍缓过心神，便领着王妃与程昶一同告辞。

琼亲王的言外之意，老太君听明白了。

此事裴阑做得很周全，急函的消息，他与大理寺和圣上都交代过，虽然私下扣了急函一些日子，但谁能证明？到时候一旦有人追问，推说一句急函在送来金陵的路上耽搁了，他什么错处都没有。

可是，一桩事的是与非，岂能单以结果论之？

琼亲王走后，裴铭又要去扶老太君，被她一声怒斥喝退。

"你与你养的逆子一起给我跪下！"

"母亲——"

"适才有外人在，你是当朝尚书，我给你留面子。现在我问你，这整桩事究竟是怎么回事？"

老太君怒不可遏："洛儿的案子关乎招远叛变，其间牵连复杂，阑儿久不在金陵，仅凭他一人，便只是扣下一份证据，未必能做得如此滴水不漏。此事必然是经你默许，是你在里头插了一脚，教他这么做的！

"你们难道是看侯府败落，也要落井下石吗？你们——你们父子二人，怎能如此丧尽天良？！"

老太君说着，一时怒火攻心，跌坐在身后的木椅上。

裴铭见母亲如此，心中忧急，不由膝行几步："母亲，此事并非您想的这么简单。

第七章 涛澜暗涌

"您且想想，当年太子殿下是如何过世的？您再想想，云洛本事不亚其父，天生将才，他去塞北前，圣上为何不让他承袭爵位，为何不让他来做这个统帅？仅仅因为老忠勇侯在前一役中贪功冒进吗？

"不，圣上是因为太子殿下。太子殿下仁德，一直为圣上所看重。当年塔格草原蛮敌入侵，正是太子殿下保举老忠勇侯出征的。可是那一仗虽胜了，却是惨胜，连老忠勇侯也因御敌而死。

"太子殿下原本身体就不好，老忠勇侯一死，他把过错归咎于己身，更是一病不起。

"后来朝堂上有人参老忠勇侯贪功冒进，圣上为什么会信？他不是信，他只是想告诉太子殿下，塞北的仗没打好，不是太子的错，而是那些将军没本事。他是想让太子殿下宽心，让他快些好起来。

"在圣上心中，良将难得，可一个未来的仁君更是可遇而不可求。所以随后他才任命招远出征，把云洛降为副将，以示惩处。

"可惜，就是这个决定，把太子殿下送上了绝路。招远叛变的消息传回金陵，不过一个月，太子殿下便呕血病逝。

"招远一案为什么会成为圣上的心中刺？不是因为招远投敌有多么可恶，而是因为太子殿下因此身殒啊！"

裴铭说到这里，略缓一缓："母亲，您且想想，圣上这一生勤政务实，建立多少丰功伟绩，可临到暮年，却犯了这么一桩……"他环顾四周，见都是可信之人，续道，"犯了这么一桩糊涂事——不委任云洛为将，反让招远领兵，导致塔格草原一役大败，数千百姓、上万将士赔进性命，太子因此身殒！这是圣上一辈子的痛，您叫他如何面对？

"有时候，一桩事做错了，既然没有挽回的余地，那便容它错下去好了，谁都不去提，彼此才能相安无事。正如云洛这桩案子，只当他是跟着叛变了，又或是延误了军情，随意处罚下，只要顺了圣上意就罢。

"若您执意要让阑儿把云洛的急函呈去大理寺，呈去圣上跟前，岂不等于明明白白地告诉圣上：您当年做错了，是您爱子心切，挑错了将帅，您若是让云将军领兵，塔格草原上的将士与百姓们便不会平白牺牲，太子殿下也不至于因此而亡。这岂不等于去揭圣上的伤疤吗？还不如将这一份急函扣下来，只称是没找着，一了百了。"

老太君一语不发地听裴铭说完，问："所以，你是因此才怂恿阑儿扣下洛儿的急函？这也是你不愿让阑儿娶阿汀的原因？

"阿汀是忠勇侯府的孤女，一旦阑儿娶了她，日后便与忠勇侯府脱不了干系了。你怕圣上一见到阑儿，就想起洛儿，想起招远，想起逝去的太子？"

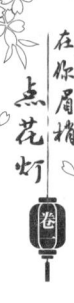

"是。"裴铭点头,"母亲明白儿子。"

"你糊涂啊!"老太君倏地起身,拄杖大骂,"圣心难测!你怎能凭着圣上一时的态度,就妄图揣测他的心思?

"若一切真如你所说,圣上早就对忠勇侯府生了嫌隙,三年前,阑儿出征前夕,满朝均是质疑云洛叛变之声,圣上怎会单凭琮亲王一句话,一力将洛儿的案子压了三年?

"若真如你所说,圣上宁肯错下去,宁肯一了百了,今次洛儿的案子判下来,又怎会只治了一个延误军情的罪?

"是,你可以解释说,或许圣上心中对忠勇侯府还存有几分歉疚,但圣上也是人,更是一个明白人,你怎知他不会思过,不会亡羊补牢?

"当年太子之死,他痛彻心扉乃至于犯下大错。但三年了,三年了啊,这么长的时间,还不够他明白过来,痛定思痛吗?他如今怎么看待忠勇侯府,你从何得知?等他缓过神来,你以为他看不出你背后这些动作?你能料到他真正的心思是怎样的?

"他当然不会动你们,但你们这样钻空子,自以为揣摩到了圣意,从今往后,圣上又会怎么看你们?怎么看待裴府?

"更不提当年裴府落难,你被派去塞北那荒凉之地,手上半点实权也无,若非云舒广帮你助你,你如何得以升迁?如何回到金陵?

"人行在世,当堂堂正正,上无愧于苍天,下无愧于己心,方能立足于这天地间!眼下侯府遭逢不测,只余孤女寡嫂,你却为了一己私利,趋炎附势,一心将她们撇开!人在做,天在看!"老太君气得浑身发抖,连连拄着木杖,"这世上善恶均有果报,你们忘恩负义,迟早——迟早会遭报应的!"

裴铭与裴阑见老太君如此,当下也顾不得跪着,连忙上前去扶她,劝道:"母亲,儿子不会不管侯府的,等这事风头过去,若阿汀那里有什么可相帮的,儿子定然会派人过去帮衬着。

"至于洛儿,他人已没了,这案子怎么定罪,对他来说都不重要了。明日一早,我便让阑儿上一封折子,请圣上怜惜侯府的孤女寡嫂,不要断了侯爵的俸——"

"你住嘴!"老太君厉声呵斥。

"不对,"她忽而一顿,像是想起什么,脸色一下发白,连声道,"不对不对,这事没这么简单!侯府早已败落,你堂堂一个尚书,不想与侯府缔结姻缘,多的是法子,何必要冒风险扣下云洛当年的信函?除非,除非此事与当年,与当年——"

然而话未说完,老太君急火攻心,自喉咙间呛出一口血来,双眼一翻,径自昏倒过去。

第七章 涛澜暗涌

中夜时分，程昶回到王府，雨已落下了。

府门口的小厮举了伞来迎，程昶拜别了琮亲王与王妃，默不作声地往自己院子走去。

琮亲王注视着他的背影，唤了声："明婴。"

明婴是程昶的字。

程昶步子一顿，回过身来："父亲。"

琮亲王看着他，风雨中，他执伞而立，明明还是从前那副样子，却实在有几分不一样了。

到底哪里不一样，他这个做父亲的也说不上来。

跋扈、闯祸，那都是明面上的，琮亲王记得，昶儿小时候其实很规矩，日日黏着他哥哥，后来哥哥没了，才一日一日地长歪了性子。

就好比眼下自己将说的这番话，若还是从前的昶儿，他是不会对他说的。

"你皇伯父上了年纪，金陵水深得很，尤其忠勇侯府与裴府，你莫要与他们牵连过深。"

出乎意料地，程昶的眉宇间没什么意外之色，更没追问原因。

他只是点了点头："知道了。"

琮亲王略一怔："你……"

他还当昶儿近日与那侯府小姐走得近了些，想要搅和进这场是非呢。

琮亲王妃见琮亲王这副样子，以为他又要斥责儿子，连忙拦着："昶儿好不容易收敛了性子，今晚又没犯什么错，王爷摆脸色给他看是要做什么？"说着，她又对程昶温言道，"你今晚可仔细听你表姨说了？绾儿做得一手好莲花糕，等过两日你休沐了，母亲邀她过来，叫她做给你吃可好？"

程昶愣了下："绾儿？"

琮亲王妃故意板起脸："瞧你这心不在焉的样子！就是你那表妹，礼部林家的小姐，绾儿是她的闺名。"随即切切打探，"你觉得她怎么样？"

程昶反应过来，哦，就是他的那个相亲对象。

他想了想："还可以。"

确实还可以。论长相，称得上是很美了；论性格，看样子也算温婉可人。

这个年代不讲究工作、学历，女子能读个书认个字就很不错。

听那个林小姐说，她小时候念过《女则》与《论语》，是个识字的。

虽然没什么感觉。

程昶没把这事放在心上，等回到房里，琮亲王妃又差人来送羹汤，下人被授意过，说了不少林绾儿的好话，诸如她出身于书香门第、温柔贤惠云云。

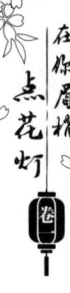

程昶其实有点排斥琮亲王妃这么硬塞一个姑娘给他,但人活两世,许多事已看得明白,生死不渝、缠绵悱恻的爱大都是奢望,他上辈子的感情经历没有善果,初恋在高二,大学与硕士期间也谈过,由于患有先天心脏病,几乎都是在交往两三个月后潦草收场。

程昶不是不能理解。人的心要靠机器才能维持跳动,在常人眼里,他或许已经不能算是个正常的人了。

程昶工作的几年,参加过不少同学、同事的婚礼,有的在欧洲的小礼堂里,有的在富丽堂皇的酒店,有的则是乡下的流水席。

无论哪一种,到末了,都要新人宣誓,百年好合、永结同心,无论贫穷、富贵与疾病,相守白头,永不离弃。这是一双人走进彼此生命的仪式。

程昶见证了太多,虽然羡慕,并不多感慨。

因为他觉得,他这一辈子终归是一个人来,一个人去,一个人享受欢愉与收获,一个人承担疼痛与疾病,没有人会走进他的生命。

待回过神来,送羹汤的下人还在说林家的好话,又提起琮亲王妃与林家的张氏过阵子要去庵堂,林绾儿也会去。

程昶没在意这个,要杀他的人尚无踪迹可寻,哪有工夫去谈感情?

再说上辈子没能养狗就是他的缺憾,这辈子……这里的姑娘似乎都不大喜欢狗。

他想来想去,觉得自己还是要养只狗,起码一只。

一直到将要入睡时,程昶才想起一桩要事——他忘了和琮亲王提自己在水榭遇袭的事了。

他虽然不想声张这事,害他的毕竟是王府养了几十年的家将,便是他不说,不出三日,琮亲王也能查到。

想起遇袭的事,程昶就想起了云浠。

他枕着手臂躺在榻上,想着云浠退婚时一脸决然的模样,当时她掌心的伤口又渗出血来。

她毕竟是为了救他才伤的。

程昶一时慨然,心中想:也不知她回府后重新包扎过伤口没有,那么好看的一个姑娘,身上还是不要留疤才好。还有她哥哥的事,也不知道要怎么解决。

罢了,自己到底承了她的情,明天一早差人去问问,看看有没有什么可相帮的。

一时悠悠然入梦,梦里竟有刀光剑影。一柄短刃向他袭来,割向喉间,一只手从旁伸来,将短刃推开。

云浠回头看他,问:"三公子,您没事吧?"

程昶刚要答,眼前的景物倏地模糊起来,亭台水榭刹那间倒转,仿佛置身湖中,

第七章 涛澜暗涌

目之所及斗转星移,他的视野被澎湃而来的水浪浸染,再睁眼,头顶上悬着的竟是手术室刺眼的无影灯,有人围在病床边。

"这个病人什么情况?"

"心脏骤停。"

又有人在喊:"上除颤仪,准备开胸。"

刺痛的电流一下贯穿他的全身,他随着电流猛地一起,猛地一落,好不容易吸了一口气,那团呼吸却炸裂在心肺中,让他整个人痛不欲生。

"救得活吗?"

"难说。"

有人在耳边道。

这种感觉太熟悉了。

这种置身于生死边缘,只一脚就要迈入无边地狱的感觉。

每当这个时候,他就拼命告诉自己,活着不易,坚持下来,一定要坚持下来。

后来他是怎么坚持下来的?

程昶头疼地想。

后来?哪有什么后来?他落入了水中,再醒来,就成了另外一个程昶。

……

程昶蓦地坐起身,额头上尽是冷汗,他大口大口地喘了好一阵,才发现方才的一切不过是一场光怪陆离的梦,只是太真实了些。

手术室、无影灯、除颤仪击在胸上的痛,还有医务人员的对话,真实得让他分不清究竟是庄周梦蝶,还是蝶梦庄周。真实得仿佛就是他此刻当下正经历着的一切。

上辈子的种种纷至沓来,可他现在分明还坐在自己的卧榻上,还是那个琮亲王府的小王爷。

窗外的雨还在下,梅雨时节,金陵一旦落雨便没个停。

隔着一层窗纸望去,外间苍苍茫茫如染雾气,叫人辨不清晨昏。

程昶又在榻上坐了一会儿,这才起了身,叫人打了水来洗漱,问:"什么时辰了?"

"回小王爷的话,刚到卯正。"门前一名小厮应道,"您今日休沐,不必去衙门点卯。"

程昶点了一下头,往门外一看,只见院中多了几名生面孔的武卫,问道:"怎么回事?"

"回小王爷的话,这几人是王爷大清早派来护卫您的,什么原因王爷没说,终归是为了您好。"

程昶反应过来,八成是琮亲王得知了王府的家将反水的事,增派人手过来保护他吧。

程昶没应声,想趁着今日休沐,去京兆府一趟。

张大虎已在京兆府的柴房里扮了好几日死去的艄公,想来该有些眉目了,过去问问情况,顺道寻一寻云浠,看看她哥哥的事怎样了。

这么想着,程昶回房更衣。

身后的小厮跟进屋,一面伺候他,一面兴奋地道:"小王爷,今日天没亮,小的打听到一桩稀罕事。"

这名小厮叫孙海平,常跟在程昶身边,人在一众小厮中算得上聪明,缺点就是嘴贱。

程昶问:"什么稀罕事?"

"就是那破落户的小姐,她昨晚不是在裴府老太君的寿宴上退亲了吗?"

"按说她干了这么一桩石破天惊的事,人该消停些了吧?可她偏不。您猜怎么着?今儿天还没亮,她就带着老忠勇侯的牌位,还有她哥哥的牌位,去宫门前跪着了,说什么要给她的哥哥申冤。"

程昶一愣:"有这回事?"

"是啊。"孙海平道,"叫小的说,这破落小姐也忒一根筋了,她哥哥早死八百年了,当年尸体抬回来的时候,咱们还撞见过,烧得跟黑炭似的,尘归尘,土归土,有什么好申冤的?"

孙海平咂咂嘴:"小王爷,您说咱们要去宫门口瞧个热闹吗?听说有不少人都赶去瞧热闹了哩。"

程昶一时无话,半晌,拣了个重点:"云洛的尸体抬回金陵,应该在棺材里,你……我们是怎么撞见他的尸身的?"

"这就要怪那破落小姐不长眼,迎面撞了小王爷您的马车呗。结果您还没怎么样,她的板车反倒翻了,摔得连棺材都掀了盖,她哥哥的尸身才翻出来。她当时还气呢!偏她不占理,没人帮她!"

程昶怔了怔:"你这意思,是她一个人把云洛的尸首带回金陵的?"

"好像是吧。当时咱们都吃醉了酒,没记太清。小王爷您那会儿当真大人有大量,她这么冒犯您,您也没与她多计较。"

程昶听了这话,心间一时不是滋味。他实没料到他与云浠之间还有这样一段过节儿。

照这么看,云浠如今尽心竭力地帮他查案,甚至在他遇难时奋不顾身地相救,实在难能可贵。

程昶想，纵然那些错事是真正的小王爷干的，可他既然来到这里，没道理光享受他的富贵荣华，享受他这身子骨的康健，却不对他的过往负责。

程昶默坐了一会儿，对孙海平道："你把我的官袍拿来。"

孙海平欣喜道："小王爷，您是不是打算带小的们去宫门口瞧那破落小姐的热闹了？穿官袍好，有官袍在身，咱们能占个好位置不说，也不至于被宫门口那些杀千刀的护卫撵走。"

说着，他立刻取了官袍来，要帮程昶换上。

程昶看了一眼，发现是便服，道："不是这身。"

御史的官袍分两种：一为便服，二为朝服。

古来御史乃天子耳目，犯颜直谏乃是本职，便是品级再低，遇上要谏言的事，也有直接面圣的资格。

所谓便服，是巡街时穿的官袍。

而所谓朝服，就是面圣时穿的了。

孙海平愣道："小王爷，您……您这是要穿朝服？您要进宫见皇上？"

程昶看了眼天色，催促孙海平更衣："快些吧，再晚早朝就要结束了。"

雨水自中夜落下，到了天明时分，已不似夜里那般滂沱。

云浠接到圣旨，带着父亲与哥哥的牌位来到宫门前跪着时，四周还漆黑一片，也不知过了多久，天渐渐就亮了。

上朝的大臣一个接一个从她身旁走过，有人只看一眼她身前牌位上的名字就远远避开，有人好心上前劝她一两句，见她不肯走，摇了摇头也走开了。

想想也是，她昨夜先是退了与裴阑的亲事，后又接到圣上问罪她哥哥的圣旨，落魄到如今这个地步，还有谁肯帮她？

还哥哥清白，只有靠自己了。

云浠笔挺地跪着，双目注视着眼前巍峨的绥宫，一身朱色捕快劲衣早已湿透，原本明快的色泽变得暗沉沉的。

绵密的雨水顺着后颈滚落到她的脖间，但她竟不觉得冷，想来跪了这许久，早已适应了。

身后传来脚步声，越来越近。云浠想：这回又是哪一位大人来看热闹了呢？

罢了，看就看吧，只要她能将怀里的急函亲手呈给圣上，只要能还哥哥清白，她不怕成为别人眼里的笑话。

突然，头顶的雨停了。

云浠愣了愣，仰头看去，身前不知何时立了一人。

程昶撑着伞，眉眼如画，里面蕴藏着水墨写不尽的风光。

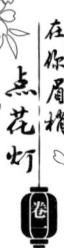

他看着她,问:"信带来了吗?"

云浠哑声道:"什么信?"

片刻后,她反应过来,点了一下头:"带来了。"她从怀里取出一封用荷叶包着的信,递给程昶。

这是那封唯一能证明哥哥清白的急函。

云浠不知道程昶来做什么,她只知道,他不是来瞧她热闹的,她从他的眼里看得出。

程昶接过信,细看了一遍,然后俯下身看着她说:"我……从来没有在圣上面前谏过言,不确定自己可以做到几分,但是我可以帮你试试。你愿意相信我吗?"

云浠愣愣地看着他,难以置信一般。

好半晌,她像才反应过来他究竟说了什么,抿紧唇"嗯"了一声,点了点头。

于是,程昶将云洛的急函重新用荷叶包好,揣入怀中。

他把伞递给云浠,说:"伞你拿着。"然后淡淡一笑,"好,那我就去试试。"

第八章 御殿承情

云浠看着程昶的身影没入雨帘里，身前还放着他留给她的伞。她默跪了一会儿，没有用伞，而是将它小心翼翼地收起来，搁在身边。

雨急一阵，缓一阵，过了不知多久，终于停了。

天边云霾散开，太阳洒下晖光。

早朝大约也散了，宫门口往来着外出办事的朝臣。

云浠依然直挺挺地跪着，双目注视着宫门，她仍在等，好在此一时，她的等待与中夜大雨滂沱时已不一样了，因为心中有希冀。

程昶是在雨彻底停了时出来的。

他走到她跟前："起来吧。"

云浠愣愣地看着他。

他又说："你哥哥的案子虽然还没能平反，好在争取了个重新彻查的机会。"

云浠一时怔住，仿佛溺水之人忽然自水下得来一团续命的气，不敢轻易呼吸，怕不能维系到浮出水面的一刻。

过了一会儿，她才小心翼翼地问："当真？"

程昶一点头，露出一个极淡的微笑："当真。"

云浠忽然不敢看他，她垂下眸，用袖子揩了一把颊边残留的雨水，站起身，想道谢，又觉得谢字太轻，踌躇再三，竟不知当说什么才好。

这时，宫门右侧的小角门微启，一前一后出来两个太监。其中老一些的手持拂尘，是昭元帝身边的掌笔内侍官，唤作吴崈，身旁跟着的年轻些的是他的小徒弟。

走得近了,吴崂先是对程昶一拜,目光落到云浠身上,笑道:"想必这位便是忠勇侯府的大小姐吧?"

云浠一点头:"不知内侍官大人有何指教?"

吴崂道:"指教哪里敢当?圣上就是派咱家来给您传个话,云将军的案子,重新彻查的旨意已送去大理寺了。"

这事程昶已提过了,但云浠闻言,还是颇有礼地揖了揖:"烦请内侍官大人替卑职拜谢圣上,也劳烦大人费心了。"

吴崂和颜悦色地说:"咱家为圣上做事,如何称得上是费心?倒是云大小姐,您从前是进过宫的,那些杵在宫门口的狗奴才竟没认出您,实在是罪过。您快些回府上歇着,淋了半宿的雨,莫要伤了身子。"

他将话带到,人情做到,随即将拂尘往手肘上一搭,辞了程昶与云浠,回绥宫去了。

入得小角门,跟在吴崂身边的小太监大惑不解:"师父,早上那侯府小姐来宫门口跪着时,您还说不必理会,怎么这会儿……"

怎么这会儿又殷勤起来了呢?

"蠢东西!"吴公公将拂尘一甩,白他一眼,"咱家这些年教你的东西,你都学到狗肚子里去了?"

他点拨道:"方才在金銮殿上,圣上是怎么提宣威将军的案子的?"

小太监听了这话,不由得仔细回忆。

其实今天早朝的时候,昭元帝的话很少,便是琼亲王府的三公子将云洛的急函呈于殿上,称云将军无罪时,圣上也一语不发。

当时满朝文武屏息凝神,以为小王爷从前胡闹便罢了,这回实实在在是触了昭元帝的逆鳞,且等着龙颜大怒。

谁知昭元帝在龙椅上默坐了一会儿,随后一挥手,那意思竟是让吴崂把急函呈上来。

他默不作声地把信看完,淡淡地问:"这么重要的一份证据,何以漏掉了呢?"

这事若要追查,朝堂上一众大员上至裴阃、大理寺卿,下至部将小卒,一个也跑不了,少说都要治一个渎职的罪。好在程昶牢记琼亲王的告诫,没有蹚浑水,他谁也没得罪,只道:"回陛下,因这封信落入了蛮子手里,是近日才找着送来京城的,当时大理寺的卷宗已递到了御前,是以晚了。"

昭元帝"嗯"了一声,问裴阃:"有这回事?"

裴阃道:"回陛下,三公子所言不虚,其实急函的事,臣早先与大理寺提过,奈何未见实证,大理寺结案在即,也不能为一封没影的急函平白耗费时间。说到底,

第八章 御殿承情

此事还是臣之过,若臣能再尽心竭力一些,早日找到急函,便不至于耽搁了大理寺断案。"

昭元帝不温不火道:"此事与你无关。"

大理寺卿见程昶与裴阑已为他留好了后路,顺杆往上爬,连忙出来领罪:"禀陛下,此事确实不怪裴将军,是臣急躁行事,急于结案,连多一日都等不了,这才导致了断案有失。"他又请教道,"只是……降罪宣威将军的圣旨已发去了忠勇侯府,眼下忽然得了一份新的重要证据,接下来该如何行事,还望陛下明示。"

发出去的圣旨,总不能再收回来吧。

昭元帝的目光还停留在急函上,他似又把云洛的信看了一遍,半晌后悠悠道:"发出去的圣旨收不回来,那就再发一份,就说得了新证据,要重新彻查。"他叹一声,搁下急函,"亡羊补牢,未为晚矣。"

此句"亡羊补牢"一出,众臣心中皆是一凛。

虽不清楚昭元帝为何突然对忠勇侯府宽仁起来,但所有人都明白了一点,数年来,缠在圣上胸口的心结——老忠勇侯的牺牲,太子殿下的暴死,招远的叛变,正在一寸一寸地解开。

这位平生立下无数功业的君主老了,虽然犯了错,尚没有糊涂,太子已逝多年,储位上不能无人,等心结解开,一切回归正轨,江山大统也该择人来继承了。

所以他说亡羊补牢。

昭元帝看向程昶,问:"这份证据,你是怎么拿到的?"

程昶道:"回陛下,今日一早,忠勇侯府家的小姐跪在宫门口为宣威将军鸣冤,臣路过,过去问了问,她便把急函拿给臣看。臣想着自己是御史,大约能帮她谏言,因此闯了廷议。"

昭元帝听了这话,颔首道:"云舒广的女儿,小时候进过宫,朕记得她。"

他的目光冷下来:"方才你们中的人不是说,早上跪在宫门口的是一名惹是生非的捕快吗?"

下头连忙有人出来解释:"回陛下的话,早上下着雨,众僚都没瞧太清,且那侯府小姐穿着一身捕快朱衣,时下正在京兆府任职,这才被误认为是一名寻常捕快。"

昭元帝"唔"了一声,唤过内侍官,把云洛的急函拿给了大理寺卿,又着中书舍人拟写圣旨,及至散朝时才轻描淡写道:"忠勇侯的女儿当捕快,屈才了。"

彼时朝臣们一半已退出殿外,一半仍留在殿中。看着圣上离去的背影,竟是谁都猜不透他是怎么想的。

小太监细细回忆着早朝上昭元帝的一言一行,恍然道:"师父,您的意思是,咱们这些做奴才的,行事该顺着圣上的心意走。就好比今日之前,忠勇侯府是圣上

的心结,咱们便不必管侯府的人;但今日之后,圣上决定把这个心结解开,咱们再看到侯府的人,就要卖几分情面?"

"蠢东西。"吴崈一甩拂尘再次打在小太监身上,"圣心难测,圣上的心思可是你这样的下贱东西能揣摩透的?"

他伸出一只手,迎着拂过的风:"你看,这宫里是有风的,咱们这样的人,在哪儿都扎不了根,只能跟着这风走。"

吴崈走后不久,大理寺便来了人,把重新彻查云洛一案的圣旨传给云浠。

云浠得了圣旨,仍不放心,翻来覆去看了几遍,心头悬着的石头才慢慢地落了下来。

宫门风声渐劲,吹得日影浮动,她抬头看向程昶,认真地道:"今次当真要多谢三公子!"

她肩上的担子重,平日里几乎不怎么笑,眼下虽仍不曾展颜,但眸子里的一抹喜色却是很明显。

程昶道:"没事,其实我没费什么功夫,把急函呈上去,说明原因,圣上自然就说要重新彻查了。"

他看着云浠,她一夜没睡,跪了大半日,此刻脸色很不好,手心的绷带脱落了一半,上头还有斑斑血迹,大约昨夜匆忙,伤口没得及换药。

程昶道:"你可是要回府了?我送你。"

他这话说得自然,可云浠听了却像是才回过神来。

她垂下目光,不由打量自己,她淋了雨,衣裳才干了一半,鬓发湿漉漉地粘在颊边,束在脑后的马尾大约是乱了,还有靴子上沾了泥,每走一步便要在地上踩出一个泥印子。

她忽然难堪起来,心中想:自己怎么能这么狼狈地站在他面前呢?

她抱着父亲与哥哥的牌位,抱着圣旨,慢慢垂下眸子,轻声道:"不……不必了。侯府不远,我自己走回去。"

程昶见她拒绝,想着忠勇侯府离绥宫确实不远,便点头应了。

临上马车前,他看了眼她的右手,又提醒道:"记得换药。"

云浠目送着程昶的马车远去,在原处站了好一会儿,直到再也瞧不见了,才反身回府。

云浠愈走步子愈轻快,等到了侯府,几乎要跑起来。

守在府门口的赵五瞧见她,唤道:"大小姐。"

她应了声,径自往正堂里去,高声喊:"阿嫂,阿嫂!"

方芙兰自晨起便在正堂里等着,听到云浠的声音连忙迎出来。

第八章 御殿承情

云浠已迫不及待地要将好消息告诉她："阿嫂，成了！圣上看了哥哥的急函，下旨让大理寺重新彻查，铁证如山，不日哥哥定能平反昭雪！"

方芙兰一下愣住，半晌一动不动。

云浠一手抱着怀里的牌位与圣旨，一手在她眼前晃了晃："阿嫂，你怎么了？你不开心吗？"

方芙兰这才回过神来，道："我哪里是不开心，我只是没想到……"她看向云浠，难以置信地问，"这就成了？"

"我也没想到！"云浠笑道，"今早我跪在绥宫门口时，本没什么人理会我，后来三公子路过，听说了我的事，便说帮我把证据呈去金銮殿。他做了御史，可以直接向圣上谏言。圣上看过急函，信了哥哥清白，这才下旨重新查案的。"

她把圣旨递给方芙兰："阿嫂你看。"

方芙兰细看过一遍，见是御笔亲书，末尾还盖着玉玺，一颗心才放下来。

她柔柔一笑，把圣旨还给云浠，随后迟疑着问道："你方才说……是琮亲王府的三公子帮的我们？"

云浠一点头，轻快地"嗯"了一声。

方芙兰道："你怎么又……"话说到一半，却咽了回去。

又什么？又与他来往？又与他走这么近？

琮亲王府的三公子近日收敛了脾性，可谁也不能说从前那个跋扈的小王爷就不是他，谁也不能保证他能好到几时，万一哪一日他又故态复萌了呢？终归不是个能深交的人。

方芙兰本想提醒云浠，转而一想，云浠这一阵子一直沉郁，已经好久没这么开心过了。罢了，忠勇侯府到底是承了三公子的情，她便也不说扫她兴的话了。

方芙兰拉过云浠的手，用手帕为她拭去额角的脏污："瞧你，把自己弄成什么样了？快去打水清洗清洗，适才京兆府来人了，说特准你休沐一日，你一夜没睡，洗完好好歇着。"

云浠应了，笑说："我先把阿爹与哥哥的牌位送回祠堂！"

云浠在祠堂里焚了香，叩过首，便回了自己屋里。

她心中记着程昶提醒她要换药，自柜里取出金疮药和绷带，坐下来去解手心的绷带。

她的绷带本是三公子为她包扎的，系在腕侧，很是漂亮，也不知何时弄散开，她中途瞧见，随意将绷带绕了绕，自己打了一个结。

云浠重新包扎好伤口，将剪子、药等一应物件放回原处，刚要扔搁在桌上的旧绷带，手上动作却是一僵。

绷带不值钱,她在衙门当捕快,多的是白拿的。可是眼前这条已用旧的,竟变得意义非凡起来。

半晌,她打了水,将绷带仔细清洗干净,晾晒在院中。

阳光明媚,绷带很快干了。

云浠将它收了回来,粗糙的布料几经磨损变得十分柔软,她将它搁在桌上,一时怔怔,不知要拿它来做什么。

末了,想起云洛最后一次出征前送给她一把匕首,匕柄有些光滑,她是以没用。她将匕首从枕下取出,将绷带一圈一圈地缠在柄上,比画着试了试,感觉挺顺手。

梅雨过了没几日,江南彻底入了伏,整个金陵如同在火炉子里,直要把人烫没一层皮。

五月中,云洛的案子总算有了结果。

大理寺仔细鉴定过急函上云洛的官印,又寻来几份旧日部下的供词,判定云洛无罪,归还了他宣威将军的封衔。

大理寺卿见圣上似乎有厚待忠勇侯府之意,把卷宗呈上御案时,便多问了一句是否要让云将军袭忠勇侯爵。

谁知圣上仿佛没听见这话,任凭大理寺卿在殿中立了大半日,才想起有他这么一个人,便淡淡道:"再说吧。"

是为圣心难测。

于是在众人心中,忠勇侯府还是那个忠勇侯府,圣上虽不怎么记着,但也没忘记。唯一的差别,大概是五月末,云浠去领侯爵俸禄时,户部的人脸色好看了许多。

云浠初与裴阑退亲,这事沸沸扬扬地在金陵传了好几日,大都说是裴府卖侯府的情面,毕竟便宜裴府占了,亲事由侯府来退,两边都不至于难堪。

云浠不太在意这些流言,与裴阑的亲事如罩在她心头的一片霾,眼下这片霾终于散了,她拨云见日,乐得轻松自在。

这日,云浠夜里当值,正午还没用膳,田泗忽然来找:"阿……阿汀,三公子府上的小厮说,衙门柴房那里,有……有动静。"

柴房里,关着的人正是扮作死去艄公的张大虎。

云浠连忙问:"什么动静?"

"不……不知道。三公子一早已……已赶过去了,让我来,知会您一声。"

云浠听闻程昶已经过去了,心中一急,回屋换了捕快衣,拿了剑:"那我也过去。"

午膳刚备好上桌,方芙兰见云浠要走,追出来问:"不吃些再走?"

"不吃了。"云浠越走越快,转眼已出了府,抛下一句,"有要事!"

第八章 御殿承情

侯府在城东，离绥宫近，离京兆府却远，云浠紧赶慢赶，仍用了大半个时辰才到。

柴房外守着的人已换了班，云浠问柯勇："三公子呢？"

"三公子早上来过，问了问这里的情形，留到正午，被一名家仆叫走了，说是王妃在附近的庵堂，请他过去一趟。三公子说他先去见王妃，待会儿如果天色还早，他便再过来。"

云浠又问："三公子府上的小厮说柴房这里有动静，你可知道是什么动静？"

柯勇摇了摇头："三公子走得急，那名小厮与他一起走了，临走前只说要仔细盯着，八成不是什么大事。云捕快您不如等等，三公子若来得及过来，自会与您说的。"

云浠想了想，觉得柯勇说得有理。

若是要紧的动静，程昶不会轻易走开，便是走开，也应该会有交代。

可是……究竟是什么事，值得他再过来一趟呢？

云浠看了看天色，眼下未时已过，程昶即便能赶过来，天也该黑了。

程昶是小王爷，哪里有他屈尊奔走的道理？

云浠想，左右自己要酉正了才上值，不如去庵堂门口等着，若三公子有要事，正好一出来就和自己说。

夏日伏天，来庵堂进香的人并不多，这座庵堂又修在闾阎之间，不如深山老林的幽静，香火亦不算鼎盛。

庵门口的老榕树被晒得蔫蔫的，云浠等在榕树下，心道：堂堂琮亲王妃既然要烧香拜佛，怎么不去京郊的白云寺呢？那里清凉、宜人，眼下已取代了明隐寺成为新的皇家寺院。

然而等琮亲王妃从庵堂里出来，她就明白了。

与琮亲王妃一起出来的有三人，除了程昶，还有礼部林大人的夫人张氏，以及张氏的女儿，林府小姐林若楠。

王妃来此，原来是醉翁之意不在酒。

程昶与琮亲王妃说了一阵子话，目光不期然一扫，发现等在榕树下的云浠，愣了一下，与王妃交代了两句，朝她走来。

云浠也愣了愣，回过神来才意识到哪里有让三公子屈尊迈过来的道理，赶紧疾步迎上去，拜道："卑职见过三公子，见过王妃。"

程昶"嗯"了声，大概猜到她的来意，没多说什么。

倒是琮亲王妃，目光落到她身上，淡淡地问："云大小姐怎么也来庵堂了？"顿了好一会儿，又问，"来找昶儿的？"

云浠拱手道："回王妃的话，王府的小厮给卑职带话说——"

她话说到一半,不知怎的,浑身不自在起来。

抬眸一看,只见那林若楠正定定地看着自己,她神色恬静,目光却是凄凄楚楚的。

云浠原想说,是王府的小厮带话说,三公子有要事寻她,因此自己才过来的,可话到了嘴边,她又改口道:"是卑职衙门里有要事,急着要向三公子禀报。"

琼亲王妃"嗯"了声,对程昶道:"既然是公差,你快些办完了回府,今日你表姨与表妹好不容易来王府一起用膳,莫要耽搁了。"

程昶应了,立在原处送离了王妃的车驾,这才对云浠道:"我母亲临时把我叫走,劳烦你特地赶过来一趟。"

云浠道:"三公子客气了,既是卑职的案子有了动静,卑职过来是应当的。"

两人说着话,田泗也气喘吁吁地赶过来了。

云浠问田泗:"你方才上哪儿去了?"

原本还与她一起等在庵堂门口的,一回头人就不见了。田泗心中犯嘀咕,他方才走开时,分明与云浠打过招呼的,当时她定定地盯着庵堂门口,还"嗯"着应了他一声,他只当她是瞧见三公子了,没工夫理会自己,哪里知她竟是走了神。

田泗是结巴,人又老实,觉得没必要为自己分辩,只道:"你……你中午,过来得急,我想着,你没吃饭,给你买……买吃的去了。"

虽去买了,他的双手却空空如也。

他又道:"去……晚了,这个时辰,街口的包子铺……关了。"

云浠看了眼天色,说道:"没事,待会儿衙门就供晚膳了。"

她问程昶:"三公子,不知您寻卑职来所为何事?"

程昶道:"庵堂里有个亭子,很清静,我们去那里说。"

几人到亭子里刚坐下,一名琼亲王妃的仆役返回来,呈上一个十分小巧精致的锦盒:"禀小王爷,王妃殿下称王府今日开宴的时辰晚,怕您饿着,吩咐小的把这食盒带给您。"

程昶接过,说了句"替我谢过母亲"。

他其实不太饿,想到云浠为了赶来见自己,连午饭都没吃,顺手把锦盒递给她:"给你。"

盛夏白日长,时至傍晚,天色尚早,但太阳已将热气收起来了。

两人坐在亭间廊椅上,中间隔了一小段合适的距离,云浠看着突然递到自己跟前的锦盒,不由愣住。

日暮的光影交织在程昶修长的指间,她听他道:"你不是没吃午饭吗?先吃这个。"

他语气自然至极,推脱反倒矫情。

第八章 御殿承情

云浠道了声谢,将锦盒接过搁在膝上,默不作声地揭开。

锦盒里,整整齐齐地摆着四方十分精巧的冰莲糕,云浠刚要伸手拿,动作蓦地一顿。

过了会儿,她将锦盒原封不动地盖好,递还给程昶:"这个……还是三公子亲自用吧。"

程昶纳罕,下意识接过锦盒一看,只见右下角的冰莲糕旁放着一枚小巧的东珠耳珰。

因耳珰与冰莲糕一个颜色,因此不易发现,就像是做糕人不经意落在里面的。

程昶明白过来。

刚才他在庵堂时,就听琮亲王妃频频夸赞林若楠手艺好,会做点心,一手冰皮的莲花糕在盛夏吃,解暑得很。

这样小巧可人的东珠耳珰王妃是不用的,王府的下人没人用得起,倒是很衬那个林小姐。

想来冰莲糕也并不是王妃给的,而是林若楠特地做给他的。

程昶抿了抿嘴,一时沉默下来。

他知道凡事不会这么巧,这耳珰若不是林若楠刻意摘下留在里面的,就是王妃授意让她放的,终归是做传情达意之用。

而她既传了情,他若收下,便是认下了。

程昶对林若楠实在没什么感觉,几个月相处下来,生不出丝毫情意,日后哪怕娶回王府,至多能做到相敬如宾,琴瑟和鸣那是万万谈不上了。

程昶也闹不清自己喜欢什么样的。

他上辈子说到底没动过几分真感情,恋爱谈得虽多,大都无疾而终。来这边前已当了好几年单身狗,也想得很开,觉得一个人过一辈子其实很不错。

但他也没再将锦盒里的冰莲糕给云浠。

到底是一份心意,程昶想,他接不接受是一回事,如果转赠出去,那就有点不尊重人了。

这就好比他从前收情书,收得太多,有的根本没时间看,但还是仔细收在抽屉里没扔,也没随意拿给旁人取笑。写信人怀着真情落笔成文,不该糟践。

程昶唤来一名小厮,把锦盒递给他,说:"帮我收好。"

他打算回去了还给林小姐。

然后他看向云浠,欲说正事,却见她垂眸坐着,双手规规矩矩地搁在膝头,许久不言语,像在发呆。

这姑娘一向伶俐,该不会是饿傻了吧?

程昶如是想着，便说："附近有个酒楼，带你吃晚饭去。"

言罢便已起身，往庵堂外走去。

云浠拾了搁在一旁的剑急步追上："三公子不必麻烦，今日王府摆宴，三公子不是应了王妃殿下要回府用膳吗？卑职衙门里是供饭菜的，等下回去有得吃。"

王府之所以摆宴，那是因为王妃见到林若楠临时起意，等开宴，时辰已很晚了，再说闹了冰莲糕这么一出儿，他并不想回府用膳。

"没事，我陪你先吃点。"程昶道，"上回舫公那事麻烦你，就说要请你吃顿便饭，这回又麻烦你跑一趟。"

街口酒楼灯火辉煌。

或许是因为入了伏，金陵人闲着不爱出门，酒楼的生意并不怎么好，门前迎客的小二昏昏欲睡，乍一见程昶，浑似见了仙人，目瞪口呆了好一阵，连忙把贵客往楼里请。

到了二楼雅阁，程昶点了菜，等菜的当口，他也不耽搁，对云浠道："其实我让人去你府上找你，并不是柴房那里有了动静，而是我自己有事要麻烦你。"他斟酌了一下，说道，"你还记得裴府老太君寿宴那天，那个跟着我们去水榭，手心有刀疤的仆从吗？"

"记得。"云浠点头。

把金砖给舫公的人，就是这名刀疤仆从，舫公正是受他之命，加害醉酒的小王爷的。

程昶道："我日前收到一张字条，应该是这个刀疤人留。他说真凶派人杀他灭口，他没法直接来王府找我，约定秋节当日与我见上一面。"

秋节本是大绥一个寻常佳节，但今年塞北大捷，圣上喜极，命钦天监挑日子，拟定在秋节当日出宫与民同乐。

圣上要出宫，程昶这样的皇室宗亲自然要作陪。

"我到时伴驾，可能不大方便，除我之外，只有你见过这个刀疤人，因此想麻烦你多留意，若寻到他，带他来见我。"

"行。"云浠一口答应，"秋节当日我正好巡街，到时一定留意。"

不多时，小二上了菜。

菜式不多，但都精巧雅致。

云浠看着桌上菜色，俱是口味清淡的，心中有点困惑。

从前小王爷在金陵闹事，她不是没去收拾过烂摊子，画舫酒楼均有出入，彼时见满桌琳琅，尽是珍馐海味，味道都重得很，怎么三公子落了一次水，连口味都变了？

当日为他看诊的大夫不是说他没什么事吗？没听说需要忌口啊。

第八章 御殿承情

云浠不由抬头看向程昶。

他吃饭的时候很安静，却并不如老儒生一般刻板规矩，夹菜舀汤，动作文雅且洒脱。

她从未见过有人吃饭是这样的，非常好看。

她没见过实属正常，这是后世结合了西方文化的餐桌礼仪，程昶上班接触的客户大都是商界大拿，他学到了精髓。

似是觉察到云浠在看自己，程昶抬头，问："是不是菜式不合你胃口？"

他唤过小二欲再点菜，云浠连忙拦住，说："不是。"她解释道，"卑职就是觉得……三公子变了。"

程昶愣了下，只一笑，没怎么在意。

几个月下来，很多人都这么说，说他吃一堑长一智，落水以后转了性，不再像以前那样胡闹了。

云浠见程昶安静下来，心中的困惑越积越深，仿佛要压不住了似的。

"其实也不是变了。"她又道，"卑职从前与三公子接触不多，不知道您究竟是什么样的。"她抿了抿唇，"卑职就是觉得，落水后的三公子，不像是……这里的人。"

她没说这里是哪里。

金陵？仿佛不大对。

大绥？仿佛也不妥。

但这里究竟是哪里呢？

云浠抬头望向程昶，想要试着解释，却见程昶慢慢地停了箸，怔怔地看着她。

第九章 相安何来

程昶其实是个得过且过的人。

上辈子身如浮萍,无所归依,满门心思都花在"如何好好活着"这一生命基本命题上。

而今到了这里,心态上其实无甚差别,有人想杀他,整日疲于奔命,不过是为了保命。

云浠这一句话,蓦地揭开他两世为人尘封已久的乡愁。

他停了箸,移目看向酒楼栏杆外的间阎古巷,不知怎的,忽然怀念起二十一世纪的高楼大厦,通勤时分川流不息的车辆,以及行色匆匆的人群。

他生活在信息时代,城是不夜城,人与人之间的关系既近又远。

他没有特立独行,却享受时代带来的便捷。

网络的出现把天涯与咫尺间的界限变得模糊,距离更多是情感上的距离,合则聚,不合则分,不像在这里,时辰、里数、尊卑,分寸可数,都在丈量之间。

"三公子。"云浠见程昶出奇地沉默,忍不住问,"卑职是不是说错话了?"

"没有。"程昶道。

他一时慨然,却没有倾吐的欲望,顺着她的话头反问道:"你是金陵人吗?"

云浠一点头:"是,小时候出生在这里。"随后补了一句,"但我儿时跟着父亲和兄长住在塞北。"

程昶问:"你这一身本事,就是在那里学的?"

"一身本事?"云浠不解。

第九章 相安何来

她想了一下，愣愣地问："三公子可是指我的武功？"

大绥纵然开化，到底还是古代，男子出将入相，女子持家育子，才是常态。

"我这算什么本事？"云浠笑道，"我是女子，这样的本事要放在父亲与哥哥身上，才叫作本事。"

"怎么不算？"程昶道，"既能自保，又能保护他人，小则守家护院，大则驱逐外敌，镇守疆土，这么有用的本事，分什么男女。"

云浠怔住："三公子真这么想？"

程昶"嗯"了一声："真的。"

云浠垂下眸，心中高兴起来。

其实她当初从塞北回来，起先并不是去京兆府谋职的。她去过枢密院，去过兵部，还去过几个将军府上，她也想承袭家风，长留军中，像父亲和哥哥一样，可惜那些人看她是个小姑娘，都婉拒了她。

云浠欣然道："对，我这身本事就是在塞北学的，小时候父亲教哥哥，我就在一旁跟着练，家里人口不多，有时候没人陪我，我就和阿黄比画。

"阿黄是我在塞北养的一条狗，比我大两岁，很聪明，我小时候打不过它，它还让着我。"

程昶愣了一下："你养狗？"

他来这儿几个月，金陵城的大户小姐认识不少，养猫的都少之又少，养狗的更是没有，大多当狗是畜生，不是怕就是厌。

"嗯。"云浠点头道，"塞北草原，天高地远，阿黄在那里过得很开心。

"它陪了我八年，离开的时候已经十岁了，当时它的牙齿都掉光了，走也走不动，我每天就抱着它去院子里晒太阳。

"最后那天，它忽然说什么都要出门，我拗不过，只好陪它，然后它就像很小的时候那样，陪我在草原上疯跑。

"可惜只跑了小半个时辰它就累倒了，我知道它是撑不下去了，就跟它说：'阿黄，你安心走吧，我会一直记得你的。'它是听得懂人话的，这才合了眼。"

程昶道："它活了十年，算是寿终正寝了。"

"是，父亲和哥哥也这么说。"云浠淡淡笑了一下，"军中人总说要把生死看淡，阿黄葬在塞北，活了十年，算是喜丧。"

程昶又问："你后来还养过狗吗？"

云浠摇了摇头："后来没过几年，我就跟父亲搬回金陵了。"

到金陵不久，父兄先后征战而亡，她还想养狗，可惜没有这个心力，养了狗，反而要连累它跟着自己吃苦。

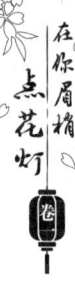

"回到金陵后,家中琐事太多,我怕我不能善待新来的狗,便没养。"云浠道。

程昶看着她,刚想说什么,忽听外间一阵喧闹。

柯勇进得酒楼雅阁,一脸急色道:"三公子、云捕快,不好了,柴房那里出事了!"

云浠与程昶俱是一怔,柴房那里已两个月没动静了,怎么偏巧在今天出了事?

两人都不耽搁,让小厮套了马车,匆匆往京兆府赶。

路上,柯勇道:"大概日暮时分,来了几个黑衣人要杀'艄公',咱们人手原是够的,但这些黑衣人似乎早有准备,并不跟我们硬拼。"

"他们实在厉害,后来不得已,张大虎也出了手,那些人一看'艄公'竟是人假扮,便知中了计,全都撤走了,我们追了许久,一个也没能留下。"

"一个也没留下?"云浠问,"你们多少人,对方多少人?"

"对方三人,我们……十余人,还不算张大虎。"柯勇难堪地说,"若是云捕快您在,或许能和他们拼一拼。"

"这……这么厉害?"田泗咋舌,"能跟云捕快打?"

到了京兆府,程昶一行人下了马车,直奔柴房而去。

柴房外,张大虎与一众小厮、衙差垂头丧气地坐着。

费了两个月工夫,好不容易钓上来一条鱼,却叫它溜了。

天色早已暗了下来,程昶拿着火把到四周看了一番,又叫来几个人问话,脸色渐渐沉了下来。

两个月了,真凶一点动静也无,摆明了沉得住气,为何偏在今日出动了?

今日……有什么特别之处吗?

他问柯勇:"你刚才说,今日来的黑衣人身手跟云捕快差不多?"

"回三公子的话,是。"柯勇道,"这样的高手难找,也不知那真凶是如何凑齐了三个。"

程昶心想,这不难解释。

早前他府上反水的家将是与云浠交过手的,大致了解云浠的身手怎么样,今日要在京兆府的地盘上劫人,自然要寻实力相当的。

他抬头看向还在柴房里仔细搜查证据的云浠,心中渐渐生出一个念头。

上回艄公来投案,消息是怎么泄露的来着?是柯勇去找云浠时,在忠勇侯府门口被人听到了。

那么这回呢?

云浠找了一阵证据,一无所获,一抬头,只见程昶立在月下,默默地看着她。

她走过去,抱拳道:"三公子,卑职失职,这次又让那些黑衣人逃了。"

"此事与你无关。"程昶道。

第九章 相安何来

看守柴房的人手是他安排的,谁也不知道黑衣人什么时候会来。

只是……

"你……"程昶迟疑了一下问,"今日田泗去府上寻你,你家里人可都是在的?"

云浠一听这话,一下明白他的言中之意,难不成这回又是从她府上走漏的风声?

云浠难堪至极:"田泗来寻我时,我在房里,当时四周并无人,但有没有人从院中经过我就不知道了。我平日里……并不怎么防着他们。"

都是相依为命的忠仆旧将,云浠很难因为一次没有根据的巧合就对他们设防。

"可是……后来我赶着出府,阿嫂追出来让我用完午膳再走时,府上的人都是在的,我还跟他们说'衙门里有要事,不吃了',也不知道是不是这一句话让……府上的那个人生了警觉。"

可那个人会是谁呢?

程昶道:"其实有个办法可以查一查是谁走漏了风声。你回府后问问府上的人,今日你离开后,有谁在正午到……"他看了看天色,"申时之间出过府门。"

想要给真凶报信,一定会出府。

三个杀手差不多是酉时来的柴房,那么凶手至晚便是在申时得了消息。

云浠点头:"好,明早回府后,我一定详查此事。"

程昶"嗯"了声,看出她眸中的内疚之意,又温和地说:"此事不是你的错,你不必自责。"

耽搁了这许久,戌时已过了。

出了京兆府,巷口传来一阵急促的马蹄声,一名王府家将催马来到程昶跟前。

"小王爷,王妃殿下派小的来问您,可是公差出了岔子,怎么还不回府?"

程昶这才忆起今日府上摆宴的事

他应道:"是有公差耽搁了,我这就回府。"说着,他与云浠道别,上了马车。

程昶奔波一日,已是乏极,坐在马车上,闭目回想这一日的经过,忽然忆起一事。

他掀了帘,问赶车的小厮:"我早前让你收着的食盒呢?"

"搁在马车左手边的匣柜里呢。"小厮应道,"小王爷,您可是饿了?小的帮您买宵夜去?"

程昶摆摆手:"回府吧。"

王府宴席已散,琼亲王妃仍在正堂里等着程昶。

她素来溺爱这个儿子,这次他虽失了约,没回来赴宴,因是为公差耽搁,她舍不得斥责他。

见程昶回了府,琼亲王妃连忙让丫鬟、婆子为他打水净脸,又亲自斟上茶,关切地问:"昶儿,累了吧?"

　　不等程昶答，她目光落到他手里握着的锦盒上，心中一喜，抿唇笑道："想来也是不累的，吃了冰莲糕，最是解乏。"

　　程昶没说什么，揭开锦盒，取出耳珰，递给琮亲王妃："那林小姐做糕时不慎将这耳珰遗落在了食盒里，母亲寻个时机帮我还给她吧。"

　　他既对她无意，糕点可以留，这耳珰是万万不能收的。

　　琮亲王妃愣住，半晌问："昶儿……你这是何意？"过了会儿，忍不住又问，"你这么做，该不会是为了那个侯府小姐吧？"

　　程昶愣了下，意识到她在说云浠，道："母亲误会了，这事同云捕快没关系。"纯粹是他不喜欢那个林若楠罢了。

　　琮亲王妃却不大信。

　　耳珰是她授意林若楠放入锦盒里的，目的就是为了试探程昶的心意。

　　程昶落水当日，她与王爷不在金陵，回来后便觉得这个儿子与从前不大一样了。她起先觉得高兴，到了后来却越来越失落。

　　从前的程昶虽胡闹，终归是与她亲的。落水后的程昶，孝敬、有礼，却十分疏离，像始终与人隔着一段不可触及的距离，你进一步，他便不动声色地退一步。

　　琮亲王妃只得安慰自己，昶儿这是长大了，懂事了。

　　他今年到了及冠之年，从前有人说亲，无人敢嫁，而今转了性，总算能把亲事提上议程。她挑来挑去挑了林家这个，样貌好，性情温顺，还知根知底。且王爷早就说过，明婴日后的正妃，门第不能太高，林大人官拜五品，正好。

　　几回接触下来，琮亲王妃眼睁睁地看着林若楠慢慢对程昶动了心，可他却一直无动于衷。琮亲王妃心中狐疑，疑来疑去便疑到了云浠身上，昶儿落水便是她救的。

　　那日裴府老太君寿宴，昶儿一个人去水榭，却与这侯府小姐一起回来。

　　云浠跪在宫门口为云洛鸣冤，是昶儿换了御史袍，为她把证据呈去廷议。

　　纵然他当日在金銮殿上把话说得十分漂亮，不但谁也没得罪，还得了圣上赞许，可王爷始终不愿意王府搅进招远的案子里。

　　琮亲王妃一念及此，与程昶道："忠勇侯府在招远的案子里牵涉得太深了，那个侯府小姐说到底是个将门女，若是几年前倒罢了，眼下这个当口……"她往厅外看了一眼，确定四下无人，压低声音道，"你皇伯父老了，身子也不好，储位上无人，你父亲不希望你与军中人过往甚密。"她顿了顿，又补了两个字，"招祸。"

　　私下议储乃大不敬之罪，王妃是拼着犯忌来告诫程昶。

　　程昶不知说什么好，只觉得她想得太过。

　　王妃又问："那绾儿……你心中当真没有她吗？"

　　程昶道："没有。"

第九章 相安何来

"没有也无妨,正妃不一定要娶自己喜欢的。"王妃笑了笑,"等你封了王世子,还可以再纳侧妃良妾的。"

程昶不由得看了王妃一眼,张了张口,不知从何说起。

他不想纳这么多妃妾,相伴的人太多,未必都能携手。把那些女子娶回来跟个摆件似的搁在后院,岂不平白将人耽误了?

王妃再劝道:"这几日南安王妃大病初愈,在家中设宴,我叫上绾儿同去,你再与她见见可好?"她退而求其次,"再不济,宴上京中许多王公贵族的女儿都会到,你且看看有没有心仪的,回来跟我说?"

南安王是郡王,虽然也是宗亲,地位却比琼亲王府差了一截。

程昶却是一愣:"南安王妃?"

听闻南安王妃是宫中驯马女出身,嫁给南安王后,爱马之心不减,在王府的后院养了几十匹骏马,兼养了七八只看马的狗。

程昶多日来接触的都是高门贵户,没见过哪家养这许多狗的。

今日听云浠说起她在塞北的日子,又勾起了他养狗的心思,原想跟云浠打听金陵有没有狗市什么的,却因柴房的事打断了。

程昶一口答应:"好,到时我与母亲去南安王府。"

琼亲王妃见他应得痛快,心中一喜,以为他终于将自己的话听了进去,遂道:"天色太晚了,早些去歇着吧。"不再强逼着他。

岂知程昶哪里是去相看姑娘的,他是去看狗的。

隔日一早,云浠一脸疲惫地回到忠勇侯府。

她心中记挂着府上有内贼的事,连夜里当值时也心神不宁的。

这个时候方芙兰早已起了,坐在厅堂里等云浠,见她一脸疲态,迎上来道:"怎么乏成这样?"

云浠没吭声,在正厅右首的八仙椅上坐下。

方芙兰见她沉着脸,移步过去,为她斟了杯水,轻声问:"阿汀,你怎么了?"

云浠在心中把府上的人过了一遍,觉得无论是谁把消息传出去的,她都难以接受。

这些人都是跟了侯府大半辈子的,都是她的亲人。

云浠握着杯子,垂眸看着杯里的水,摇了摇头:"没事。"

然而过了一会儿,她将水杯放下,问:"阿嫂,昨日我正午离开侯府后,府上可有人出去过?"

方芙兰闻言愣了下:"你……怎么想起问这个?"

"随便问问。"云浠看着方芙兰,"阿嫂不知吗?"

方芙兰没说话,沉默着在云浠一旁坐了,过了好半晌才轻声道:"不知。"

"为何不知?"

"昨日正午过后……我出门去了。"

云浠心中蓦地一沉。

方芙兰平日里除非去看病,否则足不出户,就连之前变卖云洛留给她的首饰,也是让赵五跑的腿。昨日是什么别样日子,她竟破天荒地出门了?

"阿嫂出门去做什么?"

"去……买了盒胭脂。"方芙兰没看云浠,兀自笑了笑,"这个月有些余钱,想着……再过几年人就老了,便寻盒胭脂来涂一涂。"

她自以为理由得当,可细一想,这话哪里站得住脚?

自云洛过世,方芙兰便素衣服丧,再不施脂粉。兼之府上拮据,她一人持家,平日十分俭省,哪里会舍得为自己添置胭脂?

但云浠仍没有因此疑她,而是问:"阿嫂正午出府,几时回府的?"

"大约申时末吧。"方芙兰道,"我记不太清了。"

三公子说过的,府上若有人想给真凶报信,必然是在正午与申时之间出的府。

云浠的一颗心真要沉到水里去了。

这些年她血亲尽失,唯余一个阿嫂相依为命。

方芙兰也是命苦的,当年方府小姐名动金陵,引得金陵多少公子踏破了方家门槛,方大人因此自视甚高,一心想让方芙兰高嫁,不想生生把她耽误了。

后来方府获罪,方芙兰一朝沦为落毛的凤凰。她心系父亲,进宫寻皇贵妃为方大人求情,岂知皇贵妃非但不肯相帮,还将她驱逐出宫,方芙兰于是投湖自尽。

那日恰逢云浠进宫,路过皇贵妃宫外,撞见方芙兰投湖,不但将她救起,还把她带到忠勇侯府日夜照顾。后来出征归来的云洛对方芙兰一见倾心,拿军功求圣上赦了她的牵连之罪,娶她为妻。

方芙兰嫁入侯府不过年余,老忠勇侯与云洛便相继战死塞北,是方芙兰陪着云浠度过了平生最难熬的日子。

"阿汀?"见云浠一直沉默,方芙兰唤了她一声,轻声问,"你到底怎么了?"

"没什么。"云浠道。

她原想追问方芙兰昨日出府究竟做什么去了,可她问不出口,她怕听到那个她最不想知道的答案。

"我……还有点事,去后院一趟。"

云浠急步走了,等走到院中,又听方芙兰跟出来问:"阿汀,南安王妃病愈,要在府上设宴，今日命人送了邀帖来，你去吗？"

云滃没答，她有公差在身，这样的场合惯来是不去的。

她稳下心神，到了后院的杂房，跟仆役一一打听了昨日府上每一个人的行踪。

午过以后，除了阿苓与赵五，再没旁人出过府了。

阿苓出府，是为了给白叔买治腿疾的伤药；赵五从来就是府上跑腿的，每日都要出府走动：他们二人离府的理由都比方芙兰的站得住脚。

云滃心中简直空空如也。她不知道该怎么与程昶交代，难道要告诉他，府上最有可能向真凶告密的人，竟是她的阿嫂吗？

她失神地往自己小院走，穿过回廊，不小心与一人撞了个满怀。

是方芙兰的贴身丫鬟鸣翠。

鸣翠行色匆匆，手中还端着托盘，这么一撞，托盘被碰翻在地，刺鼻的药味扑面袭来，她一面去捡打碎的药碗，一面问："大小姐，您没伤着吧？"

云滃摇了摇头，蹲下身与她一起拾捡药碗。

拾了一阵，她忽然意识到这药味不对。

"这是什么？"云滃问。

鸣翠看她一眼，似乎不知该怎么开口，支吾了一阵，只道："大小姐别问了。"

云滃道："阿嫂的药不是这个味的。"她不依不饶，"你若不与我说，我直接去问阿嫂。"

鸣翠似是为难，过了会儿才咬牙开口："大小姐有所不知，少夫人的病情愈发重了，这是近日新换的药。"

"阿嫂病重，我怎么不知？"

"大小姐常不在府上，自然不知。"鸣翠犹豫了一下，"且少夫人也不让奴婢告诉大小姐，怕您忧心。

"其实自裴府的二少爷回到金陵，少夫人瞧出您大约不愿嫁去裴府，日夜都歇不好，病势便不大好了。

"三月初，少夫人进宫，险些晕倒在护城河边，若不是姝儿小姐路过撞见，送少夫人去了药铺，奴婢当时都不知该怎么办。

"药铺的薛大夫自那以后便为少夫人换了药，还让少夫人勤去，往常是一旬一回，眼下已改成五日一回了。"

"罗姝？"

"是。"鸣翠点头，"姝儿小姐得知少夫人的病情，便常来帮忙，少夫人不能奔波劳苦，近日出门去药铺，有不少时候都是她陪着。便说昨日少夫人去看大夫，也是由姝儿小姐乘府上的马车过来接她的。"

云浠道:"照你这么说,罗姝应该是常来侯府的,我为何……"

她原想问我为何不常见到她?然而话未出口,云浠忽然反应过来,不对,她其实是见过罗姝的。

上一回,裴府的冯管家来侯府邀请云浠去老太君的寿宴,罗姝就在,且她来侯府正是为了陪方芙兰看诊。后来冯管家一走,柯勇便赶来说艄公投案的事了,当时罗姝也在侯府门口,柯勇的话,她一定是听到了。

"小姐,您怎么了?"

"没什么。"云浠道。

她问:"鸣翠,搬回金陵这些年,罗府与我们一直往来不多,罗姝她是何时与阿嫂走这么近的?"

鸣翠道:"今年开春以后呀。开春后,少夫人出了守丧期,每月月初都要与金陵的贵女命妇们一起进宫面见皇贵妃娘娘。少夫人性子本来就静,又因昔日娘家府上的事与不少旧交都疏远了,只有姝儿小姐还能时不时与她说上些话,一来二去就走得近了。"

今年开春以后……

三公子便是在今年开春后的花朝节被害落水的。

一时间,云浠觉得适才已沉到水底的心又缓缓浮了上来,但她仍不敢掉以轻心,看了眼托盘里碎裂的药碗,叮嘱鸣翠再煎一服药,一刻不停地就出了府。

云浠去了方芙兰常看病的药铺,寻来大夫仔细问过,随后又按照赵五与阿苓的行踪一一打听过去。

赵五与阿苓的行踪均无异样,药铺的薛大夫也证实昨日下午方芙兰的确来看过诊,还道:"昨日少夫人一到敝馆,便至里间行针,一直未曾离开,至于与她同来的罗府小姐,哦,期间倒是出去过一趟,大约半个时辰,说是买什么物件。"

罗姝竟在方芙兰看诊期间出去过?照这么看,的确是罗姝最有可能跟真凶报信。

云浠奔波了一日,将要回府时,天已晚了,路过宝烟斋,她忽然想起今日一早方芙兰说的话。

"想着……再过几年人就老了,便寻盒胭脂来涂一涂。"

云浠想,纵然这是阿嫂拿来搪塞自己的说辞,哥哥过世已三年,阿嫂除了刚出丧期时,因要进宫买过一盒妆粉、一枚螺子黛,就再没为自己添置过什么,连衣裳都是穿旧的。

云浠心中蓦地一疼,想到自己今日竟怀疑过阿嫂,自责难安。

她快步走进宝烟斋,掏出荷包里所有的银子,买下一盒胭脂。

回到侯府时天已黑尽了,方芙兰这日身子不好,早早歇下,云浠把新买的胭脂

第九章 相安何来

搁在她的轩窗台上，回到正厅独自坐着。

她不是不累，只是尚不能安下心神。

三公子贵为琮亲王府的小王爷，圣上的亲侄子，今年开春后竟两回被暗算，若报信的事是罗姝做的，她区区一名女子，如何得罪得起琮亲王府？罗姝的背后必然有人指使。

云浠想不明白罗府与琮亲王府之间有何瓜葛，她恨不能明日一早就去寻罗姝打探虚实，却担心打草惊蛇。

思来想去，她忽然忆起一事，唤来赵五问："今早阿嫂与我说南安王妃病愈，在府上设宴，投了邀帖来，你可知阿嫂把那邀帖放在哪里了？"

赵五道："少夫人料定大小姐您不会去，已将邀帖交给小的，让小的明日一早去南安王府回了。"

云浠道："不必回了，你把邀帖拿来给我。"

南安王府的宴，金陵的贵妇贵女们大约都收了邀帖，这样的场合必然少不了罗姝，自己去宴上见她，总好过贸然去她府上惹她生疑。

很快，赵五将邀帖取了来，问道："大小姐，您这是要去南安王府吗？"

云浠"嗯"着点了一下头。

南安王是先帝那一辈的旁支，早几十年前因犯了错，被罚去封地思过，降至郡王。

圣上继位后，不愿王侯在鞭长莫及的地方待太久，便借特赦令，将这些王侯都归拢到金陵，美其名曰召回故里。

天子脚下，凡王侯将相都过得安分守己，南安王祖辈上又是犯过错的，因此更比旁人多出十万分谨慎。以至于这一辈的南安王，连娶妻都只小心翼翼地娶了一个后宫里无家世背景的驯马女，膝下几个儿子倒是出息，官做得却不大，便说南安小郡王，也不过领了个七品统领的差罢了。

南安王府摆的是晚宴，邀帖上的时辰却写的是午过未时。

王府里有个花苑修得别致，其中有奇珍异草，竹林雅舍，供女眷赏玩，东面就是马场，里头养了数十匹威风凛凛的骏马。

云浠因有要事要寻罗姝，这日正午一过，她便去了南安王府。

府上的仆役将她引到花苑，云浠展目一望，罗姝果然已到了。

然而与以往不同的是，罗姝这日竟未与姚素素同在一处，独自一人带着丫鬟坐在湖边闲亭里。姚素素抱着雪团儿，与花苑里几名官家小姐有说有笑。

云浠走到闲亭，喊了声："罗姝。"

罗姝闻声回头，愣了愣，欣喜道："阿汀，你怎么来了？"拉过她的手在廊椅

上坐下,"我还当你不爱这样的场合,定是不会来的,今日你来了就太好了,我就有伴了。"

云浠笑了一下:"我听府上的丫鬟说,今年开春后,阿嫂的身子一直不好,是你常陪着她去药铺。我在衙门当差,事务繁忙,反倒辛苦你了。"

罗姝闻言怔了怔:"你都知道了?"又道,"你阿嫂不是说,此事不会与你提吗?"

云浠刚要答,忽听花苑一处传来一阵银铃般的笑声。

她与罗姝闻声望去,只见姚素素怀里的雪团儿似刚睡醒,慵懒地打了个呵欠,舔了猫爪子来洗脸。

姚素素逗了逗它,抱起雪团儿,往身旁的女子手上递。

云浠目光落到那女子身上,愣了一下。

是那林家的小姐林若楠。

上回去裴府赴宴时,一众贵女还觉得林家攀附王府,不多与她攀谈,怎么到了今日,竟个个对林若楠和颜悦色起来了?

林若楠对雪团儿又喜又怕,小心翼翼地伸手摸了摸它,见它眯着眼无甚反应,这才从姚素素手里接过,把它抱在怀里。

罗姝的目光也在林若楠身上,压低声音道:"阿汀你猜,这林绾儿今日是怎么过来的?"

云浠不明就里。

"她并不是随她母亲一起来的,而是坐了琮亲王妃的马车,三公子的马车就跟在她们后头。"

云浠一愣:"三公子也来南安王府了?"

但话一出口,她忽地明白了罗姝这话的意思。

林府与琮亲王府虽有亲,到底门第有别,林若楠便是要随琮亲王妃一同前来,断没有资格与王妃同坐一辆马车。

而今王妃竟允了她上自己的马车,说明了什么?

云浠心头忽觉闷闷的,像是有一团无端的郁气在胸中聚结。

她是个通透的人,这么些日子下来,自己或喜或悲,或愁或忧,哪会看不明白这其中的原委?

她只是觉得这郁气来得有点无来由。不是瞧不起自己,而是觉得太远了。

她在凡间,他在云端,八千里山川湖海跨过去,未必能触及他一片衣角。

"阿汀?"一时又听罗姝唤自己,"你怎么了?"

云浠摇了摇头:"没怎么。"

目光再落回林若楠身上,只见她怀里的雪团儿似嗅着什么了,浑身的毛一炸,

第九章 相安何来

直勾勾地盯着不远处的小竹林。

忽然，它"喵呜"一声，自林若楠怀里腾身而起，飞快往竹林蹿去。

竹林中突然传来一声犬吠，云浠尚未瞧清，竹林中一团黄影掠过，雪团儿当即惨叫一声。

花苑中的贵女们都惊住了，姚素素想也不想，高呼一声："雪团儿！"提了裙便往竹林里赶。

竹林里，雪团儿有气无力地趴在地上，后腿血淋淋的，一看就是被咬伤了。

它的不远处还立着一只到人膝头的老柴狗。它一副戒备的样子，仿佛雪团儿再靠近一步，它就要与它拼个你死我活。

南安王府的小厮也赶了过来，一看这副场景，俱是咋舌。

纵然南安王府是郡王府，却并无实权在手，南安王谨小慎微，素日里谁都不敢得罪，如何招惹得起一品枢密使家的二小姐？再者，姚家小姐怀里的这只猫还是当今皇贵妃娘娘赏给她的。

姚素素将雪团儿搂进怀里，急道："快请大夫，请大夫！"

"回姚二小姐，府上专为牲畜看病的大夫已在往这边赶了。"

姚素素摸了摸雪团儿，双目含泪，愤恨地盯向那只老柴狗："给我把它处置了！"

几名武卫拾了棍棒，闻声而动。

这时，一名王府下人越众而出，战战兢兢地道："姚……姚二小姐，这只柴狗原是南安王妃养来看马的，奴才……与它相处了数年，已有了感情，而今它年纪大了，奴才是以把它送来竹林里养老。它身子不好，近日却有了身孕，苦苦熬了两个月才生下三只狗崽，两只都没活下来，只余了一只。方才……大约是小姐的猫发现了林子里的狗崽，想要探探究竟，老柴护犊心切，这才咬伤了它。奴才养狗养了数年，会看伤，小姐的猫伤势其实不重，敷了药，至多十天便可痊愈，还望小姐看在老柴狗年纪大了的份上，饶它一命。"

他言罢，众人都朝老柴狗身后看去，才发现老柴狗果然竭力护着身后的一个竹篮子，而竹篮子里的确睡着一只巴掌大的小狗崽。

姚素素冷笑一声："一只畜生的命，也配与雪团儿比？"她在气头上，不依不饶，"王妃都将它弃了，可见它是不讨人喜欢得很了！咬人的狗，不配留在这世上，它下的崽必然也不是什么好东西。来人，将两只一起打！"

武卫应了声"是"，举起棍棒朝老柴狗与幼崽身上打去。

养狗的奴仆大喊一声"不要"，扑身而上，把老柴狗掩在身下。

可两条狗的命算什么？南安王府的人最知道该如何权衡利弊，难道要为护一条将死的狗，去得罪枢密使、得罪皇贵妃吗？

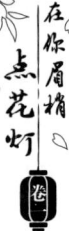

  两名武卫上前将奴仆拉开，另一名武卫将老柴狗抓住，正要一棍子下去，棍棒落在半空，被人一手握住。

  云浠借力将武卫往后一搡，冷声对姚素素道："原本就是你那猫想伤小狗，老柴狗这才咬了它，不过是一点皮肉伤罢了，你何至于要它们的命？"

第十章 闺中情怨

姚素素一见阻自己的人竟是云浠,心中愈加愤怒。

她这两个月过得不顺,云浠与裴阑退亲后,流言一来二去竟传到了她的身上,说是她从中作梗,搅散了裴府与侯府的亲事。

姚素素惯来清高,心中纵然对裴阑有意,私下里倒没在裴阑面前说过半句云浠的不是,也没提过要他退亲的事。

看那日云浠退亲时毅然决然的态度,分明是她与裴阑之间生了嫌隙,与自己有什么相干?

这便罢了,眼下裴阑亲事已退,按说该来姚府提亲了,然而不知是老太君从中拦阻,还是旁的什么原因,裴府竟迟迟未有动静,连裴阑都比以往疏远了。

姚素素一时间成了旁人口中的笑柄。她是天之骄女,父亲是官拜一品的枢密使,表姨更是执掌六宫的皇贵妃,岂能容得下此等诋毁。

思来想去,源头还是出在云浠身上。若不是她那么大张旗鼓地退亲,自己岂会被旁人笑话?

她自认为行事已然很避让着云浠了,眼下不过是要杖毙两只狗,她竟上来相阻。姚素素越想越怒火中烧,当下不管不顾道:"这狗无人管教,本就该死!若雪团儿是我自己养的便也罢了,但它是皇贵妃娘娘赏给我的,它伤了,我为何不能管教伤它的畜生?!"

人活一口气,树争一张皮!

姚素素高声道:"来人,打!"

一众人等面面相觑，眼前一个是枢密使家的千金，一个是侯府家的小姐，都不是好得罪的。

好在忠勇侯府已败落，武卫们权衡一番，做出取舍，纷纷避开云浠，往老柴狗与幼崽身上打去。

云浠武艺虽高，架不住对方人多，拦得了前，挡不住后，加之老柴狗心系幼崽，不肯自己跑走，眼见一棍子就要落在竹篮子上，它一个飞扑，把幼崽护在身下，狠狠吃下一棍。

一旁被拦住的奴仆大喊："老柴！"

老柴狗呜咽一声，原地晃了晃，倒在地上。

"住手！"这时，竹林外有人高声喝道。

众人举目望去，只见一剑眉星目的公子迎面走来，正是南安王府的小郡王程烨。

他方才与父亲在前厅待客，听说竹林的事后连忙赶来，还在老远就见一名身着青衣的小姐与府上武卫动起手来。

青衣小姐身手极好，奈何她人单力薄，仍被武卫得了手。

程烨问云浠："你没事吧？"

云浠正蹲着查看老柴狗的伤势，听了这话，抬头看向程烨，摇了摇头。

程烨不由得愣了一下。眼前的女子出奇的好看，眉眼干净一如朝阳初升。

这是忠勇侯府家的小姐，程烨知道。

他转身对姚素素拱了拱手："这里的事在下已知道了，还望姚二小姐能高抬贵手，饶过老柴狗与幼犬一命。"

南安王府到底是郡王府，姚素素没想到会闹出这么大动静，气早已消了一半。

可她早前怒急，不管不顾地为自己辩白，连皇贵妃娘娘都抬了出来，这会儿轻易放过这两条狗，岂不显得她对皇贵妃不敬？

姚素素被赶鸭子上架，只得道："你们府上的狗咬伤了皇贵妃娘娘的猫，若是轻饶了它，让我如何与皇贵妃娘娘交代？"

程烨道："若皇贵妃娘娘问起，素素小姐只管说是在下养的柴狗不慎咬伤了贵猫即可，皇贵妃娘娘如有任何责罚，在下愿一力承担。"

"小郡王说得轻巧，你可知这雪团儿并非一般的猫，而是一只灵猫。它能识美人，能听懂人话，皇贵妃娘娘虽将它赐给了我，却时常惦念，时不时让我抱回宫给她瞧一瞧，若她见了雪团儿的伤势，因此问责该怎么办？"

姚素素说着，眼睛余光扫到自己身旁惊魂未定的林若楠，心生一计。

她继续道："再者说，这柴狗伤到的并不只有雪团儿，它方才冲出来，把绾儿妹妹也惊着了不是？"

第十章 闺中情怨

林若楠今日是随琮亲王府的车驾来的，姚素素这话是什么意思，众人心知肚明。

南安王府得罪一个皇贵妃已是不妥，更何况再加上一个琮亲王府呢？

程烨还欲开口，竹林外，忽听一人淡淡道："把这狗放了。"

众人循声望去，竹林碧叶下，程昶一身青衫，像是从这满眼青绿的竹色里凭空幻化而来。

众人皆怔了一下，恭敬道："三公子。"

程昶适才本与南安王妃在马场相看狗，下人来通禀了竹林的事后，南安王妃素知南安王息事宁人的秉性，便托程昶出面，希望能大事化小。

程昶觉得这是小事，自然应下，眼下看到地上奄奄一息的柴犬，心下不由得一凉。

"你们这是在干什么？"

南安王府的管家一时间弄不清程昶是哪一头的，胆战心惊地道："回三公子的话，是敝府的柴狗不慎伤了皇贵妃娘娘赐给姚二小姐的猫，还……还惊着了林府小姐，姚二小姐是以要杖毙……"

"那猫不是好好的吗？"

不等管家说完，程昶便打断道。

大夫早已为雪团儿包扎好伤口，像是为印证程昶的话，雪团儿纵身一跃挣开大夫的怀抱，一下蹿到程昶足边，蹭了蹭他。

到底是能识美人的猫。

程昶说："这不是没怎么伤着吗？"

"是……是，三公子说的是。"管家连连应声。

程昶道："这样吧，这只柴犬和幼崽我要了，改日皇贵妃娘娘问起，只说是我养的狗伤了她的猫，我进宫跟她赔不是就是。"

众人面面相觑，他们原以为三公子赶过来是为护那林绾儿，看这样子竟是护狗的。

可琮亲王府的小王爷都这么说了，旁人哪还敢多置喙？

南安王早就来了，趁机打圆场："这样好，这样好，三公子这个办法可谓皆大欢喜。"他又趁着这个机会小事化了，"花厅里已备好了糕点果酒，诸位贵客不如移步花厅，权当消暑之用。"

林若楠期期艾艾地跟着姚素素走，临出竹林前，回头看了程昶一眼。

程昶似乎根本没瞧见她，他看向云浠，见她鬓发微乱，怀中还护着那只幼崽，不由得问："你没事吧？"

云浠摇了摇头："多谢三公子，我没事。"

她蹲下身，去看地上奄奄一息的老柴狗。

方才为雪团儿看病的大夫知趣地留了下来,为老柴狗验了伤,又去翻它的眼皮,摇了摇头道:"没得救了。"

"老柴——"脱开武卫束缚的奴仆扑出来,跪坐在老柴狗身边。

大夫解释道:"它腹下这道伤是被猫抓的,不怎么要紧,但它身子本就不大好了,拼着一条命生下幼崽,方才一棍子又打得太重,没多少时辰可活了。"

程昶与云浠听了这话,心中皆是难受,对那奴仆道:"节哀。"

奴仆伤心欲绝,一时也顾不上尊卑,哭着道:"我知道它活不长了,可我养了它七年,原本想着好好给它送终,没想到……

"它小时候在这竹林长大,很喜欢这里,眼下马场那边用不上它了,它就回到了这竹林。狗啊,跟人一样,是有感情的,是念旧认地方的。早知道今天这么多人,我该多长个心,把它带去旁处,我怎么就疏忽了……"

奴仆说到这里,痛哭失声。

像是安慰他一般,老柴狗自嗓子里发出几声呜咽,温柔得令人难过。

云浠轻轻地把怀里的幼崽放在老柴狗身边,程昶伸手去抚了抚它。

老柴狗很聪明,知道是他们救了它,舔了舔云浠的手,又舔了舔程昶的手。

奴仆见状,回过神来,忙揩眼泪道:"奴才冲撞了三公子与云小姐,还望莫怪。"

他是有事相求,一咬牙,径自跪下:"三公子方才说,要收养老柴狗和这幼崽,是真的吗?"

不等程昶答,他磕头道:"还请三公子一定收养它们,奴才终究是个下人,护不住它们,若姚府的人再来找,只怕它们皆会性命不保。"

程昶道:"你放心,我说过的话,自然会兑现。"他想了想,又道,"你看着老柴狗长大,与它感情深,我就不把它带走了。改日我过来,帮你把它的后事办了,这只幼崽我带走。"

"多谢三公子!多谢三公子!"奴仆蒙受大恩,一时口不择言,"外间都传三公子蛮横跋扈,可今日奴才一见,三公子当真菩萨转世!"

他又道:"可惜这只幼崽生来体弱,它原有两个兄弟,出生没几日都病亡了,还望三公子悉心照料。老柴狗很聪明,这只幼崽若能平安长大,一定与老柴狗一样聪明。"

程昶点头:"你放心。"

他抱起幼崽,正欲与云浠一起离开竹林,迎面见程烨去而复返。

程烨先拱手与程昶一拜,唤了声:"三公子。"然后问云浠,"云大小姐,你的伤不要紧吧?"

云浠摇头:"没事,多谢小郡王。"

122

程昶愣了一下:"你受伤了?"

"三公子有所不知,适才云大小姐为护老柴狗与幼犬,与武卫动了手,棍棒无眼,不小心吃了一棍。"

程昶一时怔住,明明是萍水相逢的一只小柴犬罢了,为何她会如此相救?

可话未出口,云浠仿佛已知道了他要问什么,目光落到他手里的幼崽身上。

"我就是觉得,它和阿黄小时候长得很像。"她安静地说道。

她很想阿黄。很想……当年在塞北的那些日子。

那些父亲与哥哥还在的、无忧无虑的日子。

程昶看着云浠,她虽未将后半截藏着的话说出来,但他竟听明白了。

再一想,自己又何尝不是呢?

人生在世无所归依,这一份执意要养狗的心愿,也不过为了弥补上辈子无人相伴的遗憾罢了。

小小的幼崽,眉心有一道白,虽然有些病恹恹的,双眼却很有神,很好看,一定会很聪明,就像云浠的阿黄一样。

程昶心念微动,不知是为了成全云浠还是为了成全自己。

他将幼崽往前一递:"你来养它。"

云浠一愣:"三公子不想养吗?"

他很喜欢它,她看得出。

"想。"程昶道,"但我府上人多手杂,只怕会养不好。"

这是实话。他今日虽来看狗,并未打算要立刻领一只回去。王府的小厮缺乏管教,这只柴犬这么小,指不定哪一日他不在就闹出幺蛾子。

云浠犹豫了一下,小心翼翼地接过幼崽。

这幼崽认人得很,不过小半日光景,已然熟悉了云浠,眼下回到她怀里,舒服地"呜"了两声。

程昶实在喜欢,又道:"给它取个名字吧。"

一旁的程烨插话道:"这小狗身子孱弱,前头两个兄弟都没了,只怕名字不能起得太好,否则会折寿,云大小姐不如给它起个贱名,好养活。"

云浠听了他二人的话,托起小狗崽看了一阵。它不知从哪儿蹭了一身泥,脸上身上都脏得很。

取个贱名……

云浠道:"就叫它脏脏吧。"

程烨一愣,笑道:"这个名字好,在下这就命人备一个木笼子,待会儿宴散了,云大小姐好将脏脏带回家。"

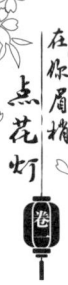

戌时，开宴了，云浠将脏脏托付给南安王府的下人，去中厅赴宴。

罗姝今日的座次倒是与云浠挨着，云浠心心念念要从她这里打听加害程昶真凶的线索，旁敲侧击了大半晌，罗姝却只说些车轱辘话。

陪方芙兰去药铺的人是她，方芙兰在药铺行针时，她的确离开了大半个时辰。

云浠问她为何离开，罗姝笑说："那铺子里的药味儿刺鼻得很，我闻不惯，就出去走了走。"

云浠被她这一通举重若轻的辩白弄得迷茫，一时间怀疑起两回给真凶泄露消息的是不是罗姝。

云浠不知自己是否小瞧了这个表妹，好在她问话问得严谨，没让罗姝瞧出什么端倪。

两人又说起其他，罗姝支支吾吾道："阿汀，我与你说一桩事，你可不要怨我。"

这事的前半段，云浠其实是听说过的。

六月初，京郊流寇频频生乱，圣上想着秋节将至，命枢密院在秋节前把流寇之乱平了。

这事本来是小事，坏就坏在圣上指派去平乱的人是姚杭山，姚杭山嫌麻烦，私下里把这事交给了罗复尤处置。

罗复尤早前是忠勇侯麾下的统领，然而回京后，他多办理文书政务，久没调遣过将领，及至六月中，京郊流寇的乱子非但没平，还愈闹愈欢。圣上为此大大发作了一通，甩了脸色给姚杭山看。姚杭山也郁郁，觉得是罗复尤牵连了自己。

况乎这些年，罗复尤升迁得快，眼下已然官拜枢密直学士。外头便有风言风语说，罗复尤其实是故意不把差事办好，想削弱圣上对姚杭山的信任，以便有朝一日取姚杭山而代之。

这些流言听多了，常人心里都会起一个疙瘩，姚杭山又不是一个宰相肚里能撑船的，不多久，便摆出了一张冷脸给罗复尤看。

姚府与罗府两家的关系自此疏远。

罗姝道："按说这是我父亲与她父亲之间的事，不该影响到我和素素。可是几日前，我二人结伴去裴府探望老太君，老太君她……大约因为你退亲的事，还在气恨裴二哥哥和素素，裴府的人便只将我请了进去，让素素在外厅里空等着。

"我原以为依素素的脾气，她必不愿等我，早一个人走了，谁知她竟真的在外厅里等了一个多时辰，直到撞见裴二哥哥送我出来，才跺脚离开。"

"而且这些日子……"罗姝说着，看了眼云浠的脸色，"不知为何，裴二哥哥竟与素素疏远了，几回在别府的席上相见，他也只与我说话。

"本来嘛，咱们三个，你、我、裴二哥哥早年同住在塞北，关系就比旁人近一些，多说几句也没什么，素素却因此生了误会，加上我父亲与她父亲的事，她就不理我了。"

罗姝说着，去摇云滁的手臂："阿汀，你看，我都与你坦白了，你可千万不要跟素素一样生我的气，不然我连个说话的人都没了。"

云滁一头雾水地听她说了半晌，最后莫名其妙道："我生什么气？"

罗姝道："我怕你像素素那样，以为……以为我与裴二哥哥……"

云滁明白了。

她刚与裴阑退亲，转头罗姝便与裴阑走得近，罗姝的意思大约是怕她因此对自己心生嫌隙。

再往深一层想，老太君在裴府一言九鼎，而今云滁退了亲，她气裴阑与姚素素暗中来往，是必不愿让姚素素进门了。但罗姝不一样，老太君虽不如喜欢云滁一般喜欢她，到底还是认可她的。

裴阑早已到了议亲的年纪，这边娃娃亲一退，总不能一直不娶妻。说不定姚素素对罗姝的气恨并非空穴来风，裴府与罗府已暗中议上裴阑与罗姝的亲事了。

罗姝这番话，更多是为试探云滁的态度。

云滁道："你放心，我不会多想。"顿了顿，又补一句，"便是你与裴阑真的有缘，要彼此结为夫妻，我也只会给你们道喜。"

罗姝一听这话，脸倏地一红，拿手轻轻一推云滁，嗔道："你胡说什么呢？再这么说，当心我不理你了。"

一时宴毕，众人与南安王告辞，三三两两地出了府。

程昶是上宾，与琼亲王妃走在最前面。

府上的小厮已套好了马车，琼亲王妃辞别了南安王与王妃，走至马车前，心中的不快便已按捺不住，低声斥程昶："你今日是怎么回事？"

程昶愣了下："我怎么了？"

"你还装作不知？南安王府的人都已与我说了。今日你分明是与绾儿同来，你见到她却视若无睹。下午在竹林，你还为着一只狗一味帮着那侯府小姐，丝毫不顾绾儿的颜面与感受，你没瞧见绾儿来宴席时眼圈都是红的吗？"

程昶问："林若楠也在竹林里？"

他是真没注意到她。

想了想，他又问："她几时与我一同来的？她不是乘母亲您的马车吗？"

她们是表姨母，在程昶看来，乘一辆马车是天经地义。

程昶道："我还以为母亲您让她与您同乘一辆马车，是为还她耳珰，我还专门避了嫌。"

琮亲王妃只觉得鸡同鸭讲，一时间竟不知如何应答。

半晌，她问："昶儿你……是真不喜欢她？"

"真不喜欢。"

琮亲王妃柔声劝道："我不是说了吗？绾儿做你的正妃，是真正的合适。你不喜欢不要紧，日后纳侧妃、纳良妾，喜欢哪个……"

"我不想娶一个自己不喜欢的。"程昶打断道，脸色淡漠下来，"母亲还是早日帮我将耳珰还了吧。我与林家小姐其实不熟，这些事由我亲自去做，那就很难看了。"

"你——"琮亲王妃气得说不出话来。

看程昶面容冷峻，一副不容反驳的样子，她败下阵来，道一声："罢了。"再不理程昶，就着侍婢的手上了马车。

程昶转身往自己的马车走，一抬头，却见云浠抱着脏脏也从南安王府里出来了。脏脏蜷在木笼子里，似是对这外间世界十分好奇，仰头四下张望。

程昶心念一动，想上前再去看看它。

刚走了没两步，却听一声："云大小姐留步。"竟是那小郡王程烨从南安王府里追了出来。

他伸手递给云浠一个小巧的食盒，笑道："脏脏太小，身子孱弱，只怕尚不能吃米糊，我命人弄来些羊奶，小姐回府后喂给它即可。"

云浠接过："真是多谢小郡王了。"

程烨看着她，夜色里，她的眸子依然明亮。

他忍不住道："小姐不必谢，我也是习武出身，一直仰慕忠勇侯爷与宣威将军，可叹不能亲见。今日在竹林里见识了小姐的身手，叹服非常，眼下不过是帮着照顾照顾脏脏，实在不敢居功。"

他这么说，云浠就想起来了。南安王府武学传家，上两辈的南安王都是领过兵的，与忠勇侯府一南一北镇守两疆。

云浠客气道："小郡王说笑了，南安王府英雄辈出，实乃我辈楷模。"

言罢，辞别了程烨，上了自己的马车。

南安王府的宾客已散得差不多了。

月色下，云浠的马车辚辚而去，程烨立在原处看着，直到瞧不见了，才反身回府。

程昶还在原地。

一旁的孙海平问："小王爷，怎么着？您是眼馋那破落户手里的狗崽，想再去跟这穷酸郡王家讨一只？"

"叫小的说，马场里那七八只狗，都没那破落户抢走的这只好看，要不咱撺上

第十章 闺中情怨

去，叫她把这只给咱们，不给就摔了，反正小的看她也养不活。"

程昶无言地看了孙海平一眼，一声不吭地上了马车，放下帘，说："回府。"

孙海平应道："好嘞。"赶紧跳上车前座。

马车跑了一阵，程昶又掀开帘，吩咐孙海平道："你明日一早命人备一碗羊奶。"

"咋啦，小王爷，牛奶喝腻了，改喝羊奶了？"

程昶继续道："备好送去忠勇侯府。这天太热了，羊奶不经放，以后日日备一碗，赶着天亮送过去。"

方芙兰不喜猫狗，云浠将脏脏带回府后，把它养在自己院里。

巴掌大的小狗，一日一个样，脏脏初来时，连走路都不稳，从院门口跑到云浠屋前，一路要栽好几个跟头。

云浠原还愁自己养不好它，谁知半月下来，脏脏被三公子和小郡王一早一晚两碗羊奶供着，一日比一日健壮。

有回田泗来寻云浠，见脏脏正在吃奶，咋舌道："这小狗崽，咋……咋吃得，比人还好？"

云浠看着脏脏碗盆里的新鲜羊奶，也觉得受之有愧。

她起先觉得脏脏身子孱弱，程昶和程烨初命人送羊奶时，她便收下了。

而今脏脏活蹦乱跳，白叔腿疾大好，阿苓又做了些缝补活计贴补家用，云浠每月匀出点银子，每三日买一碗羊奶，也是养得好脏脏的。

云浠这么想着，隔日一早便让赵五去琮亲王府和南安王府道谢并说明不用再送奶。

当天下午，赵五就回来了，带话道："小郡王说，脏脏是生在南安王府的，那日承蒙大小姐您救它一命，南安王府应该管它。三公子说，脏脏本来是他要养的，但他怕家中小厮不好管束，把这麻烦推给您，心中过意不去，等三个月后再断奶。"

两边话都说得漂亮，还顺带捎回来一只空心的木球、一盆骨头肉，都说是给脏脏的。

云浠只好收下，问："那三公子和小郡王还说过什么旁的没有？"

赵五道："有。三公子和小郡王都说，想改日过来看脏脏。"

一旁敞着肚皮晒太阳的脏脏似听懂了这话，欢快地"嗷呜"两声。

它不知道上哪儿玩了一遭，又蹭了一身泥，云浠看它一眼，生怕程昶、程烨来了后看到脏脏这副脏模样，以为她没把它照顾好，应道："行吧，那我先带它去洗个澡。"

然而程昶与程烨却迟迟未至。

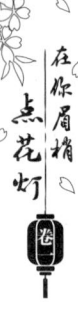

七月初，秋节将至，圣上即将出行，礼部与宗室们各领了差事，都忙得不可开交。

况乎圣上近日心境不佳。京郊流寇的乱子至今未平，圣上斥了姚杭山以后，命一名四品将军带兵过去平乱。

岂知那些流寇竟与当地的山匪勾结，兵一来，遁入山中消失得无影无踪，兵一走，又出来滋事。

本来官有官道，匪有匪道，两边各行其是，只要匪贼们不要做得太过，太平盛世年间，当地官府大都睁一只眼闭一只眼。

这回不知怎的，这帮流寇一来，山匪们与之沆瀣一气，竟铆足了劲儿跟朝廷对着干。

眼看着秋节就要到了，流寇滋事的地方离金陵不过七八十里，当地的官府生怕这些匪寇一个兴起闹到天子跟前去，与朝廷派来的将军通力合作，还真抓了一个匪头子回来。

圣上把这匪头子扔给郓王，命他三日之内审出结果。

郓王于是把匪头子关在大理寺的刑牢里审了三日，无奈这匪头子一身硬骨头，末了，啐出一口血，比着一根小拇指道："我们山头七个老大，我就是个老幺，你们抓住我就一锅端了？还早得很哩。我哥哥们在哪儿，没人带路，就凭你们，一辈子都找不着！"

隔日，大理寺卿跟着郓王进宫，战战兢兢地把匪头子的供词呈于御前。

圣上一看，勃然大怒，当即让大理寺卿滚蛋，然后罚郓王在御书房里跪着，跪了一整日。

恰逢陵王进宫面圣，看郓王在一旁跪着，本着兄友弟恭的原则，便帮忙说了一两句情。

圣上愤然，方压下去的邪火又蹿了上来，冲陵王撒了个遍，末了道："你要帮老四求情是吗？那正好，你们两兄弟一起跪着。"

陵王温文尔雅，郓王虽有点莽撞，在御前还算规矩，两位皇子的性格都不错，因此明面上的关系尚好。

私底下却不好说，毕竟有个储位摆在那儿，想来暗中钩心斗角一定也是有的。

这回陵王与郓王倒是真真切切地共患难了一回，跪了一整日，膝下连垫子都没一个，隔日出宫时，险些走不动道儿。

两位皇子尚且如此，下头的人更是如临大敌。

今年秋节本来是个大喜的日子，被京郊流寇这么一闹，人心惶惶，愈发担心那些不怕死的匪贼们赶在秋节当日到金陵闹事，一时排查的排查，加强防卫的加强防卫。

第十章 闺中情怨

程昶是巡城御史，程烨是在京房的统领，兼之又都是宗亲，各自差事都重，便无闲暇去侯府看望脏脏了。

日子终归是要一天一天过去的。

在朝臣们的惶惶不安之中，秋节终于到了。

这日一早，方芙兰在侯府门口贴了秋神蓐收的画像，挂了稻穗。

云滃留在府中用完午膳，打算早些出门，陪方芙兰去街上转转。

她这日是夜里当值，此前程昶与她说，那个手心有刀疤的杀手会赶在秋节来见他，程昶怕自己伴驾走不开，请云滃帮忙留意。

云滃应了，之后还特地去张怀鲁那里调了班，换到程昶伴驾随行的那条街巡视。

自大理寺为云洛翻案后，张怀鲁对云滃已不似以往那般苛待，这种小请求，他当即一口答应，还和颜悦色地叮嘱："秋节这样的大日子，金陵自有巡查司和在京房看着，轮不到咱们京兆府，你一个捕快，权当是过节，在街上逛逛即可，累了就回府，不必等天亮。"

赵五套好马车，将要出府时，府上又来了客，是罗姝。

她笑道："今早起迟了，紧赶慢赶，险些来晚了，叫阿汀和芙兰姐姐好等。"

听她这话的意思，原来是事先与方芙兰约好的。

方芙兰柔声道："我近日听说了你的喜事，想着你这几日必然辛苦，原打算让鸣翠去你府上说一声，让你不必特地赶来陪我，又怕你觉得我多事。"

"芙兰姐姐哪里的话。"罗姝一笑，去挽方芙兰的胳膊，"姐姐难得出府过节一次，姝儿怎么能不作陪？再说了……"她脸上微一红，"我这阵子被那事搅得心中乱极了，还想来找姐姐你说说话呢。"

她虽未言明"那事"是何事，但云滃心里清楚。

时距云滃退亲已两月，风声平息，裴、罗二府虽尚未定下日子，却已将罗姝与裴阑的亲事摆到明面上来议了。

裴府门第显贵，裴阑又官拜大将军，罗姝能嫁给他是实实在在的高嫁。

罗府生怕这门好亲事出岔子，裴府还没下聘，便已暗中备起了嫁妆。

罗姝的确一肚子的话要倾吐，几人刚上了马车，她便迫不及待地与方芙兰细语起来，左不过女子闺中带了些娇羞的忧虑，云滃在一旁听着没开腔。

她其实是放心不下罗姝的，毕竟至今都未查出两回跟真凶报信的人究竟是不是她。

可是方芙兰要与罗姝来往，云滃也找不到理由相阻，总不好直接跟方芙兰说，罗姝这个人也许没有面上看着这么简单吧。

她只好一路跟着她们二人，打定主意等日暮再去上值。

大绥尚灯,以为明灯如星子,能通过它向天上的神灵祈福。

秋节这日,秦淮河岸张灯结彩,只等日暮时分,銮驾从宫中一出,齐齐将灯点亮。

云浠陪着方芙兰与罗姝四下转了一会儿,路上遇着了不少与她们一样早早出门的贵妇贵女们,说来也巧,走到一处僻静地,老远瞧见了姚素素。

云浠与姚素素关系不佳,不想上前与她撞个正着,停在原地等她先离开。

谁知姚素素竟是一副心虚的样子,四下张望一阵,见无人注意到自己,将手中雪团儿交给身旁的丫鬟抱着,提裙进了近旁的一座道观。

这是秋节,常人都向秋神蓐收祈福,哪有竟去道观的?

云浠见姚素素行踪诡秘,心中起了疑,但她不想多事,便与方芙兰说:"走吧。"

方芙兰应了,然而罗姝却仍立在原地,怔怔地看着道观的方向。

方芙兰唤了声:"姝儿妹妹?"

半晌,罗姝才似回过神来,勉强一笑:"怎么了?"

云浠道:"酉时快到了,阿嫂晚间的一道药还没服,我要送她去药铺。"

方芙兰常看病的那家药铺子不远,不过半炷香时间就到了,大夫去煎药的当口,罗姝一直心神不宁,方芙兰与云浠都猜到她这副样子定与方才见到姚素素有关,想问又不知该怎么问出口。

罗姝坐了一会儿,蓦地起身,对方芙兰和云浠道:"芙兰姐姐、阿汀,我闻不惯这里的药味,心口闷得慌,想出去走走,一会儿就回来。"

言罢,也不带丫鬟,便自己一个人出了铺子。

方芙兰看了云浠一眼,说:"你跟着去瞧一瞧,我实在有些不放心她。"

云浠正有此意,当即应了,拿了剑,跟着罗姝离开。

她没有追上罗姝,而是不动声色地跟在她身后数步开外。

罗姝没注意到自己后头有人,快步来到之前的道观,抬手在自己心口微微一抚,稳了稳心神,径直入内。

道观清幽,越往里走,越是一个人也无。

云浠跟着罗姝,忽见她在一扇月牙门外停住。

月牙门内隐隐传来啜泣之声,罗姝盯着声音的方向,收在身侧的手越握越紧,直要将指甲嵌入掌心。从云浠这里看去,她脸色苍白,整个人似乎还在微微发抖。

云浠狐疑,挪了个方向,又朝月牙门内望去。

她目力极好,这一望也一下愣住了。

门内的花圃间立着两人:一人是方才见过的姚素素,另一人却是裴阐。

两人不知说些什么,姚素素拾起帕子来抹泪,裴阐看她伤心,似是于心不忍,轻轻拿过她的手帕,帮她把脸上的泪渍擦去。

他们靠得极近，一人替另一人拭泪，温柔缱绻得连外人都感知得到，一时间也不知谁先动了情，裴阑俯身在姚素素颊边落了一吻。

"……"

云浠无言以对。若不是心中对罗姝存了疑，她真想转身就走。

月牙门外，罗姝抖得更厉害了，整个人如一片风中落叶，凋零枯败。

云浠心道，自己这么干看着也于事无补，何况眼下事态已十分明了，不如先带走罗姝，否则这事一旦闹起来，只怕不好收场。

她没有为罗姝出头的意思，更没有为姚素素和裴阑着想，她只是念着老太君之前已被狠狠气过一回，至今尚在病中，眼下是万不能再受刺激了。

云浠刚要上前，只见罗姝蓦地回身，目光直直地与她撞上。

她从未见过这副样子的罗姝，那目光里，怨毒、愤恨、伤心全都袒露无遗，与她平日里笑盈盈的样子哪有一丝一毫的相像？

云浠张了张口，没说出话来，罗姝也怔了一下，过了一会儿，她快步走到云浠身旁，说："走吧。"

云浠忍不住问："你没事吧？"

罗姝垂着眸，低低笑了一声："没事。"

"我不能有事。"顿了片刻，她又道，"他……从来就不喜欢我。小时候，他喜欢你；长大了，他喜欢素素。"

像是在竭力遏制住自己心头的怒意与难过，她哑着声道："我不能和他闹，不能。若闹开了，他就……不会要我了。"

第十一章 秋节立功

两人还未走出道观，迎面撞上姚素素身边的丫鬟。

这丫鬟手里抱着雪团儿，一见云浠与罗姝，猜到姚素素与裴阑幽会的事败露，慌张道："云大小姐、姝儿小姐，我家小姐她……她……"

然而云浠与罗姝谁都无心思与她搭腔，径自绕过她，往道观外去了。

回到药铺，天已有点晚了，云浠不敢耽误上值的时辰，倒了盏温水放在罗姝手边，看向方芙兰："阿嫂。"

方芙兰看了看罗姝，了然地点点头："我明白，你安心上值去吧。"

云浠离开药铺前回头看了一眼，罗姝一只手紧扣着桌角，木木地坐着，脸上仍是一点血色也无。

云浠也说不清自己到底在顾虑什么，是罗姝这个人吗？还是那个藏在背后的真凶？又或是源自内心深处莫名的不安？

她唤来赵五，叮嘱道："阿嫂难得出门一趟，你可要看顾仔细了。"

赵五的功夫一半承自云洛，着实不弱。

他点头道："小姐放心，小的一定保护好少夫人。"

天色又暗了些，云浠刚赶到朱雀南街，銮驾已出行了。

霎时间，金陵城千灯齐明，直要将天边的晚霞比下去。

大街两侧设有观灯的竹台，高矮不一，最高的一处堪比塔楼，叫作朱雀台，是专供圣上歇脚用的。

但秋节与花朝节、上元节不同，点灯只作装点，这是一个祈丰收的日子，等銮

第十一章 秋节立功

驾一过,还有祈福的舞队挤到大街上来跳丰收舞。

舞者一人握一把黍子壳,舞到高潮,把黍子壳凌空一撒,就像一场黄金雨,沐浴到的老百姓,来年都可以心想事成。

昭元帝坐在朱雀台上,看着百姓们其乐融融,心境为之一宽,对伴驾的宗亲们道:"行了,你们为这个秋节操持了一月,着实辛苦,今日过节,不必再陪着朕,自去大街上走走,看能不能淋到黍子雨。"

这话一出,陵王与郓王先做表率,向昭元帝谢了恩,各自带着护卫离开。

程昶心中记挂着刀疤人的事,当下也不逗留,下了朱雀台,唤来孙海平问:"看到云捕快了吗?"

"看到了,看到了。"孙海平道,"就在这条街上哩。"言罢,赶在前头为程昶开道,把他引到一个岔路口。

这个路口位置不错,四通八达,无论那个刀疤人从哪个方向来,都能看到——就是太挤了些。

跳丰收舞的人快要来了,百姓们自觉朝两侧散开,为舞者让出一条大道。

程昶个子高,展眼一望,在人群里找到了云浠。

她就立在大道最前端,身旁的百姓们或是期盼,或是兴奋,个个都沉浸在秋节的气氛里,只有她,双唇紧抿,一脸戒备,仿佛生怕自己一个不小心就错过了刀疤人的踪迹。

程昶稍愣了下,拨开人群往云浠那边走去。

一旁的孙海平与张大虎见状,连忙为他开道。

走得近了,程昶唤一声:"云捕快。"

云浠回头望去,只见程昶就立在自己几步开外。

或许是因为伴驾,他没像平日那样青衣素衫,一身绛紫华袍上绣金银线吉祥云纹,翻出来的袖口呈天青色,腰间佩玉下缀着暗朱丝绦,一头青丝束成髻,配着腰间的色泽,簪了根玛瑙簪。

这样的锦绣华服若换了从前的小王爷来穿,必然是十分张扬的,然而此刻穿在程昶身上,非但不张扬,反而十分清贵。仿佛他眉宇间自带一股能化世间诸般色相为淡日疏烟的气泽,雅致又夺目,让人移不开眼。

云浠怔了良久,才问:"三公子不是伴驾吗,怎么过来了?"

程昶正要解释,忽听人群中爆发出一阵欢呼,伴着阵阵鼓声,跳丰收舞的舞队绕过岔路口,往这里来了。

一时间人头攒动,百姓们纷纷往街心拥去,都盼着能在鼓声结束时一沐那黍子雨。

云浠本就有点走神,一时不察,竟被推搡着的人群带着跌退几步,挤入舞队之中。

舞者舞姿癫狂,手里挥舞着的木头镰刀眼看就要打在云浠背上,程昶道一声:"小心。"

他几步上前,握住云浠的手腕,把她往回一拽,随后一个转身,与她互挪了位置,替她挡了那柄打过来的木镰。

他尚未站稳,又被再次挤过来的人群带得往前一倾。

云浠本就离程昶极近,猝不及防见他倾身过来,简直避无可避,一头便撞入他的怀里。

清冽的气息扑面袭来,带着些许如霜似雪的寒意,直直灌入她的肺腑,把她包裹起来。云浠只觉自己浑身的血都凝固了,不敢呼气,也不敢吸气,连心都要跳出来了。

半晌,她呆呆地仰起头,目光恰好与垂眼看她的程昶撞上。

他轻声问:"你没伤着吧?"

他的眼睫很长,眸子深邃,此刻微敛着,泛出星海湖光,淡漠又灼人。

鼓声停了,伴着一阵惊天动地的欢呼,黍子雨凌空浇下,映着灯火色,飘落在程昶身旁。

云浠觉得自己快要消失的心跳蓦地恢复,却不是舒缓的,不是平静的,堪比方才的擂鼓声,简直振聋发聩。

她狠狠地垂下眸,错开与程昶交织在一起的眼神。

这其实是很短的一瞬。从她被挤到街心,到程昶把她拽回来,护在怀中,低眼看她,不过瞬息之间。

程昶原觉得没什么,人群太挤了,护一下姑娘而已,直到发现云浠整个人僵硬得无以复加,他才觉出不妥。

到底是个古代姑娘,便是大绥再开化,也不能这么随便碰的。

好在人潮已随着舞者散去不少,程昶松开护在云浠肩头的手,退后一步,低声道:"抱歉。"

好半晌,云浠才道:"没……没事。"

程昶续着先前的话头道:"圣上高兴,准了宗亲们来朱雀街上,我想着你或许在等那个刀疤人,就过来找你。"他又往四周看了看,说,"不必在这里等了,我们去那边的竹台。"

竹台很高,从上俯瞰,四下一览无遗,但这个竹台除非宗亲,寻常百姓是不能上的,因为离昭元帝的朱雀台有些近。

云浠看了那竹台一眼,收回目光后,低垂着眸点点头:"好。"

她仍不敢看他。

程昶只当云浠是被自己吓住了，没再说什么，转身带路时，刻意与她保持了一段距离，然而遇到往他们这里挤的人群时，他会朝后伸出手，帮她拦一拦。

云浠看着程昶掩在她身前的手，慢慢抬起头，望向他如芝兰玉树一般的背影。

方才被他握过的手腕，扶过的肩头，莫名灼烫起来，仿佛带着一团火，她忍不住伸手揉了揉。

一时到了竹台下，两侧的护卫见了程昶，一起拜道："三公子。"

程昶"嗯"了声，正要登竹台，忽然听到一声猫叫。

猫叫声离得很远，但是分外熟悉。

程昶愣了一下，不由得顺着声音的方向朝街口寻去。刚走了几步，只见一团雪白的身影从西侧一家铺子前蹿出，朝他狂奔而来。

竟是雪团儿。

街上还有熙来攘往的人群，程昶担心雪团儿一个不慎被人踩到，快步走过去，把它抱起来："你怎么在这儿？"

雪团儿似乎已四处流窜了一些时候，身上有点脏，"喵喵"地应了两声，一脸委屈地往程昶怀里蹭。

程昶失笑，又问："你主子呢？"

这时云浠也跟了过来，见是雪团儿，愣了一下，四处望了望，疑道："怎么不见姚素素？"

云浠知道早前裴阑与姚素素在道观里幽会，可这都什么时候了，总不至于幽会到现在吧？

自皇贵妃把雪团儿赐给姚素素，她从来都是把这猫带在身边，至多交给贴身丫鬟，一般是不离身的。

云浠隐隐觉得不安，思来想去，对程昶道："姚素素很喜欢这猫，等闲是离不得的，方才街上乱成这样，卑职担心会出事，还请三公子差人去找找她。"

这一点程昶也想到了，但他今日是为寻刀疤人而来，身边的人另有要事，便吩咐孙海平去找竹台下的护卫。

这些护卫都在枢密院在京房底下当差，得了程昶的令，过来回道："小的奉命看守竹台，不得擅离，三公子请稍等，小的已托人把此间事禀明了统领大人，想必统领大人很快就会赶来。"

程昶点了点头，没上竹台，抱着雪团儿，与云浠一起去街边等着。

秋节欢腾不止，百姓们的兴奋劲头一阵高过一阵。

不多时，又有祈福的舞队朝街头走来，方才没淋到黍子雨的人们争先恐后地再

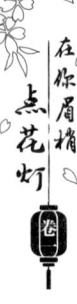

次拥上街心。

云浠和程昶远远看着,似乎想到了之前的事,都没挪步子。

没等多久,只听一声骏马嘶鸣,几名兵将在他们跟前勒住马,为首一人居然是程烨。

程烨看到与程昶在一起的云浠,怔了一下。

他是在京房的统领,适才下头的人来通报时,只称是"三公子有要事",没提云浠也在。

程烨下了马,与云浠一点头,没多说什么,朝程昶拜道:"敢问三公子有何吩咐?"

程昶道:"我和云捕快在街边捡到雪团儿,担心姚府的二小姐出事,劳烦小郡王让手下的人去找一找。"

程烨自然知道姚素素有多宝贝自己的猫,一见程昶怀里的雪团儿,当即应道:"不劳烦,在下职责所在,三公子客气了。"立刻差人去金陵各大街小巷找人。

一旁的孙海平见雪团儿总赖在程昶怀里,想帮他家小王爷抱一抱猫。

雪团儿惯会以貌取人,孙海平的手还没触到它,它"喵呜"一声厉叫,浑身的毛都要炸起来。

孙海平在心里头骂了两句,只得作罢。

程烨分派好人手,没有立刻要走,留在原处等消息。

他看云浠一眼,见她一身朱衣佩剑,问道:"云捕快今日当值?"

云浠应:"是。"

程烨点点头,又问:"云捕快做捕快多久了?"

云浠道:"有三年了。"

程烨"哦"了声。

再过了会儿,他继续问:"辛苦吗?"

云浠道:"不辛苦。"

程烨道:"不辛苦就好。"

云浠纳闷。她不知道小郡王究竟想说什么,但他与自己搭了话,她也不好走开。

云浠心中记挂着那个刀疤人的行踪,想上竹台去望一望,可她并非宗室,这个竹台不是她说上就能上的。

云浠又盼着程昶能来打断他们的话,领她上竹台。

但程昶这会儿竟识趣起来,抱着猫一言不发地立在一旁,仿佛没他这个人。

程烨安静了片刻,继续问:"脏脏去了侯府后,还住得惯吗?"

"惯的。"云浠道,索性把能说的话一次说完,"它长得快,眼下已蹿了个头,

就是淘气，喜欢滚泥，隔三岔五便要给它洗回澡。"

程烨笑道："两三个月的狗崽，跟人两三岁时差不多，正是顽皮的时候。我上回送去的骨头肉，它还喜欢吃吗？"

"……"

天已很晚了，佳节的气氛不减。

街上跳丰收舞的人越来越多，有人还自备了黍子壳，伴着激奋的擂鼓声抛撒。

有人吵嚷，有人奔走，人声鼎沸。

云浠与程烨搭着腔，忽然觉得不对劲。纵是佳节，这大街上也太过热闹了些，且这热闹中似乎还夹带着几分混乱。

云浠凝神听了一阵，蹙眉提醒："小郡王。"

程烨也觉察出不对劲了，他一点头，几步登上一旁的竹台，正要瞭望，忽见不远处有官兵纵马赶来，高声禀道："小郡王，出事了！"

"东西二街有贼人扮作老百姓闹事，像是在劫掠！"

程烨问："可有人受伤？"

"伤是一定有的，人群乱了，推搡之间难免踩踏……"

程烨快步下了竹台，问明几个闹事的地点，翻身上马。

"立刻差人把此间事态禀给姚大人与兵部。命在京房、巡查司之下所有官兵去各个闹事地点疏散人群、抓捕贼人，其余人手巡视各街巷，谨防漏网之鱼扮作百姓再行滋事。"

"是！"

报信的官兵正要走，程烨又叫住他："今夜闹事的贼人，可是前阵子在京郊频频生事的匪寇？"

"回小郡王的话，正是他们。"

程烨心中一沉，真是怕什么来什么。圣上因为流寇扰民，已大发过好几回脾气，姚大人、罗大人、大理寺卿，甚至陵王、郓王，都因这事被申斥过。眼下这些不怕死的竟在佳节当日凑到天子跟前来折腾，只怕今夜金銮殿的灯火是不能熄了。

程烨心中焦急，捞起手下人递来的长枪，催马要走，似是想起什么，又退回来对云浠与程昶道："三公子、云捕快，在下要去闹事的地方看看，烦请你们在此等一等姚二小姐的消息。"

言毕，他吩咐几名护卫留下来保护云浠和程昶，打马离开。

满城喧嚣不止，云浠与程昶登上竹台往下望去。

邻近的几条街巷虽有官兵赶来维持秩序，奈何人手太少，老百姓们不知发生了什么事，反倒要往闹事的地方拥去。

云浠心中焦急，却无计可施，她定定地望着人群，眼前忽地一亮："三公子，您看！"

竹台不远处，有一人身着粗布皂衣，快步朝他们这里走来。

正是那个刀疤人！

云浠立刻道："我去接应他。"

说着解下腰间的剑，握在手中，疾步下了竹台。

刀疤人看到云浠，加快脚步，不想正在这时，身旁寒光乍现，一左一右竟出现三个头戴土黄头巾的匪寇。匪寇们手举短匕，毫不迟疑地向刀疤人刺去。

百姓们见这里出了事，惊慌失措，纷纷朝四周散去。

人群乱跑，云浠被阻在外围，一时间又见周遭多出五六个匪寇，招招均是想要那刀疤人的命。

云浠这才明白过来，原来这些山匪流寇中竟还藏着那真凶派来灭口的杀手。

也就是说，此次城郊贼寇闹事，竟然与那真凶有关系？

但她已来不及细想，刀疤人一人应付八人，左支右绌，眼见着一柄短匕就要刺入他的背心，云浠高呼一声"当心"，立刻拔了剑，将剑柄投掷而出，帮刀疤人挡开了短匕。

两人终于会合，云浠与刀疤人背靠背站着，与他道："这些人我来应付，你快上竹台找三公子。"

"不行，官兵来了，三公子保不住我的命，我迟早会死。"

云浠提剑挡开两个扑上来的匪寇，问："让你谋害三公子的人究竟是谁？"

"不知道，没见过，我们管他叫'贵人'，权势……应该很大。"

云浠明白了。

今日的事态闹得这么大，刀疤人眼下与人动了手，等官兵赶来，必然会把他带走。

程昶虽贵为小王爷，却只有一个巡城御史的衔，没权力在朝廷官兵手中留下他。况乎这夜圣上也在，即便程昶有法子救他，也要等圣上审过以后。

而那个所谓的"贵人"，既然在官兵中有耳目，那么一定会赶在程昶救刀疤人之前灭了他的口。

因此，无论刀疤人去找三公子，还是留在这里与匪寇缠斗，最后都会落入官兵手中，都是死路一条。

这刀疤人今日来找程昶，并不是信任他，而是被逼到绝境，为保命而来。除非确定自己能活着，否则他什么也不会说。

看来今夜不是向他问话的最好时机。

云浠扼住一个匪寇的手腕，反手一折，将他搡开，问刀疤人："你能保住自己

第十一章 秋节立功

的命吗？"

"什么？"

"我掩护你走，你能不能保命？"

刀疤人一咬牙："能！"

"好！那你一定好好活着，重新找个时机来见我和三公子！"

话音刚落，她脚尖一点，腾身而起，横剑往跟前一挡，疾退数步，直至人群边缘，剑在手心打了个圈儿，横空掠扫，把迫近的匪寇逼退，同时将刀疤人一推："走！"

刀疤人身形极快，遁入人群，顷刻间消失得无影无踪。

八名匪寇见刀疤人遁逃，俱是心急，当即要追，云浠哪里肯放他们走？剑尖再一点，借力凌空翻身，跃至他们跟前，挡了他们的道。

她纵然武艺高强，一个人对八个人，终归力有不逮。

加之眼前这几个匪寇下了狠心与她拼杀，招招杀机，一个不小心，一柄软剑便自她身侧袭来，直指她的脖子。

云浠仰身一倒，勉强避开，那软剑却像是长了眼一般，自空中一弯，犹如毒蛇吐芯，跟着她仰倒。

正在这时，身边一声骏马嘶鸣，一柄长枪从旁刺来，与软剑缠在一起。

长枪绕了几绕，将软剑缠至极致，尔后往上一挑，连剑带着持剑的人一并打飞出去。

云浠这才分出神来往一旁看去，来人竟是程烨。

他是追着匪寇们来此的，老远见着她与人苦斗，连忙上来帮忙。

程烨问："云捕快，没伤着吧？"

云浠摇了摇头："多谢小郡王。"

直至此时，官兵也已赶到了。

人群尚未疏散，匪寇们见势不好，连忙摘了头巾，想要遁入人群奔逃。

程烨"呔"了一声，只怕抓不齐全这些贼人，连连催马，与官兵一起急追。

云浠停在原地，所谓擒贼先擒王，这些贼人都戴土黄色头巾，那么他们的头目除了这个头巾，一定还有不同寻常的地方。

她的目光掠过人群，果然见到一个行踪鬼祟的人，一面摘着土黄色头巾，一面往巷弄里奔逃，然而与匪寇们不同的是，他的头巾上还插着一根稻穗。

云浠想也不想，登时一跃而起。

她身姿极轻，在身侧一匹马上借力，像是凌空之鸟，几个闪挪便追至那匪寇跟前，手中剑一横，架在他脖子上。

"就是你带人来闹事的？"

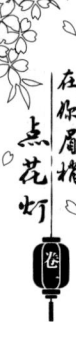

然而已无需他回答了。

周遭逃遁的贼人见头目被擒,一时失了主心骨,不是溃散,就是当即伏法。

不过片刻,程烨便擒了大半人回来。

程烨还在清点人数,忽听长街尽头号角长鸣。

由远及近的行军声震耳欲聋,人群散至街道两侧,惊恐地看着数列身穿锁子甲、头戴红羽盔的兵马迈步行来。

殿前司,天子禁卫。

竟然……惊动了殿前司。

今夜秋节一闹,昭元帝不惜让天子禁卫出城平乱,看来是龙颜震怒了。

为首的殿前司指挥使、上将军宣稚行至众人跟前:"本将军奉圣上之命,出宫平乱,敢问小郡王,此间伏法的可是今夜作乱的全部贼人?"

"不是,但头目已擒到了。"程烨道。

宣稚点头道:"小郡王辛苦。"

"归德将军误会了,"程烨解释道,"擒住头目的并非在下,而是京兆府的云捕快。"他往一旁让了让,露出站在后侧的云浠,"便是忠勇侯府的云大小姐。"

宣稚愣了一下:"原来竟是宣威将军的妹妹。其实本将军方才在瞭望楼就瞧见了,云捕快真是好身手。"

云浠抱剑拱手:"归德将军过奖。"

殿前司既来了人,朱雀长街很快肃清,宣稚命禁卫绑了贼人,又传圣上之令,与程烨、程昶,还有不远处的宗亲们一起回宫。

云浠看着殿前司离去的背影,略松了一口气。

但她并不能放下心来,姚素素至今杳无音讯,还有阿嫂……今夜这么乱,也不知她与罗姝怎么样了。

云浠把剑别在腰间,正欲去药铺寻方芙兰,身后殿前司的行军声蓦地歇止,顷刻,禁卫与宗亲们又朝朱雀街两旁散开。

长街中间,远远行来一人,先与宣稚说了句什么,然后便朝云浠走来。

云浠定睛一看,是前一阵她在绥宫门外见过的掌笔内侍官吴邰。

走得近了,吴邰和颜悦色地一笑,说:"云大小姐,圣上让咱家赶过来传一道口谕。"

"命您跟随殿前司、宗亲大臣们一道进宫。"

是夜,金銮殿灯火通明。

殿中均是宗亲重臣,云浠不过一名未入流的捕快,在宫门口解了剑,跟在人群

第十一章 秋节立功

后面。

昭元帝微阖着眼，声音听不出情绪："说说吧。"

殿中静了一瞬，顷刻，一名五品大员出列，小心翼翼地道："禀陛下，今夜金陵城闹出这样的乱子，实乃巡防之过。此一月间，京郊流寇、山匪勾结，聚千人之众，频频滋事，秋节前后不能闭城，他们因此扮作百姓，混入城中。

"臣等近日已仔细排查过出入金陵的百姓，还捉了上百可疑之人，将他们驱逐城外三十里，却不想……仍不慎混了这数十贼人进来。好在镇压及时，没有伤及太多平民，已是……已是……"

"你想说，已是不幸中的万幸？"昭元帝冷笑一声。

"是，陛下，臣正是这个意思。"五品大员应道。

金銮殿里静得落针可闻。

姚杭山抬起手，揩了一把额前的汗。

说话的五品大员是他手底下在京房的掌事官，原还当他是个老实办事的，没承想竟蠢笨如猪。

这都什么时候了，还一味地找借口？嫌圣上今夜的怒火烧得不够旺，赶着添一把柴火吗？

姚杭山喉间憋着一口血，只恨不能冲上前去捂了他的嘴。

昭元帝冷冷道："你的意思是，今夜这些贼人还来得少了？你还有功了是不是？"

"回陛下，不……不是。"五品大员道，"臣只是……只是……"

"朕记得你姓李，眼下是枢密院在京房的掌事官？"昭元帝道。

不等回话，他又紧接着吩咐："来人，把他身上这身官袍扒了，杖三十，让他滚出宫去。"

"是！"殿中侍卫领命，即刻将人拖了出去。

夜沉沉的，殿外落杖之声几乎敲在殿中每一个人的心上。

片刻之后，侍卫进殿回话道："禀陛下，已行完刑了，李大人说……谢主隆恩。"

昭元帝又冷笑一声："枢密院的人何在？"

有了前车之鉴，姚杭山、罗复尤俱不辩驳，叩拜道："陛下，今夜金陵城巡防不严，实乃臣等过失，请陛下降罪。"

昭元帝懒得理他们，撵苍蝇似的摆摆手："碍眼。"

姚杭山等人领命，膝行至殿侧。

昭元帝默坐了一会儿，事已至此，责罚、降罪都需缓一缓，当务之急是要把眼前的乱子平下。

他唤来宣稚，仔细问了今夜贼人闹事的情形。

宣稚一一答了——贼人多少，本事如何，分别在哪几处作乱，末了又道："眼下这些贼人因何闹事尚且不知，好在南安王世子调兵及时，抓捕了大半贼人，京兆府的云捕快更是擒住了其中头目，想必只要仔细审问，一应案情便可水落石出。"

昭元帝"嗯"了一声，移目看向郓王："就让——"话未说完，他蓦地想起前阵子老四连个山贼头子都审不好，嫌恶地看了他一眼，改主意道，"罢了，归德，你带着殿前司的人去审吧。"

"末将领命。"宣稚应道。

昭元帝环视殿中，问："至于京郊那群不怕死的，你们当中谁去把这事解决了？"

宗亲与朝臣们四顾无言。过了一会儿，裴阑出列道："禀陛下，末将愿带兵前去京郊平乱。"

"给他们脸了！"昭元帝面沉如水，"区区千余贼人罢了，值得朕动用一名三品大将军？"

上回他派了一个四品将军过去，抓回来的山贼头子怎么说来着？"我们山头七个老大，我就是老幺，你们以为抓了我就是一锅端了？还早得很哩。"

实在是挑衅朝廷，目无尊法！

程烨请缨道："陛下，臣乃在京房七品统领，愿带兵平乱。"

"你是郡王世子，这事轮不到你。"昭元帝道。

殿上一众朝臣与宗亲们面面相觑。

这……品阶高了的不行，爵位高了的也不行，可这么一个月下来，是人都看出来了，京郊的乱子是个烫手的山芋，不好摆平，放眼朝廷，谁还有这个本事？

殿中一时寂然。

良久，昭元帝忽然开口问："忠勇侯府云氏女可在？"

云浠行至殿中，跪拜而下："回陛下，臣女在。"

昭元帝看向云浠，片刻，提了句不相干的："朕记得，数年前你随云舒广回金陵，曾进过宫，朕那时见过你。"

忠勇云氏一门镇守塞北，厥功至伟，回金陵那年，昭元帝亲自设宴，在宫中宴请忠勇侯一家。

"是。"云浠道，"臣女便是在那一年得瞻天颜。"

昭元帝笑了一声："朕记得你在宴上耍了一套枪，居然打败了朕的两个侍卫。云舒广说，你自幼跟着他学武，在塞北那几年，还跟着你哥哥云洛上过战场。"

"回陛下，陛下当真好记性。"

昭元帝沉默了一阵，忽问："听说今夜是你擒住了那个贼人头子？他功夫怎么样，厉害吗？"

第十一章 秋节立功

"回陛下的话,这些贼人功夫高低不一,臣女擒住那贼人头子时,他只顾仓皇奔逃,看不出本事怎么样。"

昭元帝问:"依你看,这些贼人的功夫可在你之上?"

云浠想了一下,实话实说:"在臣女之下。"

"好。"昭元帝点头,"那么这回京郊的乱子,就由你带兵去平吧。"

云浠抬起头,讶然地望着昭元帝。但她没多说什么,只拱手道:"是,臣女领命。"

兵部尚书走到殿中,有些为难地提醒:"陛下,云氏女而今只是京兆府下一名捕快,严格来说,没有资格领兵。眼下她要带兵去京郊,一来,怕是下头的兵看她没有品级,不会听令;二来,不同品阶能带兵的数目也不同,陛下若另有旨意,那便好说,因此怎么带兵,可带多少,从哪里调遣,还望陛下明示。"

军中规矩森严,兵部尚书的提醒虽然多事了些,却是十分必要的。

昭元帝沉吟一阵,道:"没有品级,那就升一个,也按规矩来,今夜她立了功,先封个……七品翊麾校尉吧。至于带兵的数目,归德,你去西山营调两千给她。"

"是。"

昭元帝静坐一会儿,忽又道:"朕记得,云舒广和宣威还有些旧部散在塞北?"

兵部尚书道:"回陛下,正是,不过所剩不多。毕竟……"他顿了顿,"忠勇侯与宣威将军几回苦战,死伤极多,活下来的大半编入了其他将军麾下,散在塞北的不过几百人罢了。"

这几百人曾跟着云氏一门出生入死,却因云舒广与云洛的案子悬而未决,朝廷不敢用,最后沦落为弃将残兵。

昭元帝道:"云氏女升了校尉,手下不好没人,把他们召回来,先归拢在忠勇云氏女底下吧。"

殿中诸人皆是愕然。

昔日忠勇侯战死,太子身亡,云洛因招远叛变获罪,满朝文武都认为忠勇侯府受圣上厌弃,要自此败落了。

可前些日子,昭元帝忽然轻描淡写地为云洛平了反,朝廷又以为他是终于解了心结,要对忠勇侯府额外开恩。

既要开恩,何不抬举云洛,让他承袭忠勇侯爵?晾在一边这么久,忽然把侯府的一个孤女升了校尉,这是何意?

女子仕途本就艰难,也不能袭爵,到末了,终归是要嫁人。难不成圣上的意思,是要一面抬举侯府,一面打压吗?对一个女子,这么做有何意义?

真是圣心难测啊!

此间事了,夜也已过去了。

晨光熹微，昭元帝十分疲倦，唤来琮亲王与几名大员去御书房议事，散了众人。

云浠这厢虽被提了校尉，但因事出仓促，还需回府等圣旨，因此也没多逗留，由一名小太监引着出了宫。

程昶先她一步离开皇宫，这一夜事情纷繁，他一直没能与她说上话。念及昨夜她为了帮他留住刀疤人，不惜拿命拼杀，于是等在宫门口，想与她道声谢。

好不容易看到云浠，正要迈步过去，却见宫门另一侧有一人急急赶去云浠身边，对她粲然一笑。

是那个小郡王程烨。

他似在恭喜云浠高升的事，指了指兵部值房的方向，随后唤来一个侍卫，大概在与她解释升迁的章程。

云浠一边听，一边点头，还时不时应上一两句。

程昶迈出去的步子又收了回来。是了，他怎么忘了，她昨夜立了功、升了官，是该被道贺的。还是自己万事不关己太久，以至于忘了要在意这些事？

程昶立在原地，沉默地看着云浠与程烨说着话，一个在心里藏了数月的感觉渐渐浮起来——格格不入。

是，格格不入。与身边人、身边事的格格不入。与这整个时代的格格不入。

他此前不在意这个，然而不知为什么，今日此刻，这种感觉格外深切。

候在一旁的孙海平与张大虎看程昶好半晌不动作，上前问道："小王爷，咱们是要回府，还是上哪儿去消遣会儿？"

程昶沉默地在原地立了一会儿，应道："回府。"

转身走了没几步，忽见一名小兵匆匆打马赶来。

到了护城河，小兵弃了马，快步急奔，大概因心中焦急，连连磕绊了好几下。

程昶盯着小兵看了一阵，认出他来，竟是昨夜程烨分派去找姚素素的。他的心中瞬间浮起不好的预感。

果然，只见那小兵奔到程烨面前，一下拜倒，惊慌失措道："禀小郡王，在下等奉命在金陵城寻找姚府的二小姐，没想到今早在秦淮河边，在下……在下等竟发现了她的尸体……"

第十二章 凶案疑云

此话一出，云浠与程烨都愣住了。

报信的小兵嗓门很大，饶是宫门口的人都散得差不多了，姚素素遇害的消息也被几个路过的大臣听了去。

一时间，众人驻足窃窃私语起来。

程烨急问："怎么会这样？你们报官了没有？姚府的人可已知情了？"

"回小郡王的话，已报官了，案子目前归在了京兆府。姚府的老夫人得知了这个消息，当即昏了过去。姚府的夫人、大少爷、五少爷，还有两个姨娘，通通闹到了衙门。另就是——"小兵顿了一下，"从昨晚到现在，姚大人一直在宫里没有出来，小的们通禀不到，还请小郡王帮忙想个法子。"

程烨回头望了绥宫一眼。

昨夜匪寇闹事，圣上震怒，姚杭山与枢密院一干掌事的眼下还被罚跪在金銮殿。

按说圣上正在气头上，不该拿任何事去搅扰，可生死事大，姚素素又是姚杭山最疼爱的女儿，这么莫名其妙地没了，哪有不及时告知的道理？

程烨唤来一名宫门守卫，吩咐道："你去把姚二小姐遇害的事告诉归德将军，看看他有没有法子请陛下暂免了姚大人的责罚。"

这时，京兆府也来人了，说府尹张大人要亲自问案，请三公子、小郡王还有云校尉同去衙门一趟。

他们三个是最先发现姚素素有可能出事的。

云浠与程昶、程烨都没推脱，当即赶去了京兆府。

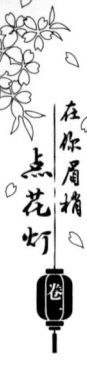

京兆府的公堂里乱糟糟的，堂堂一品枢密使府上的小姐没了，家眷们哭的哭，闹的闹。

张怀鲁是个息事宁人的脾气，乍一撞上这么一桩棘手的案子，又不敢开罪姚府的人，竟是束手无策。

好不容易盼到程昶与程烨到了，连忙迎上去："三公子、小郡王。"

程烨急问："张大人审得怎么样了？"

张怀鲁支吾道："尚未开审。"这不是等着您二位过来镇场子吗？

紧接着他又补充："这就审了，这就审了。"

说着，回了堂案正襟危坐，他将惊堂木一拍，高声吩咐："带嫌犯——"

两名衙役拖着一名蓬头垢面的女子上了公堂，云浠定睛一看，正是姚素素的贴身丫鬟，昨日她还在道观撞见过。

丫鬟已受过拶刑，慌乱急了，连连摇头说："不是我，不是我……"

张怀鲁诈她道："如何不是你？昨日姚二小姐出府后，只将你一人带在身边，且昨天晚上，你一整晚没回姚府，在街上游荡，若不是今早小郡王手下的官兵发现了你，岂知你不是做贼心虚，想要趁早上城门大开时出城潜逃？"

"大人，大人，奴婢冤枉，当真不是奴婢。"丫鬟的声音带了哭腔，她急着为自己辩解，说话也颠三倒四，"昨夜奴婢与小姐分开时，姝儿小姐，就是罗府的四小姐尚与我家小姐一处，两人还起了争执。后来小姐的猫跑丢了，小姐遣奴婢去追猫，奴婢便与小姐分开了。可是奴婢没用，没找着猫，怕被小姐责罚，因此才在城中找了一夜，没有回府。"

"你说你为了找一只猫，所以整夜不曾回府？"张怀鲁悠悠问道，随即一拍惊堂木，"荒唐！你当本官是这么好糊弄的？"

"是真的！雪团儿是皇贵妃娘娘亲赐给小姐的，小姐把它看作眼珠子，比什么都宝贝！"丫鬟慌道，又举目一望，指着云浠道，"大人若是不信，可以问云大小姐，那日……那日在南安王府上，小姐只因雪团儿受了一点皮外伤，不惜要杖杀云大小姐养的小狗崽。"

丫鬟的话虽在细节上有出入，大致确是实情。

张怀鲁看向云浠，云浠点头道："是有这回事。"她想了想，又补充道，"昨日三公子与卑职之所以会请小郡王出面找姚二小姐，正是因为我们在街旁捡到了雪团儿，姚二小姐从来都把这猫带在身边，等闲是离不得的。"

张怀鲁又看向程昶与程烨，二人俱称"是"。

张怀鲁略一点头，对丫鬟道："那本官姑且信了你的话。"他沉吟片刻，又问，"你方才说，昨夜你与你家小姐分开时，她尚与罗府的四小姐在一处，两人还起了争执？"

"是。"

"据本官所知，昨日秋节，你家小姐只带了你一人出府，并未约见任何人，她是因何会与罗四小姐在一起？是偶遇，还是私下相约？她二人因何事起的争执？当时是什么时辰？"

"回……回大人的话，当时……大约是戌时末。"

张怀鲁低声问一旁的师爷："仵作可验明尸身了？姚二小姐是什么时辰遇害的？"

师爷摇摇头："尚未。"

张怀鲁对丫鬟道："你继续说。"

"说……说什么？"

张怀鲁不耐烦地提醒："罗四小姐与姚二小姐为何会在一处？因何起的争执？"

"这……这……"丫鬟结巴，一头磕在地上，"奴婢不知。"

"胡说八道！"张怀鲁斥道，"你当时既跟在你家小姐身边，难道连她说什么、做什么都不得而知？还是你方才所言俱是诳语，就是你害死了你家小姐？"

"不是……不是。"丫鬟摇头，"我家小姐会与姝儿小姐闹起来，乃是因为……因为……"

"因为什么？你倒是说呀！"看她半晌憋不出一个响来，姚府的夫人赵氏也急了，厉声催促。

"是因为尚书府的二少爷裴大将军！"丫鬟一咬牙，道出实情。

开了这个口，后头的话就好说多了。

"昨日小姐出门……其实是借着秋节，赶去朱雀街附近的道观与裴二少爷幽会。后来，姝儿小姐与云大小姐撞破了幽会，小姐与姝儿小姐因此才起了争执。"

张怀鲁听了这话，一愣，问云浠："昨日云校尉也在？"

男女私下幽会，终归有辱声名，云浠犹豫了一下才开口："是。其实昨日罗姝是与家嫂相约出门，到了朱雀街附近，遇见姚二小姐，见她行踪诡秘，罗姝当时就起了疑，跟着姚二小姐进了道观。卑职见罗姝神色有异，怕出事，也跟了进去，这才撞见……姚二小姐与裴将军幽会。

"不过我二人撞破他们幽会后并未声张，罗姝说，怕这事闹开，影响到她和裴将军正在议的亲事，因此她当时是同卑职一起离开的。

"我二人离开后，去了家嫂常看病的药铺子，当时大约是酉时末，卑职赶着上值，叮嘱家仆与家嫂照看罗姝，尔后就去了朱雀街。

"至于再后来罗姝为何会离开药铺，为何会与姚素素起了争执，卑职就不得而

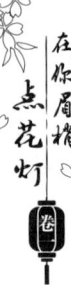

知了。"

张怀鲁点点头,对丫鬟道:"你接着说。"

"是。云大小姐与姝儿小姐离开道观时,与奴婢撞了个正着,奴婢心知小姐与裴二少爷幽会的事败露,便去告诉了小姐。

"小姐与裴二少爷相互倾心已久,若不是裴府的老太君执意要让裴二少爷娶姝儿小姐,裴二少爷怕是早已上姚府提亲了。这厢两人幽会被撞破,小姐破罐子破摔,决定找姝儿小姐摊牌,请她把裴二少爷让出来,哪知姝儿小姐竟是不肯,两人这才——"

"你胡说!"不等丫鬟说完,赵氏厉声道,"素素温婉贵雅,成日都在本夫人眼珠子底下待着,哪来的工夫跟一个男子私下幽会?定是你害了素素,眼下编的弥天谎话,辱了素素的名声来洗脱自己的罪名!"

"大人!"赵氏对张怀鲁一欠身,"这死丫头信口开河,心狠手辣,还请大人即刻将她杖毙!"

"大人,奴婢没有撒谎!"丫鬟连声辩解。

她见势不好,当下也不管不顾,平日里憋在肚子里的话一股脑儿往外倒:"小姐与裴府的二少爷有私情,金陵城谁人不知谁人不晓?裴二少爷自回金陵后,与小姐幽会已不是一回两回了,每回都约在道观,有时候……有时候两人待在一处,一待就是一个下午!小姐因对裴二少爷许了终身,这才非他不嫁,恳求姝儿小姐把裴二少爷让出来的!"

"你住嘴!"赵氏气得几欲昏厥,一旁的姨娘扶住赵氏,不顾衙役拦阻,当下便甩了丫鬟一个耳光。

"姚府养你十余年,如何养出了你这么个狼心狗肺、忘恩负义的东西?辱没素素的名声还不够,还要辱没她的清白!素素冰清玉洁、才高貌美,放眼整个金陵城,有哪个门第是她够不上的?如何会在裴阑那一根刚被人退了亲的朽木上吊死?!便说……便说……"姨娘没见识,说起话来几乎是口不择言,她放眼一望,目光落到程昶身上,"便说琮亲王府的三公子,一直以来也是对素素有意。论出身、论门第、论样貌,裴阑哪里比得上三公子?与其选裴阑,素素何不选三公子?"

程昶:"……"

"住口!"张怀鲁被这话惊得险些没拿住惊堂木,连忙呵斥,"公堂之上,岂容尔等随意喧哗,来人,把这口无遮拦的妇人给本官拖下去!"

他随即起了身,向程昶赔罪道:"三公子莫怪,那妇人只怕是得知嫡女意外身亡,一时伤心魔怔,得了失心疯了,本官定会按律例责罚她。"

程昶:"……没事。"

第十二章 凶案疑云

经姨娘这么一闹，公堂上倒是安静了不少。

姚府的人怕开罪琮亲王府，俱是清醒了些，不再多话。

张怀鲁战战兢兢地坐下，顺着方才丫鬟与云浠的供词，把思绪理了一遍。

简单来说，昨日罗姝与方芙兰相约，在云浠的陪同下，一起去了朱雀街附近，撞见了行踪诡秘的姚素素。罗姝近日正与裴阑议亲，她知道裴阑与姚素素有私情，心中起了疑，便与云浠一起跟了进去，果然撞破了裴、姚二人幽会。

按云浠的说法，罗姝十分看重自己与裴阑的亲事，怕闹开难以收场，于是选择息事宁人，离开道观，与云浠一起回了方芙兰看病的药铺，当时是酉时末。

二人在途中，遇到了姚素素的贴身丫鬟。丫鬟把幽会被撞破的事告诉了姚素素，姚素素心慕裴阑已久，决定破罐子破摔，去找了罗姝，求她把裴阑让给自己。罗姝大约是不肯，两人便在此过程中起了争执。

争执的时候，姚素素手里的雪团儿跑丢了，遂让丫鬟去寻雪团儿，当时大概是戌时末。

若丫鬟说的话全是真的，那么最后一个见到姚素素的人，就是罗姝。

因为雪团儿是在亥初被程昶与云浠捡到的，从戌时末到亥初，至多一炷香的工夫，而程烨命人去找姚素素时，已然寻不到她的踪迹了。

张怀鲁问云浠："你与罗四小姐撞破幽会后，回到药铺，当时云将军的遗孀方氏可在？"

云浠道："在。"

"除方氏外，还有谁人在药铺里？"

"还有药铺的杂役与掌柜，卑职府上的赵五，丫鬟鸣翠。不过，当时阿嫂刚服过药，独自一人在药铺里间歇息。罗姝回到药铺后，阿嫂见她心情不好，便把她唤到里间安慰，其余人包括鸣翠与药铺的人都在外间，赵五则守在药铺门外。"

"照你这么说，如果后来姚二小姐来寻罗四小姐，方氏、赵五、丫鬟鸣翠，还有药铺里的人，都该看见才是。"

"是。"

张怀鲁想了想："来人，即刻去忠勇侯府请方氏、家丁赵五、丫鬟鸣翠，去朱雀街的回春堂请掌柜的。另外，罗府和裴府那边……"

眼下罗姝嫌疑最大，裴阑又是关键证人，不得不请来审问。可是，罗府与裴府，哪个他都得罪不起。

张怀鲁踌躇了半晌，目光落到云浠身上。

今日云浠虽被提了校尉，但圣旨未到，她仍是京兆府的捕快。

云浠的目光与张怀鲁对上，立刻会意，拱手道："是，卑职这就去罗府请罗四

小姐过堂。"

张怀鲁微松一口气,又移目看向程烨,赔笑道:"想必裴将军眼下正在枢密院当值,小郡王是枢密院在京房的统领,不如……"

程烨应道:"好,张大人可差一名捕头随在下一起去枢密院,请裴将军过堂。"

到得罗府,罗复尤的夫人俞氏乍一见到云浠,着实意外:"阿汀,你这是……来寻姝儿的?"

云浠点了一下头,道:"但卑职此番是为公差来的。"

"公差?什么公差?"

"衙门中的案子,暂不方便透露,还请姨母速速去唤罗姝,请她跟我回衙门一趟。"

俞氏向来是个没主心骨的,一听这话,惊得脸都白了:"该不会是老爷他出了什么事吧?"

云浠摇头道:"与罗大人无关。"

"这就好,这就好。"俞氏抚了抚心口,一边命下人为几个衙差上茶,一边将云浠往里间引,笑着说,"你是不知道,昨夜姝儿回府后,一直心神不宁,今早问我讨了碗安神汤才歇下,也不知睡着没有。我原还想着阿汀你若无要事,便先等一等,待用过午膳,我再去唤姝儿,不想竟是为着衙门的案子。"

说着,一推罗姝闺房的门,把云浠引了进去。

罗姝竟还未睡,独坐在榻边,不知在想些什么,听到门响,她蓦地抬起头来,瞥见云浠,目光中闪过一丝慌乱:"阿……阿汀,你怎么来了?"

云浠道:"衙门里出了桩案子,张大人让我来请你过堂。"

罗姝倏地一下站起身,不安地理了理衣裙,磕磕巴巴地应道:"出了案子?好、好,我……我这就跟你去。"

一路随云浠走至门口,又问:"阿汀,可是素素她,她……"

后头半截话似堵在了喉咙里,如何都说不出口。

云浠道:"兹事体大,我不方便透露,等到了衙门你就知道了。"

罗府离京兆府甚远,云浠带罗姝回到衙门,裴阑、方芙兰以及回春堂的掌柜与杂役已等在公堂里了。

罗姝一见这场景,彻底慌了神,张了张口还没说出什么,两名衙役走上来,不由分说便给她拷上手枷。

身后一个捕头将她一揉,她踉踉跄跄往前两步,一下便跪倒在公堂正中。

张怀鲁将惊堂木一敲:"罪女罗姝,你可认罪?"

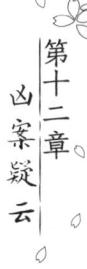

直到此时，罗姝才意识到不对劲："认罪……认什么罪？"

"杀人之罪！你可认是你谋害了姚府的二小姐姚素素？"

罗姝一听这话，双目骇然瞪大。她似是没听明白，愣了好一阵，看了看云浠，又看了看裴阑："素素她……素素她死了？"

张怀鲁冷笑一声："装得倒是无辜。"

他慢条斯理地道："本官早已查明，你因撞见姚二小姐私下与裴将军……咳，幽会，因妒生恨，杀害了她，是也不是？"

罗姝愕然，片刻后惊惶摇头："不是，我……我没有。"

"还敢说不是！"张怀鲁厉声呵斥，之后又缓下声气，"那么本官问你，昨日你可曾去过道观？"

"去，去过。"

"据云校尉说，当时你在道观外只看见了姚二小姐一人，你是如何决定跟踪她，去道观里看一看的？仅凭她神色有异？"

"大人有所不知。"罗姝觑了裴阑一眼，轻声道，"我与素素乃闺中密友，十分交好，她与……裴二哥哥的事，我其实略知一二，那道观……她有回私下里说漏嘴，曾提起过。"

张怀鲁一点头："那么本官再问你，你府上近日正为你与裴将军议亲，你撞破他私下与旁人幽会，且还是你闺中密友，心中恨也不恨？"

"……恨。"

"所以，你就痛下狠心，决定除之而后快，下手杀了她？"

"不……不，我没有……"罗姝慌乱地道，"大人明鉴，素素与裴二哥哥之间有私，也不是……一天两天了，我撞破时纵然不甘，心里其实早有预想，如何会下手去害她？何况我也知道，此事若闹大了，谁脸上都不会好看，裴二哥哥他……也不会再娶我了。"

罗姝这番话，倒是与云浠此前交代的如出一辙，看来可信。

张怀鲁道："所以你决定息事宁人，跟着云校尉回了方氏看病的药铺？"

"是……"

"方氏。"

"民妇在。"

"罗四小姐回药铺时，心情如何？"

方芙兰有些为难地看了罗姝一眼，实话说道："不太好。当时民妇刚服了药，在药铺的里间歇息，姝儿妹妹她……回来的时候，一副心神不宁的样子。民妇担心她，便让下人都去外间等着，问了问道观里的事。"

张怀鲁点了点头,又向药铺的掌柜、鸣翠和赵五三人求证,三人俱称"是"。

张怀鲁道:"据本官所知,罗四小姐回了药铺后大约一个时辰,姚府的二小姐便找来了,可对?"

方芙兰点了点头。

"当时是什么时辰?"

方芙兰道:"当时是戌时正刻。"

"你为何记得这么清楚?"

"大人有所不知,民妇身子不好,昨夜与药铺的医婆约好要在戌时正刻行针,姚府的二小姐找来时,正逢医婆拿了针进里间。民妇知道道观的事,见姝儿妹妹被姚二小姐唤走,心中担忧,本想陪着去看一看,可惜行针的时辰耽搁不得,只得作罢。"

张怀鲁又问赵五与掌柜的几人:"你们也瞧见了?"

几人称"是",药铺的掌柜还道:"当时小人见罗四小姐与姚二小姐离开,想着两个贵门小姐出行,身旁却只带了一个丫鬟,有点担心,还专门过去请她们到药铺子里说话。但当时两位小姐似乎有私话要说,把小人打发走了,姚二小姐还称小人是多管闲事。"

张怀鲁"嗯"了一声,问一直跪在地上的姚素素的贴身丫鬟:"罗四小姐与姚二小姐离开药铺后去了哪里?"

"回大人的话,没去哪里,当时街上挤得很,跳丰收舞的舞队快要到了,两位小姐便在药铺附近找了一个无人的亭子。"

张怀鲁问罗姝:"所以当时姚二小姐把你带到亭子里,是想请你自愿与裴将军退亲,可对?"

罗姝点了点头,凄凉又不甘地道:"她说……反正裴二哥哥自始至终都不喜欢我,我纵是嫁了他,他的心也不在我身上,照样会纳妾,甚至……甚至有朝一日,我不合他的意了,还会休了我。素素说,与其以后痛苦,不如眼下就把裴二哥哥让给她……"

此话一出,众人俱看向裴阑。

方才一番审问,裴阑早已十分困窘,眼下听罗姝这么说,狼狈地避开众人目光,简直难堪至极。

张怀鲁道:"正是姚二小姐这一番话,当场激怒了你,你因此与她起了争执,是也不是?"

罗姝垂眸跪着,一时没有吭声。

"说话!"张怀鲁一拍惊堂木,"若要人不知,除非己莫为。当时在亭中的除

第十二章 凶案疑云

了你，还有这名丫鬟，你以为你什么都不说，本官就什么都不知道了吗？"

罗姝这才应道："……是。"

"你二人推搡之间，姚二小姐的雪团儿受惊跑丢了，姚二小姐情急下，让贴身丫鬟去找猫，是不是？"

"……是。"

张怀鲁点点头，心道：看来姚素素身边这位丫鬟的供词皆属实，杀害姚素素的人应该不是这名丫鬟。

张怀鲁道："据这丫鬟所说，她离开时，姚二小姐本来也要去找雪团儿，但你却揪住她不放。你为何要揪住她不放？"

罗姝沉默许久，低声开口："我虽与素素交好，可她一直以来自认家世、相貌样样皆高我一等，心底里其实是瞧不起我的。

"她明知我对裴二哥哥有意，还时常在我面前炫耀，甚至拿裴二哥哥从塞北写回来的信给我看。这些我都可以忍，但是——"罗姝抬起头，眼中泪光与恨意交织，"但是她如今无法与裴二哥哥成亲，乃是她平日里行事太过张扬所致！但凡她收敛一些，也不会在阿汀与裴二哥哥退亲后，成为老太君的眼中钉！这一切分明都是她自作自受，眼下我家里为我与裴二哥哥议亲，她凭什么要求我去退亲？她有什么脸说这种话？！

"我自然恨她，所以雪团儿溜走后，我揪住了她，我就是想明白地告诉她，我这一辈子都不可能遂她的心意，不可能让她得偿所愿！"

"然后你就杀了她？"

"我没有！"罗姝道，"她走了。"

"走了？去哪里了？"

"她见与我说不通，便找雪团儿去了。她走前还说，今日我不听她的劝，明日她就让裴二哥哥亲自来把他的真心话说给我听，让我早日死了这条心。"

张怀鲁道："若真如你所说，姚二小姐最后只是去找雪团儿了，那么你今日来公堂时为何神色慌乱？本官听云校尉说，你仿佛早已料到是姚府的二小姐出了事，你若什么都没做，何以会心虚成这样？"

"我心虚不是因为素素，而是因为雪团儿。"

"雪团儿？"

"是。"罗姝沉默了一下，说道，"昨晚街上又挤又吵，雪团儿大概是被吓到了，并没有跑太远，我回药铺的路上，在一户人家的矮檐下找到了它。

"我……当时心中气恨素素至极，想着要报复她，对付不了她的人，对付她的猫总是可以的吧。

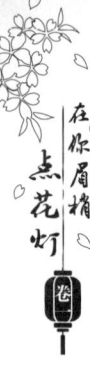

"但我不敢亲自动手,眼见跳丰收舞的舞队已经到朱雀街了,那里人挤人、肩挨肩,便把雪团儿抱到了那里,把它放在人群中,盼着……盼着它或能被踩死,好叫素素伤心。"

这话一出,云浠、程昶、程烨同时都蹙了眉。

但细一想,程昶的确是在丰收舞的舞队过来朱雀南街的当口寻到云浠的,两人挤出人群,就听到了雪团儿在街边叫唤。

时辰也对得上。

张怀鲁问程昶:"三公子捡到雪团儿时,可在四周看到了罗四小姐的踪影?"

程昶想了想道:"没有。当时街上到处都是人,如果不仔细找,很难辨出熟人来。"

张怀鲁又问云浠:"云校尉也没看见罗四小姐吗?"

云浠道:"没有看见。"

张怀鲁对罗姝道:"如此说来,便无人证明你所言是真是假。"

换言之,没有人能证明,从戌时末到亥初罗姝究竟在何处。

她究竟是在这段时间里害了猫,还是以害猫为借口杀害了姚素素。

这时,裴阆忍不住出声道:"张大人,昨晚金陵城匪寇作乱,姚二小姐她……会不会是被贼人谋害的?"

张怀鲁道:"裴将军有所不知,昨夜的贼人均以劫掠为主,不怎么伤人,也没有害人性命。今早找到姚二小姐时,她身上贵重的金银环佩均在,衣饰几乎完好,不像是贼人所为。另外时辰也对不上,姚二小姐戌时末就失踪了,那些贼人闹起来时已快子时了。"

其实张怀鲁觉得裴阆也有嫌疑,原想审他一番,但是裴阆刚到公堂时,便带来了昨夜与他一起的两位将军,纷纷都证明昨夜戌时过后,他便在朱雀台下伴驾。

自然也有一个可能,姚素素纠缠裴阆不止,裴阆雇凶杀人。

但一来,他没必要这么做;二来,没有证据。张怀鲁不好妄加揣测。何况裴阆堂堂三品大将军,如果真的有嫌疑,也不是他一个京兆府尹能够审问得起的,案子就该归到大理寺了。

这时,衙门里的仵作忽地来报:"禀张大人,卑职已验明姚二小姐的死因了。姚二小姐的尸身并未见浮肿,应是生前被人勒死,尔后推入水中。死亡的时辰正是在戌末到亥正之间。且小人还在姚府二小姐的牙关里,找到了这枚女子所用的耳珠。"

罗姝一看那耳珠,先是一愣,脸倏地一下白了。

她惊惶摇头:"不是我,真的不是我……"

那耳珠色泽温润,只半粒米的大小,与昨日罗姝佩戴的穿线耳链上的珍珠一模

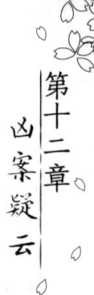

第十二章 凶案疑云

一样。

罗姝的嫌疑本就最大,眼下又有了物证,只待招供,便可将她定罪。

然而张怀鲁人虽有点三不开,断案确有几分本事,他知道单凭这一枚耳珠,不足以证明罗姝就是凶手,哪怕罗姝已承认了这耳珠是她的,亦有可能是旁人故意嫁祸。

张怀鲁正预备将罗姝下狱,打算改日再审,外间一名衙役来报:"张大人,郓王殿下与姚大人到了!"

话音刚落,只见公堂门口疾步走来两人,其中一人身穿紫棠色蟒袍,眉眼昳丽,正是当今的四皇子郓王殿下。

张怀鲁连忙起身,跟着程昶、程烨一并朝郓王拜过,然后看向落后郓王半步的姚杭山:"姚大人节哀。"

姚杭山听闻姚素素枉死的消息,已在宫中大肆伤心过一场,这会儿心神微缓,双目仍布满血丝,哑声道:"素素呢?本官……想见见她。"

张怀鲁道:"仵作刚验完尸,眼下移去了后院堂屋,姚大人过去吧。"

说着,他对一旁的衙差使了个眼色,衙差领命,带着姚杭山与府上家眷往衙门后院去了。

张怀鲁问郓王:"不知郓王殿下前来,所为何事啊?"

郓王道:"父皇听闻姚府的二小姐过世,案情牵涉裴、罗二府,兹事体大,命本王前来取相关证据与卷宗。"

郓王是辖着大理寺的,他既亲自前来取卷宗,这令张怀鲁心中一动,道:"圣上的意思是,姚二小姐的案子之后就由大理寺接管了?"

郓王一点头:"正是。"

张怀鲁如蒙大赦,催促着堂上的师爷与录事把一应卷宗、证据整理妥当,把案情的大致过程,证人、嫌疑人几何,仔细与郓王交代了一番,总算赶在天黑前送走了这尊大佛。

这厢案子暂告一段落,其余人等自然是走的走,散的散。

云浠一直记挂着自己昨夜放走刀疤人的事,想仔细与程昶解释,还未开口,一名衙差赶来,对她拱手一拜:"云捕快,张大人听闻您被提了校尉,请您过去值房一趟。"

这八成是要赶在晋升的圣旨到侯府前,帮着云浠交接公差了。

张怀鲁一片好心,云浠不好拂他的意,只得点头:"好吧。"

说完回头一望,不想程昶正在公堂门口驻足,移眼来看她。

四目相对,他朝她微一点头。

云浠原想让程昶等等自己，思及昨晚到现在事出频频，三公子已一夜未曾合眼，心道罢了，大不了明日起个早，多跑一趟，去御史台寻三公子。

她这么想着，便跟着衙差去了值房。

孙海平与张大虎在京兆府外候了一整日，见到程昶，立即迎上来道："小王爷，您总算出来了，咱们这就回府？"

程昶想起云浠方才的神情，停住步子，说："我先在这儿等会儿。"

"等会儿？等什么？"

程昶没吭声。

孙海平见他家小王爷沉默，倒也不敢多问。他不知从哪儿弄来了一把蒲扇，一面给程昶扇风，一面道："嘿，小王爷，您是出来得晚了，没撞着一场大戏！"

"什么大戏？"

"就刚才，姚府的人抬着他们家小姐的棺材出来那会儿，雪团儿不是缩在街边等着吗？结果姚府的人一见雪团儿，一下就动了怒，说他们家小姐若不是为追这猫，昨晚也不会枉死。有几个脾气上来的，揪住雪团儿说要打死，要不是姚府的那个大人脑子尚未进水，说这猫是皇贵妃娘娘赐的，命人拦住他们，只怕雪团儿眼下已被分尸了。"

程昶一听这话，愣了下，问："那现在雪团儿呢？"

"趁人不备，溜了呗。"

"溜去哪里了？"

孙海平想了想，指着一旁的巷子道："那边。"

程昶想也不想，立刻跑进巷子。暮色四合，巷弄昏暗，张大虎找衙门的人讨来一盏风灯，程昶走了没两步，便听巷子里传来几声低低的猫叫。

程昶轻声唤："雪团儿？"

顷刻，一团黑影从墙角一瘸一拐地走出来，程昶提着风灯，蹲下身看去，竟真的是雪团儿。

它一只腿被打瘸了，身上好几处伤口都渗着血，所幸它跑得快，伤势不算太重。

程昶向它伸出手，柔声唤："雪团儿，过来。"

雪团儿走近，蹭了蹭他的手心，发出长长的、轻轻的"喵呜——"声，像是十分伤心。

雪团儿有灵性，想必姚素素生前待它十分好，今早程昶抱它来到京兆府后，它似感念到主人亡去，一直不吃不喝蹲在街口等着，直到姚素素的棺材被抬出衙门才冲出来，不想却遭如此对待。

程昶觉得荒唐，这都什么事！

程昶将风灯递给张大虎，抱起雪团儿。

孙海平问："咋的啦，小王爷，咱不养狗了，改养猫了？"

程昶沉默了一会儿，"嗯"了一声。

刚出巷弄，迎面见云浠疾步走来，两人目光撞上，云浠愣了一下，程昶也愣了一下。

片刻，云浠别开目光，看向程昶怀里的雪团儿，问："三公子去找这猫了？"

她方才解交佩剑的时候，撞见张大虎过来借风灯，猜是程昶尚未离开。交接完差事，她赶着出来找，没承想竟被他瞧见自己这副行色匆匆的模样。

程昶"嗯"了声，一时竟有点不知要说什么，过了会儿问："你想抱它吗？"

雪团儿长得灵巧可人，一双眼如碧蓝的宝珠，很难让人不喜欢。

云浠点点头，走近几步，伸出手。

雪团儿很乖巧，似明白程昶的意思，从他怀里蹿向她怀里。

远望过去，两个人此刻站得极近，衙门门口点着灯，月色下，两个身影儿乎挨在一起。

"昶儿。"正在这时，巷末传来琼亲王妃的声音。

她不知是何时到的，缓缓走来，先看了云浠一眼，没说什么，对程昶道："你一夜没回府，可叫母亲担心。怎么样，这里已无你的事了吧？"

程昶道："已无事了。"

"无事就好。"琼亲王妃道，"你父亲说有事要问你，眼下还在家里等着，事不宜迟，咱们这便回府。"

程昶"嗯"着应了，看向云浠，说："那我走了。"

云浠微微点了下头，把雪团儿还给程昶，似想起什么，唤道："三公子，那个……"

她怎么忘了，她追出来是为跟三公子说刀疤人的事。

程昶似已明白过来，应道："我知道，明天上午我得空了让小厮去你府上接你。"

第十三章 青青子衿

云浠目送程昶的马车远去,刚一转身,就看到在衙门门口等着自己的方芙兰与鸣翠几人。

方芙兰眉间有重重的忧色,走上前来,看了程昶离开的方向一眼,没说什么,只柔声问云浠:"衙门里的事都办好了?"

云浠点头:"办好了。"

她如今手上有点余钱,想着方芙兰在公堂耗了大半日,只怕已累极,便也不省着,让赵五去雇了辆马车。

回府的路上,方芙兰神思不定,几回想开口,话到了嘴边却又咽了回去。

及至快到侯府,她才犹豫着问:"阿汀,姝儿妹妹她……不会有事吧?"

云浠看她一眼,如实说道:"我不知道。"

方芙兰点了点头。

她明白衙门里的案子事关机密,云浠不便与她多说,可思虑再三,心里终归还是放不下,又道:"出了丧期这大半年,姝儿妹妹一直与我交好,几回去药铺看诊,都劳她相陪。姝儿妹妹她……纵是心思玲珑了些,心肠真的是不坏的,断断做不出害人性命的事,姚府二小姐的死必然与她无关。阿汀你有没有法子帮帮她?"

云浠道:"这案子牵涉到朝中有品级的大臣,如今已归到了大理寺,别说我,就是张大人也无权干涉。"她又安慰方芙兰,"阿嫂,您别担心,清者自清,若姚素素的死当真与罗姝无关,朝廷自会还她清白。"

不多时,侯府到了,赵五付了车夫银子,提着灯将方芙兰与云浠引入府中。

第十三章

方芙兰似还有话未说完，到了正院，遣走了赵五和鸣翠，问云浠："阿汀，我听说，你被提了校尉。"

"嗯！"云浠一点头。

她一直想去军中，如今虽只被提了个七品翊麾校尉，也算得偿所愿了。

然而，令她最开心的还不是这个，她笑道："提了校尉倒是其次，圣上还说，要把忠勇旧部召回金陵，他们都是与父亲、哥哥共过生死的，其中有不少是我的叔伯长辈。还有阿久，我与您提过的，那会儿我跟着哥哥出征，就是她在保护我，这圣旨一下，我就能见到她了！"

方芙兰闻言，只是沉默，过了会儿，她问："那圣旨何时会到？"

"大约就这一两日吧。"云浠想了想道，"圣上命我去京郊平乱，要从大营里抽调两千兵将给我。圣旨大约已拟好了，就是调兵要花些时日，明日后日我都不上值，在家中等圣旨。"

方芙兰"嗯"了声。

云浠见她眉间一点喜色也无，不由问："阿嫂，您不高兴吗？"又说，"提了校尉，我每月的俸禄也能涨一大截，以后就能为您和白叔请最好的大夫，买最好的药，咱们侯府也有好日子过了。"

方芙兰看着她，片刻后轻轻叹了一声："我哪里是不高兴，我只是在为你担心罢了。"

"为我担心？"

"你年末就满十九了，寻常女子到了你这个年纪，哪有没嫁人的？如今看来，裴府的二少爷纵然门第、家世俱佳，到底不是良配，你与他的亲事退了便退了。我原想等退亲的风声过去，为你去说一门亲，可你这厢被提了校尉……"

女子一入军中，哪怕常驻金陵，不必南征北战，也为夫家所不喜，实难议亲。

云浠听了方芙兰的话，却道："我没想这么多，更没有想着要嫁给谁。"她顿了一下，又说，"阿嫂不必急着为我议亲，要是已有说上的，便都帮我退了吧。左右我觉得现在这样就很好，不想与不相干的人绑在一起。"

不相干的人？可是，什么人才是相干的，什么人才是不相干的？

风灯明明灭灭，方芙兰看着云浠的眼，轻声问："阿汀，你实话告诉我，你心中是不是有人了？"

云浠怔了一下，本想矢口否认，可再一想，她世间至亲失尽，心中的这些话不对阿嫂说，还能对谁说呢？于是她轻声应道："是。"

"是……琮亲王府的三公子？"方芙兰小心翼翼地问。

云浠垂着眼，过了会儿，轻轻地点点头。

方芙兰见她承认得这么干脆,一时间真不知道说什么好。

半晌,她问:"那他……也喜欢你吗?"

云浠紧抿着唇,摇了摇头。

"是不知道,还是不喜欢?"

"大概是不喜欢吧。"云浠低声道,她不知道该怎么解释,想了许久才说,"他的心思好像不在这里,也不在任何人身上,在……很远的地方。"

就像他这个人,哪怕再随和、再温柔,似乎总是与人保持了一段距离,淡漠且疏离,仿佛他的红尘不是这世间红尘。

方芙兰温言劝道:"阿汀,莫说侯府如今败落了,便是没有,三公子是将来的王世子,贵为亲王,也很难娶一个将门出身的女子。再说,他如今看起来是转了性,可江山易改,本性难移,你与他相交不过尔尔,又怎知他骨子里究竟是怎么样的?你在金陵当了这么些年的捕快,为他收拾过的烂摊子岂止一二,就不怕他又变回那个纨绔子弟吗?若是……"方芙兰叹一声,"若是他心中也有你倒也罢了。长嫂为母,阿嫂拼着不要颜面,也会托人去琮亲王府为你说一说亲,可你也说了,他心中……是什么人也没有的,这么一来,哪怕咱们女家先登门,这亲事也是不会成的,反倒要累及你落个攀附权贵的名声。阿汀,你听阿嫂一句劝,把你对三公子的心思收一收。你们缘分浅,不值得。"

月色如水,映着院中疏影横斜。

云浠只顾垂眸盯着院子里交错的影,语气十分低落:"阿嫂放心,我有分寸。"

这话模棱两可,既没应了方芙兰,也没回绝她。

可方芙兰却咂摸出了其中滋味。情之一字上,何为分寸?是规行矩步,不越雷池一步,只在寂无声处,安静且惊心地守着这个人吗?

方芙兰道:"阿汀你……是真的非常喜欢他?"

"我不知道。"云浠说,又低声解释,"我从来没喜欢过什么人,不知道现在这样算不算。"

方芙兰再叹一声:"阿汀,阿嫂是过来人,有的话纵然锥心刺骨,却都是为了你好。在心里装着一个得不到的人是很苦的,时间越久,越能明白其中滋味。阿嫂不希望你这样,趁着还早,赶紧放弃,好吗?"

云浠没答。

方芙兰言已至此,对云浠笑了笑,温声道:"去歇着吧。"

云浠点了点头,回到自己院中。

脏脏早已睡了,听到院门口有动静,撒腿迎上来,见是云浠,绕着她撒欢。

云浠却有些低落,蹲下来抚了抚它的头,回了屋,沉默地坐在塌边。

第十三章 青青子衿

其实她不明白方芙兰为何会说在心里装着一个得不到的人是一桩很苦的事。

云浠看着跟着自己进屋，在地上打滚的脏脏，想起那日在南安王府，程昶听说脏脏长得像阿黄，就把脏脏送给了她。

她想起更早以前，在衙门的柴房口，他买了一串糖葫芦给她。

想起当日在裴府，她受了伤，他悉心为她包扎伤口。

苦吗？一点也不。

也许正如方芙兰所说，他们门第不般配，琮亲王府不会要一个将门女子，而他既不喜欢她，有朝一日，他也许会娶旁人为妻。

云浠想，要是三公子娶了旁人，她肯定会难过的。

可是她不觉得这样就叫作苦。

自哥哥走了，三年下来，肩上重担压得人喘不过气来，连日子都暗无天日，能遇上这么一个人，就像是在云霾遍布的穹顶突然倾洒下了一道光。他的出现，好似茫茫雾野里点了灯，她逐灯而行，便也不冷不累了。

云浠一直觉得，能遇上程昶……落水后的程昶，是上天给她的难能可贵的恩泽。

因此能喜欢上他，也不该是苦的，而是她的福气。

这么一想，她就高兴起来，看着地上打滚的脏脏，便把它拎起来放在自己膝头，伸手从枕下摸出那把缠了绷带的匕首。

今日她卸了捕快的任职，缴了剑，暂时没有随身兵器了。

不过她升了校尉，今后除了兵部分发的长枪，还可以自行佩带兵器——就可以把这匕首带在身边了。

云浠翻来覆去地看了匕首几眼，重新将它塞回枕下，仰头倒在榻上，睡了个酣畅淋漓的觉。

晨间落起雨。

天色微亮，程昶一下从榻上坐起。

他捂着胸口，大口大口地喘着气，额上是细细密密的汗，连里衣也被汗液浸湿了。

他又做了那个梦。梦里，他仍躺在手术台的无影灯下，看着一旁的大夫为自己推针。

有护士闯进手术室里："张医生，两种起搏器都有库存，就是家属还没赶到，不知道用哪一个。"

张医生一点头，说："给他哥打个电话。"

电话接通，张医生出了手术室，摘下口罩，刚拿起手机，就见医院长廊尽头有一人穿着无菌衣奔过来。

程昶认出他，是老院长的儿子何觅，他们曾同住一个屋檐下，他喊他一声哥。

"总算到了。"张医生说，"双腔的起搏器不行了，他心动力不足，要换三腔的。"

"那就换。"

"三腔的有两种。国产的加手术费，总共十五万；美国进口的比较贵，加上手术费一共三十万左右。效果肯定是进口的好，如果术后恢复不错，回去上班做点轻松工作不是问题。"

"给他用进口的。"何觅说，"他不缺钱，父母留下的遗产足，自己赚的也多，就是得了这病……总之，以后无论要换什么仪器、用什么药，都给他用最好的。"

明明已推了麻药，明明知道自己在梦中。可开膛剖胸，起搏器植入心脏皮下的剧痛却如真实经历的一般，让人生不如死。直至手术结束，医生为他缝了针，关了胸，把他推入重症监护室，那种痛感仍在。

两个护士进病房来记录数据，一面看检测仪一面叹道："多好的人啊，真是可惜了！"

"可不是！"记数据的护士应道，"长这么帅，还单身，性格也好。听张医生说，无论学历还是工作履历都金光闪闪，要不是得了这病，我都想追他，唉……"言罢，往他的静脉里似注射了什么，之后离开了重症监护室。

也许是静脉里的药物终于起了作用，程昶再往四周看去，视野渐渐模糊起来，他陷入了更深的昏迷当中。

……

程昶喘了好一阵气，慢慢抬起头，轩窗、古榻、琉璃屏风，自己仍在琼亲王府，他仍是王府里的小王爷。

可是方才那个光怪陆离的梦实在太真实了，几乎是续着上回的做下去的，仿佛是他当下正经历着的一般。

他默坐了一会儿，缓缓敞开里衣，垂眼看去。胸膛光洁紧实，没有缝过针，没有狰狞遍布的伤口。

程昶坐在榻上，神思微缓，可心中却慢慢浮起了一种荒诞之感，因为他想起了一桩事。

他一共做了三次心脏手术，一次搭桥，两次装起搏器，分别是单腔起搏器和双腔起搏器。也就是说，三腔起搏器他没有装过，也并不知道三腔起搏器的具体价格。不知道用国产的加手术费要十五万左右，用进口的加上手术费则需三十万。

这是他的梦，其中所想所见都该是他已知的，他如今在大绥，无处求证起搏器的价格，可如果梦里报的价格是真的呢？

程昶一时间只觉得连呼吸都快停住了。

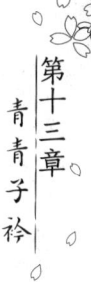

第十三章 青青子衿

雨小了，天色敞亮，盛烈的阳光射进窗户。

他缓缓抬起手，在烟尘里看着自己的指间，失神地想：如果，只是如果，梦里的那些都是真的呢？

这时，屋外传来叩门声。

程昶犹自愣神，没有应声。

片刻，房门被人轻轻一推，一个细细软软的声音问："小王爷，您已醒了吗？奴婢……奴婢伺候您更衣。"

程昶愣了一下，移目看过去，只见屋门前立着的竟是一个模样稚嫩的婢女。

王府里伺候的丫鬟多的是，但他这院子里是没有的。

从前的小王爷太混账，成日想着拈花惹草，琮亲王怕他像他头一位沾上花柳病的兄长一样福薄早逝，便从根源上杜绝了他的女色——一个侍婢也不给他。

程昶一头雾水地看着小婢女："你……谁？"

"回小王爷的话，奴婢是被王妃派来伺候您更衣梳洗的。"

说着，抬眸觑他一眼，脸倏地一红，连忙移开眼。

程昶又愣了下，低头一看，才发现自己的里衣是敞着的。他默不作声地将衣衫一掩，一面下榻一面问："孙海平呢，叫他进来。"

孙海平就候在屋外，一听程昶叫他，连忙进屋："小王爷，您找我？"

"嗯，我出了汗，想洗个澡，帮我打热水。"然后又对小婢女说，"你出去吧，这里没你的事了。"

这婢女听了这话竟是未动，片刻，垂着眸重复了一句："回小王爷的话，奴婢……奴婢是受了王妃殿下之命，从今以后要贴身伺候小王爷更衣梳洗的。"

程昶原本没怎么在意她这话，这会儿听她又说一遍，忽然有点明白过来是什么意思了。

他有点尴尬，重新看了这小婢女一眼。她身材娇小，五官虽好看，却尚未长开，脸上还有点婴儿肥。她十分拘谨地在他身前立着，耳根子红得要滴出血来，或许是因为困窘，她双手揪着衣衫，反复缠绕。

程昶问："你……多大了？"

"回小王爷的话，奴婢今年十五，上个月刚及笄。"

程昶："……"

分明还是个未成年的小姑娘。

程昶道："真没你的事了，出去吧。"

他语气淡然却不容反驳，小婢女听了，不好再坚持，细弱蚊蝇地应了声"是"，然后退出了屋外。

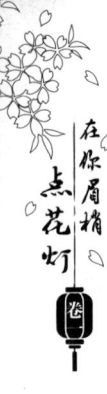

待小婢女走远了，程昶眉心一蹙："怎么回事？"

孙海平道："嘿，小王爷，您是不知道，昨儿半夜王妃娘娘发慈悲，挑了好几个可人的小丫鬟来咱们院里，叫她们轮着伺候您，这是由着您挑通房哩！"

程昶怔住，这么说还不止一个？

"都这么小年纪的？"

"对啊，不然小王爷您喜欢多大的？"孙海平想了想道，"哦，小的想起来了，倒是有个十七的，要不叫她过来伺候？"

程昶："……不用了。"

他问："她们眼下住哪里？"

"就在隔壁的偏院里。"

程昶道："让她们安心在那里住着，都是群小姑娘，衣食和工钱不要亏待了她们，就一条，别来我屋里就是了。"

孙海平一面应了，一面在心中犯嘀咕：这是咋了？他家小王爷落水后，连女色都戒了？但他不敢多问，依着程昶的吩咐抬了浴桶进屋。

刚沐浴完，一早出门去打探消息的张大虎就回来了。

"小王爷不是让小的盯着殿前司那边吗？昨儿夜里，关在殿前司的那些山贼就招了。"

"怎么说？"程昶问。

"他们说在京郊占着的山头叫虎头山，一共七个大哥，几百来号弟兄，营生很多，正经的有，不正经的也有。

"大概两个月前吧，京郊不是来了群流寇吗？这群山贼和流寇不对付，干过好几回架，后来流寇的头儿，诨名叫锥子眼，上山来拜山头。这个锥子眼有点本事，先是送了一箱金子，然后煽风点火，说这些山贼窝在山里，日子过得还没有富贵人家养的狗好，不如去干一票大的，攒足了本，把邻近的几个寨子灭了，银子、女人什么的就都有了。

"这山贼的老大有点见钱眼开，另几个头头也多少有点野心，就被他说动了。"

孙海平问："他们所谓的'干一票大的'，就是在秋节当晚闹事？"

"对。"张大虎道，"但他们闹事最多就是打家劫舍，断不敢伤人性命，因此当时他们当中为什么会混入杀手，这些山贼也不知道。但他们说，那几个功夫好的杀手，正是两个月前跟着锥子眼来拜山头的流寇。"

昨夜金陵城虽乱，除了姚素素，的确没有伤亡，而唯一一处起了兵戈的地方，就是刀疤人、云浠以及来取刀疤人性命的杀手。

要程昶性命的人是"贵人"，要杀刀疤人灭口的也是"贵人"，那么这些杀手

必然是"贵人"的人。

眼下已知这些杀手是两月前跟着锥子眼混入山贼中的流寇,也就是说,这些流寇是受了"贵人"指使,才上虎头上拜山头的?这么大阵仗,"贵人"究竟想做什么?

程昶想到这里,眉头紧锁,无论"贵人"想做什么,而今锥子眼与杀手暴露,势必已逃得无影无踪了。而"贵人"不惜废掉这几枚悉心安插的棋子来灭刀疤人,已足以证明他谋害程昶的决心。

念及此,程昶当即起身:"走,去忠勇侯府。"

当务之急,还是要找到刀疤人,从他口中问出"贵人"的线索。

刚出了院门,他想起早上小婢女的事,不由得停住脚步,问跟在身后的张大虎和孙海平:"我这么去找云浠,是不是有点不合适?"

琮亲王妃因为他和云浠走得近,已斥责了他两回,今早莫名往他房里塞通房丫鬟,八成也是因为昨夜撞见他与云浠一处,误会他对云浠有意,想借着小丫鬟断了他的心思。

孙海平道:"有什么不合适的?小王爷您是什么身份,屈尊去见那破落户,是给他们长脸,怎么着,他们还敢——"话未说完,却见程昶面色不快,又立即改口道,"是,是有点不合适。"

张大虎倒是耿直,实话实说:"小王爷平日里去找那个侯府小姐倒没什么,可是眼下她刚退了亲,您私下与她见见就罢了,这么登门去找她,您是没什么,对她的名声不太好。"

孙海平想了想道:"小王爷您可以先把她约到附近的一个寺庙,然后假装自己也要去上香,是临时撞见的。"

程昶:"……"

怎么弄得跟搞地下情似的。

程昶:"行吧,约哪家香院?"

"金陵城香火最好的就是京郊的白云寺了,可是有点远,来去要大半日,城中的寺院、道观不少,离咱们王府最近的是……"

程昶道:"不要离王府近的,找一家清静的,离侯府近的,她今日在府中等圣旨,来去方便些。"

"离侯府最近的,那就是文殊菩萨庙了。"

程昶点头:"好,那你去侯府与她说一声。"

孙海平应了,刚要走,忽听程昶又道:"回来。"他想了想,"算了,你不要去侯府,你去京兆府找田泗,托他跑一趟侯府。"

"为什么啊?"孙海平问,"田泗去侯府与我亲自去侯府有什么差别吗?"

程昶道:"省得让人说她闲话。"

这日云浠难得清闲,正在院子里逗脏脏,忽见赵五引田泗过来道:"大小姐,田衙差过来找您了。"

随即便听田泗道:"云捕快,琮……琮亲王府家的……三公子,请您去附……附近的文殊菩萨……庙。"

云浠知道程昶有事寻她商量,原以为他会亲自来,听田泗这么说,不由得问:"怎么是你过来?"

"当差的……路上……撞见王府的小厮,他说,三公子怕……怕自己过来,对您的名声……不好。"

云浠愣了愣,片刻嘴角微扬,露出个儿不可见的笑:"我知道了。"

田泗却道:"可是他……怎……怎么约在文殊菩萨……庙里?"

云浠问:"有什么不对吗?"

田泗结巴,言简意赅道:"秋试。"

立秋已过,眼见着秋试就快到了,金陵城中的考生,抑或家中有考生的贵妇小姐们都赶在这个当口去文殊菩萨庙上香。

科举三年一试,文殊菩萨庙的香火亦是萧条三年后鼎盛一时。

田泗之所以会想到这一点,是因为他的弟弟田泽正待今年秋试考举人。

云浠倒是十分理解程昶:"三公子不必考功名,大概以为文殊菩萨庙清静,没想到这一点吧。"她说完便要往庙里去。

走了没两步,忽听方芙兰在身后唤:"阿汀。"

她看了田泗一眼,问云浠:"你这是要去哪里?不是要在家中等圣旨吗?"

云浠想起方芙兰昨夜的叮咛,没多做解释:"我去附近的文殊菩萨庙一趟,很快回来。"

方芙兰看着她,过了会儿温声道:"要是圣旨来了怎么办?"

云浠道:"圣旨来前,宫中会提前一个时辰派人到府上通禀,到时候让赵五来庙里与我说一声,我脚程快,赶得及回来。"

言罢,她看一眼天色,生怕程昶等久了:"阿嫂,那我先走了。"

忠勇侯府离文殊菩萨庙很近,云浠到的时候,程昶还在路上。

今日的香火果然鼎盛,饶是正午已过,庙里仍有许多往来香客。

云浠念及圣旨一到,自己就要领兵去京郊平乱,趁着闲暇,也去佛堂里求了个福。

时已立秋,日子仍在伏天里,午过有些热,求完福,云浠去香门外的一株老树下乘凉,刚坐了一会儿,只听身后有人唤:"云校尉。"

166

第十三章 青青子衿

云浠回头一看，竟是程烨。

程烨今日未着官衣，一身平素纹青衣罗衫，十分英挺，走得近了，他问云浠："云校尉今日怎么到这里来了？"

云浠道："我过来求个平安符。"

"来文殊菩萨庙里求平安符？"程烨觉得有点奇怪。

云浠点头："我这两日就要离京，远的寺庙去不了，这边近，便来了这里。"

程烨笑道："原来是这样。那正好，过阵子宗室们要上白云寺祭天祈丰收，那里的香火很旺，到时我帮你求一个符，等你平乱归来拿给你。"

大绥有一个皇家寺庙，叫明隐寺，按说宗室们祭天祈福该去明隐寺，但大约十二年前，明隐寺里出了乱子，具体情况不得而知，听说是闹出了人命。皇家寺庙里见了血，渐渐便废弃不用了，于是这些年宗亲们祈福都去了白云寺。

云浠见程烨要帮自己求福，本想回绝，可听他语气坦然，想着到底是一片好意，回绝的话到了嘴边又咽了回去，转而问："小郡王今日为何到文殊菩萨庙来了？"

"我有一个至交，今年秋试要考举人，我今日休沐，正好陪他来上炷香。"

话音没落，只听一人唤道："景焕兄。"

第十四章 悠悠我心

景焕是程烨的字，云浠循声看去，只见香门的石阶上下来一人。

来人一身素衣襕衫，个子很高，也很清瘦，年纪二十上下，竟是田泗的那个弟弟田泽。

云浠原以为程烨所谓的至交是哪户世家公子，没承想竟是个熟人。

田泽看到云浠，也是一愣："云校尉今日也来庙里上香？"

云浠"嗯"了了声："我听田泗说你近日起早贪黑，用功得很，想必一定能够高中。"

田泽微一点头，笑道："那就借云校尉吉言了。"

田泽与田泗虽是兄弟，听说不是一个娘所生，两人并不大像，但都长得好看。田泗白肤秀目，十分秀气；田泽则不然，他眉眼文雅疏淡，清清落落，端的是白衣卿相模样。

程烨见二人认识，很是意外，三言两语问明缘由，笑着说："那我三人今日能聚在此，想必是受菩萨指引，有缘得很了。"说着又问云浠，"云校尉接下来可是要回府等圣旨，不如由在下送上一程？"

云浠其实是来庙里等程昶的，听程烨这么说，一时不知当怎么答。

她朝庙门口望去，未时将至，文殊菩萨庙香火不减，须臾又见几辆窄身宝顶的马车在庙门口停驻，马车上下来几位贵妇人。

其中两人云浠认识：一个是她的表姨母、罗姝的母亲俞氏，一个是林若楠的母亲张氏。

这几位妇人府上都有公子科考，赶着今日来文殊菩萨庙上香。

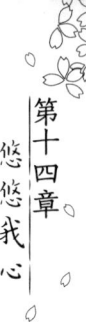

第十四章 悠悠我心

不经意间,张氏抬头瞧见了云浠,稍稍一愣,回身对俞氏低语了几句。

因罗姝入狱,俞氏近日十分忧闷,思来想去竟恨上了将罗姝从家中带走的云浠,眼下与正主撞上,眸中的忧闷一下化作恼色,压了压,没能压住,甩开丫鬟的手,怒气冲冲地朝云浠走来,抬手便朝云浠脸上扇去,一面破口大骂:"你这黑了心肝肺的丫头!"

手到半空,被云浠截住:"表姨母这是何意?"

"那日你到府上来寻姝儿,我还道你是好心过来看她,没承想你竟设了个圈套冤她入狱!姝儿这么善良,她能害人吗?你们侯府败落成那个样子,她也不嫌弃,隔三岔五就陪着你那个病秧子嫂嫂去看大夫,你倒好,竟这么害她,真是恩将仇报!"

俞氏自来是个蠢的,罗姝入狱后,具体原因她其实不太明白,只知当日陪罗姝撞破幽会的是云浠,托小郡王去找姚素素的还是云浠,理所当然地觉得事情不会这么巧,罗姝之所以会入狱,定是拜云浠所赐!

她本来当日就要去侯府找云浠算账,还好被罗复尤拦着,却是千防万防没防住,今早罗复尤被御史台请去问话了。

程烨道:"罗夫人误会了,云校尉当日去府上带走罗四小姐,乃是受京兆府尹所托,当时在下也在衙门,可以做证。"

俞氏怒意难消,程烨这一席话不起丝毫作用。

她横扫程烨一眼:"小郡王可以做证?做什么证?说得好像你十分了解这丫头似的,怕不是被她这张脸所蒙骗,鬼迷了心窍!"

她一时想起今早张氏和自己说的闲话,冷笑一声:"我说呢,前阵子琮亲王妃想聘林氏女为三公子的正妃,已快纳采了,这亲事莫名黄了,一打听,才知道是有旁人从中作梗,硬是惹得琮亲王府与林府间断了来往。我还奇怪是谁有这通天本事,原来正是忠勇侯府家的大小姐。"

云浠原想着俞氏在气头上,说话不过脑子,任她骂两句便也罢,谁知她愈说愈离谱,不由道:"琮亲王府的事与我有何干系?你在这儿胡言乱语,就不怕他日这些话传到圣上的耳朵里,落个诽谤宗亲的罪名吗?"

俞氏被她一顶"罪名"的帽子扣上来,气焰稍减:"我说得不对吗?不然你为何要害姝儿,不正是因为你没嫁裴府的二少爷,嫉妒姝儿与他有婚约吗?"她又看一眼一旁的程烨,自以为抓到证据,"怎么,云大小姐退亲后,攀不上三公子,攀上小郡王了?还相约到文殊菩萨庙来幽会?倒是与姚府小姐此前干出的腌臜事如出一辙。"

程烨从未遇过这等胡搅蛮缠的妇人,语气冷硬下来:"罗夫人休要信口雌黄,我与云校尉之间清清白白,我今日到此是为了陪秋试的至交上香,云校尉则是为求

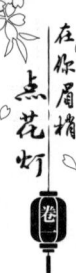

平安符而来，实属偶然遇上。"

俞氏嗤笑："到文殊菩萨庙里来求平安符，谁信？"

他们这厢起了争执，几个有眼力见的家仆早把往来行人拦在了数丈开外，俞氏的那些龌龊话并未叫太多人听去。

可是不巧，程昶也到了。

那些家仆们不敢拦三公子，俞氏后头那些污言秽语全叫他一字不漏地听了去。

程昶原不是个爱动怒的，无奈俞氏说得实在太难听，他当即皱了眉，走过去就要截她的话。

身旁的孙海平将他一拦："小王爷，您不能去！"

"为何？"

孙海平往俞氏与云浠的方向看一眼，说道："那老婆娘眼下就是一条疯狗，逮谁咬谁，您没瞧见吗，今日这事同南安小郡王有什么关系？可那婆娘逮着他了，照样把脏水往他身上泼。他和侯府小姐之间是干净的，改日说得清楚，可是您……"他压低声音继续道，"今日侯府小姐之所以来这儿，本来就是您私下约的，纵然是为正事，说出去谁信？那疯婆娘已然疑了您与侯府小姐的关系，旁边还有那个张氏碎嘴，您这会儿过去，岂不更坐实了她们的疑心？

"自然您是小王爷，让她们闭嘴，她们哪有敢不闭的？可之后呢，您又能拿她们怎么样？您现在过去无论做什么、说什么，在她们眼里，都是为那侯府小姐出头，她们这会儿敢怒不敢言，等过几日外间必然传得沸沸扬扬。流言对您是没什么，对那侯府小姐，名声怕是要就此毁了，将来谁还敢娶？她还怎么嫁人？"

孙海平纵然嘴贱，遇着事了，脑子却是程昶一众小厮里最好使的一个，这也是程昶愿意常将他带在身边的原因。

听完孙海平一席话，程昶冷静下来，是了，他不能过去。

可是，今日是他把云浠约到文殊菩萨庙的，说到底，云浠会被诋毁，他有一半责任。

程昶眉心紧锁，唇角敛起，默然不言。

孙海平见程昶沉默不语，不由出主意："小王爷，您要是实在气不过，赶明儿小的叫上几个人，给那贼婆娘套上麻袋恶打一通！"

程昶没吭声。

这时，张大虎道："小王爷您看，那边站着的是不是云校尉的嫂嫂？"

程昶闻言，顺着张大虎所指的方向望去，果见方芙兰带着丫鬟立在不远处，静静地看着俞氏与云浠几人。

她似刚到，也注意到了程昶，似觉察到他的目光，回望过来。

程昶冲方芙兰一点头,她却无甚反应,若仔细分辨,眸中竟还有些许愠色。

片刻,她收回目光,朝云浠走去。

俞氏越骂越难听,到末了,竟提及云浠、罗姝与裴阑儿时在塞北的事,说云浠自小便不是省油的灯。

与俞氏同来的几个贵妇人见她说得离谱,却也不拦,反倒看戏似的立在一旁窃窃私语。

"罗娘子在菩萨庙里这般狂言乱语,就不怕冲撞了菩萨,犯下口业吗?"

俞氏正说得起劲,忽听身后传来一个柔柔冷冷的声音。

方芙兰的步子不疾不徐,到了云浠身前,盯着俞氏道:"今日阿汀是随我来的文殊菩萨庙,并不是与谁人相约在此。"

"我还道是谁,原来竟是方家的小姐。"俞氏定眼一看是方芙兰,笑了。

方芙兰是云洛的结发妻,照理该称一声将军娘子,喊她小姐,其实是暗地里骂她克夫——毕竟当年方芙兰以小姐之身住入侯府,嫁与云洛不过年余,云洛便战死塞北。

方芙兰并不理会她语中讥诮,淡淡地问:"罗娘子说话不过心就罢了,连脑子也不过一过吗?"她睁眼一望,有条不紊地道,"立秋方过,秋试将至,这几日的文殊菩萨庙香火鼎盛,纵是私下幽会,谁人会约在这个地方?此其一。

"其二,阿汀她非但是忠勇侯府的大小姐,还是新晋升的翊麾校尉,与南安小郡王一样乃当朝武将,乃属同僚,在此间撞上了,打一声招呼实属应当。照罗娘子的说法,招呼一声便是有私,那满朝文武尽皆被你污蔑了去,都要碍于你这话再不敢结交来往?

"其三,至于在文殊菩萨庙求平安符,怎么就不行了?阿汀她领皇命即将去京郊平乱,临行前远的地方去不了,便到邻近的庙宇来求福,既是为了不耽误接旨的时机,也是为了祈求此行顺遂。

"她一片好心,皆是为了给圣上办好差事,却遭罗娘子如此诋毁,这话若不传出去还好,倘若传出去了,传到御前了,岂知不是你们罗府让圣上寒心?

"罗府近日光景本就不好,频频出事,若我是罗娘子,必是要规行矩步,不给府上招惹祸端的好。

"守住自己的嘴,就能守住一大半祸事,若守不住,只怕好的也要变成坏的了。"

方芙兰看了看跟在俞氏身旁的几位贵妇:"何况这青天白日的,到处都是眼,到处都是耳朵,谁人安的什么心,被这明晃晃的艳阳一照,还不是透亮的?常言道你是什么样的人,眼前看到的就是什么样的事,是以腌臜人与腌臜事打交道,清白的人则清者自清。"

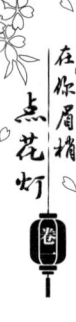

方芙兰这一番话，非但告诫了俞氏她今日这般作为闹到圣上跟前，绝没有好果子吃，也提醒了几位贵妇不要多嘴，云浠好歹是当朝校尉，这么多人在，以讹传讹绝不会有好下场。

当年方父进士出身，学富五车，一路高升至礼部侍郎，一张嘴巧舌如簧，能战群儒而不败，而今他虽早已获罪问斩，余下的这个独女隐有乃父之风。

方芙兰纵然柔弱，却是柔中带刚，方府败落之前，冠绝金陵的除了样貌，还有才名。

"我身子不好，阿汀之所以先我一步到菩萨庙，就是帮着我请香求福的，没想到我不过来晚一步，竟惹出这样一场误会。眼下误会说开了，就当作什么都没发生罢。"方芙兰软硬皆施，到末了淡淡一笑。

几位贵妇人方才已被方芙兰一番铿锵之言镇住，此刻见她先给了台阶，哪有不顺着往下走的道理？连忙拽上俞氏，赔笑道："将军娘子哪里的话！原就没什么误会可言，方才罗娘子其实是与云大小姐说笑呢。"

言罢，再没什么心情进佛堂里上香，道一句天色已晚，匆匆走了。

天色其实尚未很晚，但菩萨庙里的人确实比午过时少了大半。

程烨见俞氏、张氏几人离开，舒了一口气，对方芙兰道："亏得将军夫人来得及时，我嘴笨，越解释越不成章法，反倒叫她们钻空子诋毁云校尉。"

"小郡王哪里的话！"方芙兰温声道，"阿汀常年在外奔波，不擅与妇人打交道，今日若非您在此护住阿汀，只怕要让她们欺负了去。"

程烨一笑，目光落到云浠身上，却见她正望向寺院侧门的方向。

程烨顺着她的目光看去，随即一愣。

侧门那里站着的竟是程昶。

程烨心中不是滋味起来，脑中竟不由自主地浮起俞氏方才的话——"来文殊菩萨庙求平安符，谁信"。

是了，上回三公子捡到雪团儿时，就是与云浠一起的。

还有上上回，在南安王府里，云浠要护脏脏，也是三公子赶来为她解围，末了还把自己看上的脏脏送给了她。

三公子将来是亲王殿下，不必考功名，而文殊菩萨庙也不是求平安符的好地方。若云浠不是来求平安符的，难不成是……

想到这里，程烨猛地一握拳，强打住心中那龌龊念头，云浠清清白白一个姑娘，怎么能这么想她？

程昶默默地走过来，没按礼数，先行与方芙兰和程烨见了礼。

方芙兰似不记得两人适才见过，问道："三公子今日也来文殊菩萨庙上香？"

程昶"嗯"了声。

方芙兰点点头，对程烨道："今日罗府的夫人胡搅蛮缠，亏得有小郡王帮阿汀解围。妾身过来菩萨庙时，瞧见南安王府的马车都已备好了，想来是赶着回府。阿汀还要陪妾身去佛堂，今日便在此别过，改日妾身再让阿汀上南安王府拜谢。"

程烨听她这么说，就是不必相送的意思，只好回了句："将军夫人客气。"与田泽一起，向方芙兰几人道了别。

时已近晚，天边的艳阳收了毒芒，庙里的香客也散了大半，倏忽有风拂过，送来几许凉意。

程烨一走，方芙兰脸上的笑意就淡了。

她对云浠道："阿汀，你去寺院后面莲池亭等我，我有话对三公子说。"

"阿嫂？"云浠愣了愣。

她心中忐忑，方芙兰是知道她对程昶的心意的，可说到底，她对他是一厢情愿，是不敢让他晓得的。

方芙兰似瞧出了云浠的顾虑，补了句："你放心，我有分寸。"

长嫂为母，云浠不好拂她的意，只好应了，反身往莲池亭而去。

方芙兰看着云浠的身影遁入远处的拱门，沉默片刻，问程昶："今日阿汀之所以会来文殊菩萨庙，是受三公子相邀吧？"

程昶微微颔首，然后合袖、俯身，纡尊向方芙兰施了一个赔罪的礼。

"我的原意是把她约到一个清静的地方，但我不用考功名，忘了今年有秋试，结果害她被人诋毁，本来……想帮她拦一拦那个罗娘子，又担心火上浇油。"

"自然会火上浇油。"方芙兰道，"三公子是何等身份？若您方才为阿汀出了头，只会引来旁人无端的揣测。您是没什么，阿汀日后却是怎么都洗不清了。

"阿汀是个清白姑娘，心思纯善，待人热忱，行事也很规矩，断不会做出什么出格的事。今日她应约来此，妾身信她是有正经事与三公子相商，妾身也信三公子将她约在文殊菩萨庙，本意也是为她的名声着想，否则您不会辗转让田泗来侯府寻她。"

只是方芙兰在心中叹一声，即便这样，她也能看出云浠是来文殊菩萨庙见程昶的。

云浠从来隐忍，然而田泗来找她时，她那副高兴的样子真是藏也藏不住。若非如此，方芙兰也不会跟来。

"妾身不知以三公子这样尊贵的身份，究竟有什么事需要阿汀帮忙。但今日您也看到了，你二人走得近，一回两回是没什么，若次数多了，终会落人口实。阿汀是女子，日后是要嫁人的，若与琼亲王府扯上说不清道不明的关系，谁还敢娶？"

方芙兰说着一顿,看向程昶,"恕妾身无礼,过问一句,倘有朝一日,阿汀她为名声所累,三公子您愿娶她吗?愿善待她这一生吗?"

"您……喜欢她吗?"

程昶被方芙兰问得怔住。这些问题,他从未想过。

他不是这个时代的人,行走在这个世间,犹如隔岸观花,日月再美,也不是他心中的暮暮与朝朝。

"我……"程昶张了张口。

他想说如果云浠真的被他所累,他是愿意负责的。

可是他又想到,这是搭进两个人一生的事,没有真心的、勉强为之的负责,便不叫负责。

而他身如浮萍漂荡,尚且无根,怎么定下这一颗心?

何况……

他又想起了那个匪夷所思的他躺在手术台上的梦,真实得令人不安。

"三公子不必回答。"方芙兰道,"即便您勉强愿意,想必琼亲王殿下也不会为您聘一个将门出身的女子为妃的。"她说着一叹,"妾身不知道三公子清不清楚忠勇侯府的处境,阿汀这些年过得十分不易。妾身虽是她的嫂子,但经年相依为命,早已把她看作是自己的妹妹。阿汀是妾身在这个世上最亲的人,妾身纵然力薄,也希望她后半辈子能够平顺,不要遇到太多坎坷波折,不知妾身之心,三公子可能体会一二?"

程昶本来就是一点即透的人,方芙兰的话说到这个份上,他哪有听不明白的?

想想也是,云浠跟他来往,对她来说何曾有半点好处?

可叹他穿越来这么久,谁都不怎么相信,莫名就信了她一人。

不知是因为她两回为他拼命,救他于危难,还是因为她无心的一句"落水后的三公子,不像是这里的人",勾起了他的乡愁,让他在这个陌生人身上觉出一丝亲切。

云浠说,他的案子就是她的案子,她要尽责,要查到底。但仔细想想,这桩案子牵连复杂,哪里是一个小小捕快能够查明的?

她就该这么由着自己毫无缘由地把案子压下,既不报官,又不向琼亲王禀明,无头苍蝇似的为他奔波吗?

她善良、真挚、热忱,尽忠职守。而纯与善是这世上最弥足珍贵的东西,不该被消费。

程昶对方芙兰点点头:"我明白了。"

方芙兰笑了笑:"今日实在是妾身莽撞,三公子凡事自有分寸,想必不用妾身多言。"她看了眼天色,"天快暗了,三公子还有要事寻阿汀,她正在寺院后面的

第十四章 悠悠我心

莲池亭，三公子快些去吧，妾身也该去佛堂上香了。"

程昶一点头，谢过方芙兰，朝莲池亭去了。

暮色四合，晚霞覆上云端，莲池亭里最后几个纳凉的香客也走了。

佛堂里响起钟声，云浠倚着亭柱等了小半日光景，才见程昶从前院过来了。

天色已晚，云浠看程昶走近，也不耽搁，径自便问："三公子今日寻卑职过来，可是从殿前司那里得了什么消息？"

程昶看她一眼，本不欲再提这事，转念一想，眼下她就要去京郊平寇乱，提点提点她此事也好。

"嗯，关在殿前司的那些山贼招了，说那些流寇是故意混入他们中间挑拨闹事的，头目叫锥子眼，我怀疑这些流寇与追杀我的真凶有关。"

云浠道："三公子的怀疑不假。秋节当晚刀疤人与我说，背后要害三公子的真凶权势很大，他们管他叫'贵人'，但谁也没见过他，我还待再问，那些流寇就来了，招招式式都要取刀疤人性命，定是贵人派来杀他的。可惜他最后被贵人的杀手逼走了，我们暂时断了线索。"云浠看向程昶，"不过忠勇侯府的内应，我有眉目了。"

"果真？"程昶一愣。

"嗯。"云浠点头，"这两月下来，我在府中仔细排查过，嫌疑最大的不是侯府中人，而是罗姝。"

"罗复尤府上的四小姐？"

"是。忠勇侯府败落后，罗府与侯府一直不怎么来往，罗姝从前与我阿嫂更是连相熟都谈不上。可是，今年开春后，她忽然与我阿嫂走得很近，还常常主动陪她去药铺看病。消息走漏的两回，她都赶巧来了我府上，时机也对得上，后来我去药铺打听过，药铺的掌柜说，罗姝送阿嫂去药铺后，因受不了药味，每回都出去过，若她是去与'贵人'报信，时间是刚好来得及的。

"只是我没有实证，不能说这事实实在在就是她做的，府中其他几人的嫌疑也没有全然洗清。可我既然疑了她，就该往下查的，谁知突然闹出了个姚素素的案子，反倒把我弄糊涂了。"

罗姝为人虽然有点虚情假意，但正如方芙兰所说，她就是心思玲珑了些，并不算坏。

云浠一直不明白罗姝这副样子究竟是不是只是她的表象，直到姚素素的案子一出，罗姝在公堂上承认了她嫉妒姚素素，喜欢裴阑，云浠竟莫名觉得她是可信的。

"现在想想，我该在对罗姝起疑的当口就去找她问明事由的，而今她被囚入了大理寺，我想问也来不及了。"

程昶听云浠这么说，不由得看了她一眼。她双眸低垂，双唇抿得很紧，一副自

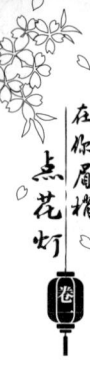

责的样子。

其实他可以理解她为何将罗姝的事暂且压下，没有及时与他相商。消息是在忠勇侯府走漏的，"贵人"的帮凶若是罗姝还好说，若不是罗姝，若是任何一个忠勇侯府的人，都会令云浠难以接受。

他又想起方芙兰方才说的话："妾身不知以三公子这样尊贵的身份，究竟有什么事需要阿汀帮忙"。

是啊，这事与云浠究竟有什么关系呢？

她为什么要帮他？凭什么要帮他？甚至为了帮他，让自己处于两难境地，数度身陷险境。

云浠问："刚才我听小郡王说，罗姝的父亲罗大人被御史台请去问话了，三公子可知道这事？"

程昶"嗯"了声："姚素素的案子眼下改成三堂会审了。"

昭元帝虽命大理寺审理姚素素的案子，案子本身牵涉诸多朝臣，不论别的，单说裴阕一个三品大将军，大理寺就有些吃不消。

而大理寺已是当朝最高的刑审机构之一，它都吃不消的案子，只有动用三堂会审了，即大理寺、刑部、御史台共同审案。

程昶就是御史台的巡城御史。

程昶经云浠这么一问，忽然反应过来，这么说他可以去见罗姝一面？

云浠道："三公子，您是御史，我不能问罗姝的事，您可以试着去大理寺的牢里问问她。"

其实巡城御史的品级低，这样的大案，必须是侍御史以上的官员才可直入大理寺刑牢。

好在御史查案可无视品级，程昶贵为琮亲王府的小王爷，到御前通禀一声，并不受这些规矩所限。

云浠惋惜道："可惜我这两日就要去京郊平乱，不能与三公子同去大理寺，否则您去刑牢时带上我，我与罗姝相熟，有什么端倪，也可助三公子分辨一二。"

程昶听了这话，又看了云浠一眼。暮色微凉，她一双明眸忽闪忽闪的，长睫覆在眼上，密如鸦羽。

他觉得她挺好看的。

二十一世纪物质丰富，科技手段发达，人们对美的追求也达到了一种空前绝后的地步。

而追过程昶的女孩儿犹如过江之鲫，前仆后继，其中不乏貌美如花的，可都市里人情淡漠，往来皆匆匆，程昶后来见多了好颜色，觉得自己对美貌已经免疫了。

第十四章

这有多久了，他头一回觉得一个姑娘长得好看。

不知是千百年前的晚霞太纯粹，映照在她的颊边忽生潋滟；又或是她这副尽心竭力为他着想的认真样太令人动容。

程昶不由道："其实你不用……"他顿了顿，"不用再这么费心查这案子了。"

云浠一愣："为何？"

"这案子本来就和你没关系，再说你现在被封了校尉，不在京兆府供职了，查案不是你的职责，不必这么拼命。"

暮风渐起，拂过莲池中的芙蕖，送来隐隐清香。

云浠听了程昶的话，愣了半晌，片刻，她垂下眸，闷声道："这案子本来就是我的案子，纵是我做了校尉，也不能就这么半途而废。"

她其实也弄不明白，若案子里的三公子换作旁人，她还会不会如今日这般尽心。毕竟程昶对云浠而言，实在太不一样了。

程昶说："是你的，但不该是你一个人的，我早该报官，之所以压下来，是因为……"

他稍稍一顿。

他从未与任何人说过自己不报官，以一己之力压下这案子的真正缘由——说自己冥冥之中是受"死去程昶"的指引，谁会信？

但他不愿瞒着云浠，模棱两可地道："我压下来，是因为一种直觉。"

云浠点点头，她其实听明白了一半。要害三公子的"贵人"权势滔天，整个金陵城，这样的人就那么几个，哪怕报了官，捅到圣上面前，只怕也不好收场。

万一……就是昭元帝本人呢？

所以，只能一点一点地查。

程昶道："以后寻到适当的时机，我会把这些事告诉官府。你接到圣旨后，安心去京郊平乱，你不是想从军吗，眼下就是好时机。这案子交给我，你不必再挂在心上了。"

云浠别过脸去看夕阳下的芙蕖，过了会儿道："不好。我不想半途而废。"她今日意外地固执，"我……左右已经摊上这事了，那些杀手认得我，背后的'贵人'一定也知道我，现在想要抽身已经晚了。"

言罢，像是生怕程昶拒绝，云浠急忙止住了这个话题，从荷包里摸出一个平安符，递给程昶："三公子，给您。"

程昶愣了下。

云浠道："我要去京郊平乱了，短则十日，长则月余，我这些日子不在金陵，三公子您一定要多当心。"

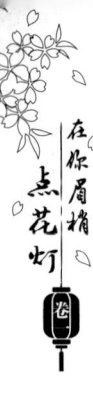

今日无论谁问她,她都说自己来文殊菩萨庙是求平安符的。

他还当这只是她的借口,没想到她真的求了一枚。

还是……给他的。

程昶心中生出一种异样之感,这样的示好,他前生不是没遇到过。

他不由得看向云浠,心中复杂难言,正不知说什么好,只听云浠坦坦然又道:"从前父亲与哥哥出征,我们一家子都会去庙里求平安符保平安。今日我在菩萨庙里闲来无事,给阿嫂求了一枚,便也给三公子您求了一枚。"

这番话在方才等他时,她已在心中演练了多次,眼下说出口,总算没露什么破绽。

程昶看她这副坦荡荡的模样,觉得是自己多想。他道了声谢,从云浠手里接过平安符收入怀中。

两人一时话毕,同往前院而去。

寺院里敲响暮鼓声,香客们上完最后一炷香,纷纷散去。

方芙兰尚等在佛堂外,瞧见云浠与程昶,没说什么,与他二人一同出了香门。

琮亲王府的马车已备好了,云浠目送程昶登上马车,想到此去京郊,少说也有数日,也不知那"贵人"会否在此期间有动作,忍不住道:"三公子一定多加保重。"

程昶回头看她一眼,点了点头:"你也是。"

天黑得很快,马车走在路上,没多久四下就彻底暗了,尘嚣似乎只在日暮的一刹归于寂静,街巷里点起灯,金陵城又热闹起来。

程昶在马车里默坐了一会儿,从怀里取出云浠送给他的那道平安符。

从某种程度上来说,程昶与云浠其实挺像的,凡事讲究一报还一报,旁人待他好一分,他必要还回去三分。

但他这种讲究,与云浠有本质上的不同。

云浠是重情重义,而程昶只是重礼。

人生在世,人情往来是一笔账,他算得明白,宁肯吃亏,也不愿亏欠了谁,这样到了曲终人散,既自在,又了无牵挂。

程昶看着手里的平安符,想起一事来。

他上辈子交往的最后一个女朋友,对他其实挺不错的,有阵子她想去日本,他因为身体不好,不能陪她同去。后来她从日本回来,给他带了一枚御守,听说是在京都最灵验的寺庙求的,能够保佑他一辈子平安。

程昶生来多病多灾,一向不大信这些,但念在是女朋友的心意,把她上个月看上的 Miu Miu 包买给了她,算是回礼。

然而后来……就没有后来了。

与他所有无疾而终的恋情一样,他生病,她起初体贴照顾,尔后渐渐疏远,最

第十四章

后提出分手。

而且提出分手的那天,她忘了打电话把护工叫来。离开病房时,程昶正睡着,没人看点滴,一时不察空气输进了血管里,把程昶生生疼醒。

朋友和同事们得知了这事,都义愤填膺地说那姑娘拜金、忘恩负义,还说程昶人傻钱多。

但他不这么认为。他那时已经把感情看得很淡了,几乎是食之无味,对这位前女友,他实在谈不上有多喜欢,反正分手了也丝毫不难过。

因此他觉得当初那样相处挺好的。他花钱,买来她真假参半的几分心意,毕竟她还在他病榻前守了半月,日日煲汤熬粥呢。谁也没这个义务不是?等价交换,他其实不亏。

程昶摩挲着云浠给他的平安符,顺理成章地想:这回还个什么回去好?

可他想了半晌,竟什么都没想出来。

大概因为云浠的这份心意,就是一份很单纯的心意。

程昶觉得,倒是比千百年后的那枚御守要珍贵许多。

外间传来奔马之声,似乎有官兵在巡街,程昶蓦地想起之前云浠说,每回出征前她都会与父兄去庙里求平安符。

而今她父兄已逝,她净顾着为别人求平安,却忘了给自己求吧。

程昶掀开车帘,问孙海平:"父亲此前是不是说几日后,宗室们要一起去白云寺一趟?"

"是啊。小王爷您忘啦,其实这是皇家祖辈定下的规矩,祭天祈丰收嘛。您每年处暑都该去的,不过您往年嫌烦,都不去。"

程昶道:"那你回去与父亲说一声,过几日我随他同去。"

孙海平道:"小王爷,那里一去就是整三日,规矩又多,没意思得很。"他又纳罕地问,"小王爷,您这回咋想通要去了?"

程昶沉默了一会儿,说道:"我去求个平安符。"

第十五章 白云坠崖

隔一日,提拔云浠为翊麾校尉的圣旨就下来了。

宣稚倒是不含糊,直接从殿前司下头拨了两千精锐给云浠,说道:"云校尉手下暂没有自己的兵马,不过召回忠勇侯旧部的旨意已发去塞北了,那边气候不好,入秋后大雪封山,圣上特许他们明年开春后起行。"

云浠谢过,又等了两日,下头的吏目送来了山贼的供状。

混迹京郊的流寇早消失得无影无踪了,抓住的山贼没多大用,此前闹事多是受流寇撺掇,眼下士气全无,连虎头山的地形图都画给了官府看。

除了地形图,宣稚还给了云浠一幅山寨分布图与流寇头子锥子眼的画像,叮嘱她多留意。

云浠也不耽搁,当夜回营整军,隔日一早就带兵出发了。

处暑将近,程昶记着云浠提点的事,着人去御史台疏通了一下关系,称是愿参与彻查姚素素的案子。

御史台的人只当小王爷这是要立功求上进了,回复说等会审的官员名单下来,把他添上去就是。

于是程昶这几日过得很清闲,平日里除了上值,便待在府里逗雪团儿。

别院里新添的几个小侍婢被程昶免了伺候,成日无所事事,见雪团儿可人,趁程昶去上值,轮番逗它。程昶回府后听说了这事,心想小姑娘终归比小厮们细心,便默许了侍婢们喂养雪团儿。

没过几日,御史台那里传来消息,说小王爷的名字添到会审官的名单上了,过来传话的吏目说："眼下一应嫌犯，包括在秋节闹事的那几个全都转去了刑部的囚牢，就是罗府的四小姐一直喊冤，一直不肯招供。她是贵女，不能用重刑，因此姚府小姐的案子至今没什么进展。"

程昶问："我听说枢密院的罗大人也被请去大理寺问话了？"

吏目道："罗大人之所以被请去问话，是因为此前罗府与姚府之间有些龃龉。圣上原本是让姚大人处理京郊的乱子，结果姚大人回头就把这差事扔给了罗大人，罗大人又没办好，两府因此生了嫌隙。审案么，一丝一毫的线索都不能放过，前几日大理寺卿疑罗府的四小姐是因为这个才对姚府的二小姐下手，这才把罗大人请去问话。"又把抄录好的卷宗递给程昶，"三公子已是此案的刑审官，可以根据进度去刑部囚牢里问话。每间囚牢里都有专门的录事，他们会把三公子问话的内容记下，录入卷宗里，然后呈给大理寺卿、御史大夫和刑部尚书。"

程昶点头，想着还有两日就该上白云寺了，送走了吏目，当即就去了刑部的囚牢。

关着罗姝的囚室十分干净，她的罪名未坐实，是因为一枚耳珠才被关进牢里受审的。

听引路的狱卒说，罗姝这些日子统共就受了一回拶刑，她身子娇贵，疼不过半刻就晕过去，醒来后仍坚持说自己不曾害人。

几个刑审官没法子，罗姝是贵女，总不能屈打成招，于是退而求其次，这阵子反倒常去裴阑那里问话了。

囚室里的录事已在恭敬地候着了，罗姝见是程昶来了，一时怔住，半晌磕磕巴巴地吐出一句："我……我没有杀人……"

其实程昶过来的目的并不是为了查姚素素的案子，他是为了自己，为了打听"贵人"的线索，奈何一旁有个录事，他问话不能太直接，迂回地打听了一下秋节当日的细节，尔后旁敲侧击道："我听说你每回陪方氏去药铺看病，中途都会离开一阵，是吗？"

罗姝道："那药铺里有股药味，我闻不惯，是以每回都独自出去走走。"

"离开多久？"

"不记得了，应该是半个时辰左右。"

程昶点头，他听云滁提过，药铺里的医婆为方芙兰行针的时长差不多就是半个时辰。

"离开后去做什么了？"

罗姝茫然，想了一阵才道："去邻近的香粉铺子、衣料铺子逛一逛，偶尔乏了，就去秦淮河边的亭子里坐坐，打发打发时间。"

她精神头不好，眼底乌青，说起话来整个人都是恍惚的。

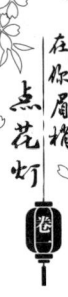

程昶原本疑罗姝是趁着这个时候去给那位"贵人"报信的,眼下看她这副样子,也拿不准她说的是真话假话。

他从前生活在法治社会,没什么审案的经验,见罗姝半日里吐不出一句有用的话,只能顺着疑点往下查。

"我听云校尉说,这些年在金陵,罗府与忠勇侯府并不怎么往来,你与方氏之间更是连相熟都谈不上,为什么今年她一出丧期,你忽然与她情同姐妹,甚至连她去药铺,你都不嫌麻烦地常常陪着?"

罗姝听到这一问,明显怔了一下,片刻,她垂下眸,小声道:"因为,因为裴二哥哥……"

"裴阑?"

"是。"罗姝咬了下唇,"我……自小就喜欢裴二哥哥,可是裴二哥哥和阿汀是指腹为婚,我怕裴二哥哥从塞北回来,阿汀就要嫁给他,这样我就再没机会了。

"我想知道阿汀是怎么打算的,可是……想必三公子也了解阿汀她这个人,这些事她都是藏在心里,不会对任何人说的。

"正好芙兰姐姐出了丧期,三月初还是二月初来着,那日她进宫,累着了,险些晕倒在护城河边,我便过去帮她。芙兰姐姐性情温柔,我想着,或许阿汀不愿意对我说的事,芙兰姐姐愿意对我说。"

"因此,你才借着陪方氏去药铺看病为由,与她相交?"程昶问。

罗姝点点头:"我本来也没抱什么能嫁给裴二哥哥的希望,可是芙兰姐姐一直忧心阿汀的亲事,有回她与我说,阿汀这几年来从未主动提起过裴二哥哥,哪怕是一回,八成是心里根本没有这个人,并不想嫁去裴府,我这才生了要嫁给裴二哥哥的念头。"

程昶听了这话,不由一愣。

他知道云浠和裴阑是指腹为婚,青梅竹马,那日在裴府,他看她解除婚约时决绝又伤心,原以为她心里或多或少是装着裴阑这个人的。眼下听罗姝这么说才明白过来,原来云浠之所以决绝,不过是因为她重情义,而她彼时的伤心,也只是为了忠勇侯府,为了云洛罢了。

原来她根本没喜欢过裴阑。

程昶这么想着,不知怎么心里竟微觉松快。

他继而问道:"所以你和方氏走近,仅仅是因为裴阑?"

程昶不是凭空有此一问。罗府一家子趋炎附势,自忠勇侯府败落,两府一直不怎么来往。今年年初,忠勇侯与云洛的案子悬而未决,朝中大臣唯恐触了圣上逆鳞,对云氏一门避之不及,罗复尤这样惯爱攀高结贵的,如何会准允罗姝与云洛的遗媾相交？

罗姝听程昶这么问，一时间有些恍惚。

半晌，她低声道："倒也不全是。今年开春，我听阿爹提起，说当年塞北一役，老忠勇侯其实是冤枉的，等裴二哥哥回京，圣上重审招远的案子，不会苛待云氏一门。否则……我也不敢和芙兰姐姐走这么近。"

程昶不由得怔住。他这大半年来对金陵的大小事不是没有耳闻，忠勇侯府之所以败落，是因为当年蛮敌入侵塔格草原，云舒广御敌惨胜，累及数万将士牺牲，尔后朝廷里就有了微词，称是云舒广贪功冒进。而招远出征则是在这之后——可以说，圣上之所以委任招远出征塔格草原，其实是为了收拾云舒广留下的烂摊子。无奈招远叛变，云洛随之牺牲，塔格草原一役大败。

所以，云舒广的案子与招远的案子虽然一脉相承，却该分而论之，云舒广只是在前一役贪功冒进，对大绥还是忠诚的，而招远却是实实在在的叛变。

裴阑回京以后，圣上确实重审了招远的案子，也为此案当中牺牲的云洛平反昭雪，可是当时昭元帝只字未提云舒广，老忠勇侯的案子至今还悬着呢。

"你确定你父亲说的是，当年塞北一役，老忠勇侯是冤枉的，不是云洛云将军是冤枉的？"

罗姝点点头："确定。"她像是不明白程昶为何有此一问，又添了句，"我父亲当时说的是忠勇侯，云洛哥哥并未袭爵，忠勇侯不是他。"

程昶沉默不语。照罗姝这么说，云浠一家子，非但云洛冤枉，连云舒广也是冤枉的？换言之，当年云舒广受太子殿下保举出征后，并没有贪功冒进，他与数万将士战死牺牲，实则别有原因？

可是，这些事云浠不知，朝廷不知，甚至连圣上都不知道，为何罗复尤区区一个枢密院直学士会知道？

程昶一念及此，脑中灵光一现，是了，枢密院。

枢密院掌天下兵马大权，而罗复尤的职位掌的是枢密军政文书，今年年初，他刚升任此职位不久，难不成是从文书中发现了什么蛛丝马迹？

程昶想到这里，一时竟忘了要为自己谋划，追问道："你父亲怎么会知道老忠勇侯是冤枉的？他可有什么证据？"

罗姝摇了摇头："我不知道，我只是年初在白云寺无意间听父亲提及的。"

"白云寺？"

"父亲初升任枢密院直学士时，为了整理军政文书，查漏补缺，曾去白云寺问过几个罪人的话，在那里住了一阵，今年的年关节，我们一家子就是在那里过的。"

程昶明白过来了。

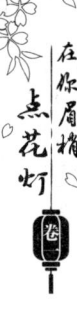

　　古来一些难以定罪的囚犯、罪臣的家眷，乃至于帝王后妃，因为不方便被关押进囚牢，通常会被安排去皇陵抑或皇家寺院软禁。

　　大绥的皇家寺院原本是明隐寺，可十余年前一桩血案，明隐寺渐渐废弃不用，眼下白云寺充作皇家寺院，那里关押着罪人不奇怪。

　　程昶还待再问，忽听外间传来一阵脚步声，回头一看，来人是一名侍御史。

　　他大约也是来问案的，见程昶在，恭敬地候在囚室外。

　　程昶此行目的本就不纯，见来了旁人，不好再逼问罗姝。

　　何况关于老忠勇侯的冤情，罗姝大约已招认得差不多了，回头让人仔细查查白云寺那里关押着什么人，等过几天上白云寺求平安符时，提来问一问就是了。

　　如果能证明老忠勇侯是冤枉的，那么云氏一门就可以彻底平反了。

　　至于要谋害自己的那位"贵人"，罢了，等从白云寺回来再问罗姝吧。

　　程昶这么想着，没再说什么，径自离开。

　　刑部的囚牢安静下来。

　　过了片刻，候在囚室外的侍御史冲着录事打了个手势，录事点点头，把记着程昶问话内容的文书递给他，收拾好纸笔，也撤去外间守着了。

　　侍御史看了一遍手里的文书，并不露声色，而是问罗姝："方才三公子过来，都问了你些什么？"

　　罗姝一见这侍御史，脸色煞白，半晌才磕巴着道："他……他就是问，我为何与芙兰姐姐相交，为何陪她去药铺，陪她去药铺后，我都去做什么了。"

　　"你怎么答的？"

　　"我都是照实答的。"

　　她是当真闻不惯那药铺的药味，与方芙兰相交，也的的确确是为了裴阐。

　　侍御史点点头，就着手中文书再次比对一番，尔后又问："罗复尤让你说的呢？"

　　"父亲让我说的，我也找机会告诉三公子了。"

　　"怎么说的？"

　　"就说……老忠勇侯当年出征塞北，并没有贪功冒进，他其实……其实是冤枉的。"

　　侍御史"嗯"了一声，将手里的文书往腋下一夹，就要离开。

　　"大人。"这时，罗姝唤道，她问，"阿汀，不，云浠他们一家子，当真是冤枉的？"

　　侍御史面容冷峻，语气十分淡然："这个不是你该知道的。"

　　"可是，可是阿爹前阵子被请来问话的时候不是说，只要我把老忠勇侯的冤情告诉三公子，我就可以昭雪，可以平安离开这里了吗？他……他不是说，那枚耳珠

第十五章 白云坠崖

是有人安排放入素素牙关里的，做不得证据吗？"

侍御史看着罗姝，半晌一笑："是，今天你做得很好，耐心等上数日，你就可以平安离开这里了。"

出了绥宫，沿着朱雀南街一路直行，见到第二间茶铺子左拐，有一条颇幽静的巷弄。

此时正午已过，天际浓云蔽日，明明是暑意未尽的七月末，闾阎街巷间已有萧条之意。

侍御史离开刑部囚牢，一路来到巷弄里停驻的一辆马车前，恭敬地一拜，轻声唤了句："殿下。"

马车车身不显，也未挂题了字的灯笼，若非这一声"殿下"，常人根本看不出里头坐着的竟是这等身份尊贵之人。

马车里的人问："都告诉他了？"

"是。借罗四小姐之口，属下已将云舒广的冤情告诉了三公子。"

"他不是要查本王吗？"马车里的人嗤笑一声，"自不量力。"又问，"他乍闻此事，心中可有生疑？"

"像是没有。"侍御史道，"正如外间传言的一般，三公子自落水后，人就有些奇怪，仿佛不怎么记事，以往大意的地方，如今倒是聪慧谨慎了起来。可是以往一点即透的地方，尤其与朝廷相关的，却不怎么往心里去。

"不过一切果如殿下所料，三公子一听闻老忠勇侯含冤，在意极了，顾不上跟罗四小姐套话打听殿下您的身份，反而再三追问老忠勇侯的案子，一直到属下去囚室外等着了，他才离开。"

"他这个人就是这样。"马车里的人又笑了一声，"常常本末倒置，轻重不分。

"这样很好，他既在意这案子，本王就可以借他之手，把云舒广案子的真相揭开，让父皇知道我那位仁善的太子哥哥，究竟是为何一病不起，起码姚杭山这个人可以彻底除掉了。"

"枢密使大人当年害得忠勇侯战死，而今不能为殿下所用，有此一劫，乃是他自作孽。"侍御史道，犹豫了一会儿，又问，"既这样，殿下可还要对三公子下手？"

"自然，他知道了最不该知道的，绝不能活着。"

"可是……三公子虽不怎么敏锐，琼亲王殿下却是极厉害的。若是琼亲王知道了三公子被人谋害，定会追查到底，万一查到殿下身上，继而把所有的事都揭开，只怕圣上再不会信任殿下您了。"

"父皇他可曾有一日信任过我？"马车里的人冷冷地说道。

"再说了,你以为单凭一个程明婴,忠勇侯就可以平反?姚杭山就能获罪?这桩案子,非要惊动琮亲王不可。只有明婴死了,琮亲王顺着他生前追查的冤情往下查,才能闹到父皇跟前,父皇才会治姚杭山的罪。

"本王这个皇叔,名声虽不怎么样,却十分得父皇信任。你知道父皇为何这么信任他吗?

"因为他最知道什么时候该做什么样的事。他有分寸,是不会去揭当年那些丑事的,只要他不揭,父皇就不会猜到明婴的死,真正动手的是本王。"

"是,还是殿下缜密,考虑得比属下更周到。"侍御史躬身一拜道,"那么便按计划,等过几日上白云寺祈福,便对三公子下手?"

"嗯。"马车里的人应了一声,"去,告诉白云寺的暗桩,把消息透露给明婴手底下的人,就说能证明忠勇侯无罪的证人正被扣在白云寺的清风院里。"

他说着,又大惑不解道:"本王这位堂弟,实在是命大,上回花朝节,分明已死透了,不知怎么回事,竟活了过来。"

"是,属下也听说了,跟死尸回魂似的。"侍御史道,"不过殿下放心,这回属下一定悉心安排,确保万无一失。

"三公子他,也就只余几日光景可活了。"

程昶一回府,也不耽搁,当即就托人去打听当年忠勇侯的案子,不出三日,下头的人就过来回话了。

说忠勇侯战死后,旧部大都留在了塞北,因为朝廷中有人参勇侯贪功冒进,有几人便被秘密押回了金陵审问,由于圣上没给明话,这几人不好被送去大牢,几经辗转,现如今正被软禁在白云寺的清风院里。

程昶没料到这么快就得了消息,他不清楚忠勇侯案子的细枝末节,原想找云浠商量,但云浠平乱去了。

思来想去便也作罢,程昶想:还是自己先去清风院跟那几个罪人打听一番,看看是否能证明忠勇侯有冤,也省得云浠回来后空欢喜一场。

隔日天不亮就要出行,这夜不过暮色将至,程昶便洗漱完,准备睡下了。

他思量了一整日,有些乏,几乎是沾枕即眠。

恍惚中又入梦,梦里先是一片白茫茫,尔后慢慢浮现一条走廊。

这条走廊他认得,是他上辈子常去的那家医院。

在梦里,他仿佛知道自己该去哪儿,脚步不由自主地往前走,停在一间病房前,推门而入。

这是一间 VIP 病房,病床上躺着一个人,一旁还有两个做记录的护士。

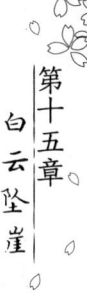

第十五章 白云坠崖

程昶走近一看,病床上躺着的那个人正是自己。

护士做完记录,唤来护工看守,退出病房,去办公室交报告。

办公室里除了程昶的主治医生,还等着一人,是他大学时关系最好的室友段明成。

"怎么样?"段明成问。

主治医生看了眼护士送来的报告,说:"三腔起搏器和心脏匹配程度很好,血压、心率一切正常,一般人有这数据,已经可以出院了,可他不知道怎么回事,一直睡不醒。"

"是不是心脏病突发那会儿伤着脑子了?"

"不像。"医生道,"给他照过X光,测过脑电波,都很稳定,没什么问题的。"

"唉。"段明成一叹,"你说这都什么事儿啊。"

"再等等吧。"医生道,"这种情况临床不是没发生过,可能就快醒了。"

"行。"段明成点头,"我下午还要回公司开个会,先走了,明天换他哥来看他。"

医生一笑:"你们这陪护的,单这一个礼拜,病人他哥、大学同学、高中同学、前女友,轮着来了一圈儿,一人守一天半天的。"

"哎,程昶什么情况,张大夫您又不是不知道,一个亲人都没有,孤苦伶仃的。就说他哥,也不是什么亲哥,是当年老院长的儿子,比他大几岁,这些年关系不错,所以叫一声哥。"

"我知道。"医生点了点头,"他这病不容易,好在有你们这些朋友。"

说着,他挂上听诊器,与段明成一起出了办公室,他拍了拍对方的肩:"行了,你回公司去吧,这半天程昶病房里除了护工没别人,我有空就帮你们盯着点。"

"行,那谢了啊张大夫,要是他醒了,立刻打我电话。"

"放心,第一时间告诉你。"

段明成点了点头,离开时,路过程昶的病房,对着房门嘀咕道:"不是说快醒了吗?程三哥,快点醒过来吧。"

程三哥……

快点……醒过来吧……

"小王爷,小王爷!"

程昶看着段明成的背影,愣愣地站在医院的长廊上,正自恍惚,忽听近旁有人急切地唤他。

忽然之间天地倒转,门窗、白炽灯、长廊乍然暗下去,化作初来时的一片白茫茫。

程昶陡然睁开眼,一下从床榻上坐起。

他的里衣早已被汗浸湿了,额上也挂着豆大的汗珠,两手紧握被衾,像是想要

187

抓住什么。

孙海平在一旁问:"小王爷,您这是怎么了?方才小的唤您,怎么唤都唤不醒。"

程昶茫然地看他一眼,目光又落到屋中。天尚未亮,屋当中一星烛火如豆,隐隐照着轩窗古屏,幽微寂静。

已不是第一回这样了。

"是啊,我这是……怎么了?"程昶喃喃道。

孙海平没听清,接着又道:"小王爷,您要是身子不舒服,要不今儿就别去白云寺了吧?平安符在哪儿求都一样的,心意到就行了。"

程昶稍稍缓过神,听了这话,想到自己此去白云寺的目的。便是不求平安符,也要帮云浠问一问忠勇侯府的冤情,随即道:"要去的。快打水去吧,省得让父亲等久了。"

白云寺坐落在京郊白云山,距金陵城二三十里路,坐马车都要大半日。

程昶昨夜没休息好,坐在马车里,人困乏得紧,却睡不着。

昨晚的梦境扰得他心绪不宁,恍惚中竟生出一种仓促之感,像是再不来白云寺,一切就要来不及了似的。

昭元帝近年龙体欠安,此去祭天,并未亲临,领头的反而是陵王和郓王。

待到白云寺,正是正午时分,宗室们用过斋饭,去佛堂里诵了一个时辰经文。

正式的祈福要等一日,从寅正起,一直持续到亥初,礼节繁复,规矩颇多,因此只今日有小半日空闲。

陵王妃的身子一直不好,诵完经文,便由陵王陪着去歇着了。郓王见陵王走了,也不多约束,让余下的宗室们各行其是。

程昶陪琮亲王去了一间净室,听他与方丈议了一会儿佛,想到自己来此的目的,便告辞说想去山中走走。

白云寺是一座大寺,其中求平安符最好的地方在西边的观音庙里,与程昶要去的清风院顺路。

这日山中拒了来客,十分清静,程昶到了观音庙,庙中已有一人先他一步在佛案前点香,正是南安小郡王程烨。

程烨见到程昶,微微一怔,搁下手中的香,先一步拜道:"三公子。"

程昶回了个礼:"小郡王。"

他二人并不怎么相熟,一时礼毕,各取了香火,跪在蒲团上,对着庙中观世音像拜了三拜。

候在一旁的小和尚递给他们一人一张纸笺,让他们把所求平安人的姓名写在上

第十五章 白云坠崖

头，然后把纸笺晾干折好，塞入平安符中，说道："二位贵人心诚，此符所佑之人必能安乐顺遂。"

程昶与程烨谢过，一并出了观音庙。

未时近末，山中风凉，两人同路走了一会儿，程烨道："想不到三公子今日也来求平安。"

程昶"嗯"了声："听说这里的观音庙很灵。"

程烨点了点头，想到此前对程昶与云浠的种种猜测，心中一个念头顿生，问道："三公子的平安符，可是为自己求的？"

程昶道："不是，为一个朋友。"

"在下也是。"程烨道，"我是为云校尉求的。"

他一笑："日前在文殊菩萨庙遇见她，听她说来不及去香火灵的地方求平安，我便来这里为她求一枚。她第一回领旨平乱，山匪彪悍，想来不易。三公子呢？"

程昶却没答话。他停住脚步，指了指眼前的岔口，说："我去西面的清风院一趟，暂与小郡王别过了。"

程烨见程昶不愿答，亦不好追问，遂点头道："好，那明日大礼上见。"

程昶院中的小厮大都不成体统，祭天这样的场合，他们不便跟来，琼亲王虽派了四个亲信武卫保护程昶，但他对他们并不太信任，到了清风院，嘱他们在院门等着，一个人入了院内。

两日前张大虎去打听忠勇侯的案子，早在清风院找到了接洽的守卫，这守卫一见程昶，便躬身唤了句："三公子。"将他引入一间暗室。

暗室里候着的两人一高一瘦，指腹与虎口都有很厚的茧，看得出是练家子。

守卫道："这位是御史台的御史大人，今日前来，是想问一问当年忠勇侯塞北之战的冤情，他问什么，你们答什么就是。"

"是，是。"高个儿和瘦子应了，称是当年云舒广手下统领，先把塞北一战的大致情况一一道来，尔后说，"草原上那些蛮敌，通常也就是没吃没喝了，来边境抢抢东西，看上去凶悍无比，通常战不长久，打打就退了，因此忠勇侯镇守塞北多年，几乎没怎么吃过败仗。"

这个程昶有所耳闻。正是因为云舒广镇守塞北多年，厥功至伟，圣上才把他召回金陵，想着他年纪大了，打算另派年轻的将帅去塞北。

没承想忠勇侯走了不到一年，蛮敌就大肆入侵。

"那年蛮敌来势汹汹，但圣上惯来当他们是纸糊的老虎，起先没怎么当回事，直到失了一个城池才引起重视。太子殿下担心百姓安危，以防万一，于是保举了忠勇侯出征。谁知忠勇侯一到塞北，才发现这回的状况有些不对劲。"

"怎么不对劲了？"程昶问。

"我们和塞北的蛮子交手，每一仗算下来，最多打半年，有时候都不是因为他们打不过，而是没粮食撑不下去了。可是这一回，他们却不像之前那样猛攻，反而迂回了起来，像是要打持久战似的。

"忠勇侯发现事有蹊跷，于是给枢密院去了急函，请求枢密使大人急调兵粮前来。结果急函一去三月，枢密院那边才缓缓回了一封信，说兵粮已在路上。

"但是，这封信来的时候，一切已经来不及了。蛮敌忽然整军再犯，忠勇侯不得已，带着手下三万人迎敌，起初得胜，一路追出山月关才发现中了蛮子的圈套——先头与我们交手的，其实是诱敌深入的幌子，真正的蛮敌大军竟安排在境外，有十万之众，我们当时早已战至力竭，如何能与这十万人交手？可退又退不了，忠勇侯这才带着三万大军拼死一战。"

程昶听瘦子和高个儿说完，若有所思。

其实他们所交代的情况，与朝廷卷宗上记录的差不多，忠勇侯冒进，率兵追出境外，中了蛮敌的圈套，以少兵疲兵应对十万大军。

可是仔细一想，实情又不尽如此。

朝廷的卷宗上，对忠勇侯出征前的塞北战事只提了寥寥几笔。可这两个统领方才说了，蛮子打仗，通常打不长久，这回却刻意拖长战时，摆明了有诈。云舒广意识到这一点，去急函让枢密院调兵马粮草，枢密院为何直至三月后才回信？如果枢密院及时调来兵马粮草，云舒广便也不至于以少敌多了。兵马粮草未至，云舒广明知有诈的情况下，却仍带着三万人迎敌，并且追出境外，是不是说明他有不得已之处？

程昶想到这里，不由得追问："忠勇侯带三万大军追出关外，你二人可曾跟去？"

"不曾。"高个儿与瘦子应道，"侯爷带兵追敌，我二人跟随秦统领留在境内策应，关外究竟发生了什么，我们并不知情。"

瘦子想了想，又说："其实御史大人的这些问题，枢密院的罗大人此前问过我二人，问完后，便称忠勇侯大约是有冤的。大人若有不解之处，不如去跟罗大人打听，他是枢密院的人，手上或许有证据。"

程昶点头。罗复尤掌枢密军政文书，罗姝说，他当时就是发现了文书上有缺漏，才来白云寺过问忠勇侯的案子的。

暗室里一时静了下来，程昶将思路理了一遍，见天色不早，便要起身离开。

瘦子和高个儿见他要走，将他送至门口，郑重拜道："还请三公子一定要为忠勇侯、为我二人申冤。"

程昶点了点头，还没反身，忽然意识到不对劲。

第十五章 白云坠崖

他二人……方才称他什么来着？

三公子？

可是，他刚才来时，并未暴露自己的身份，连引路的那个看守也只说他是御史台的御史大人。难不成这二人从前见过他？

程昶不动声色地问："当年圣上召忠勇侯回金陵，你二人可是随他一起回来的？"

"没有。"瘦子说，"当年忠勇侯回京，只带了贴身侍从与家眷，我二人是留守在塞北的。"

这么说，他们此前一直住在塞北？换言之，这两个人根本没有机会见自己。既没见过，为什么他们会知道他是琮亲王府的三公子？

程昶点了点头，默不作声地离开了暗室。

他上辈子就是个普通人，对政事十分不敏感，但他人不傻，甚至可以说是极其聪明的。

他刚来暗室时，这两个证人还称他是御史大人，怎么说了没一会儿话，就改叫三公子了？是有人提前跟他们透露了什么？还是他们刻意改称呼，是想提醒他什么？可是，他们想要提醒他什么呢？

候在清风院外的四个武卫还在，见程昶出来，一齐拜道："三公子。"

程昶"嗯"着应了，径自往山上主寺的方向走，脚步越来越快。

有时候一桩事想不透，是因为从来没换角度思考过，一旦变换角度，就如落石入水，涟漪层层荡开，一环一环清晰可见。

他怎么没意识到呢？忠勇侯的案子悬而未决这么久，即便罗复尤在今年年初查出了端倪，为何线索这么巧就递到了他手上？

他在追查"贵人"的身份，"贵人"怎么可能不知道？既然知道了，岂不正好利用这一点来加害他？

再想到那日罗姝为什么要与他说忠勇侯的冤情？为何仅仅两日，张大虎就在白云寺清风院找到了当年的相关证人？为何这么巧，这一切就发生在他要上白云寺之前，甚至来不及与云浠通个气？

他太急了，以至于没有仔细思量，就让自己陷入险境。

可是二十一世纪是和平社会，人们的防备意识普遍很低，他以为他跟着这么多宗室们上山是安全的，何况他身旁还跟着护卫。却忘了反过来想一想，越是安全的地方，越是危险。越是松懈，越容易大意。

山中禁卫遍布，清风院的守卫却很松散，加之四周都是密林，最容易藏人，尤其是……杀手。

程昶带着四名武卫疾步往来路上赶，尚未行至岔口，只觉一阵细碎的风自耳畔

刮过，身旁一名武卫高呼一声："三公子当心！"将他往左一带，勉强避开了一枚飞来的短刃。

刀光乍现，密林里顿时越出十余个身着黑衣的人，周遭不是没有守卫，可他们明明瞧见了这里的动静，却都视若无睹。大概也是"贵人"手下的人。

来路被堵了，回不去主寺，程昶没法，只能在武卫的护送下往清风院的方向奔逃。

奈何身后杀手太多，武卫们不得已，只能一分为二，两人留下断后，两人护送程昶先走。

"贵人"设了这么大一个局，这回是铁了心要杀程昶，刚回到清风院，只见院外的竹林里又跃出来七八个杀手。

这些杀手出手狠辣，招招夺命。

其中一名武卫将程昶往身后一带，举剑挡住杀手挥来的一刀，仓促中对程昶道："三公子，这么下去不是办法，这山中不知道还藏着多少人！"

程昶也明白这一点，可天罗地网早已布下，他怎么脱身？

右臂蓦地一疼，竟是一名杀手找准空隙袭来，往他右臂划了一刀。

鲜血汩汩涌出来，瞬间浸湿衣衫，程昶捂住伤口，来不及在乎疼不疼，只道："算了，我们……"

我们分开跑，能活一个是一个。

他生活在现代社会，讲究人人平等，没有谁为谁卖命的道理。何况这些杀手摆明了是冲着他来的，他大概是没活路了，也就不拖累这几个武卫为他赔上性命了。

前一生短命福薄，到了这一生，没想到还是没逃开多舛的宿命。

然而话还未说出口，耳畔忽然响起焦急的一句："三哥……"

程昶蓦地站住。

那细小的、遥远的声音不知从何而来，仿佛是天际，又仿佛是心底，倏忽间，又是一句："程三哥……"

武卫见程昶站住，以为他是骇住了，将他往唯一一条狭道上一推，对另一名武卫道："我断后，你带着三公子快逃，最好找个地方躲起来，等到天黑，王爷见不着三公子，定会派人来寻！"

另一名武卫点点头，咬牙拽过程昶，带着他没命似的往狭道上跑。

狭道两旁杂草丛生，树木参天，但因道路狭窄，林木分布稀疏，根本藏不了人。

渐渐地，狭道尽头开阔起来，可入目的情形竟令人心中寒意横生——是一个悬崖。

杀手再次追来，身旁武卫不得已，提剑迎上。

身后刀光剑影，眼前悬崖峭壁，程昶无路可走，回头看去，却见最后那名武卫

第十五章 白云坠崖

与杀手们没过上几招，就当胸被人一刀贯穿。

可杀手们还不罢休，又在武卫的身上补了几刀，刀刀皆中要害。

程昶何曾见过这样血腥的场景，一时间几乎要站不稳，一步一步往后退。

杀手们知道他已是走投无路，于是收回刀，慢慢逼向他。

日暮时分，天边残阳如血，程昶退到崖边，扶住一旁一株枝干虬结的老榆。

胳膊上的伤还在流血，袖囊早已在方才的拼杀中被划破，不期然间，一枚东西从袖囊里落出来，程昶低眉一看，竟是云浠在文殊菩萨庙为他求的那枚平安符。

平安符保平安。

他上辈子不大信这些，这辈子果然还是不能信。

可是，他到底是来了这世上一遭，眼下要离开了，竟如初来时一般，两袖空空，什么也没有了。

眼前这枚平安符忽然异常珍贵了起来，毕竟是一份心意。

程昶想：他来这世上，疏离陌生，与人与事都隔了一段前生过往，只有这个姑娘，稍稍走近过一些，近到——发觉他或许并不是这世间人。

程昶想要去拾那枚平安符，把它带在身边，可还没弯下腰，心脏忽然一跳。

这一跳犹如谁举槌在心间重重一擂，几乎是振聋发聩。

天地间忽然风声大作，连视线都模糊起来，耳边又回响起方才的声音。

"程三哥！"

"程昶！"

"程总。"

"要醒了吗？能醒吗？"

"快醒醒……"

他的大学寝室是四人间，四个室友都互相称"哥"，他是老三，所以他们叫他"程三哥"。

这是大绥，"程"是皇姓，整个金陵，几乎没人连名带姓地喊他程昶。

至于程总，那是公司里同事对他的称呼。

这些……只有二十一世纪的人会这么叫他。

程昶循着声音的来处往身后看去，晚霞比方才更浓了。

程昶忘了自己是在哪本书上看过，在现世，有些人会把黄昏称作逢魔时刻。

昼夜交替时分，阴阳晦明难辨，魑魅魍魉通通现形，一切诡异的事也会在此刻发生。

心脏又是擂鼓般一跳。这一回比方才更加震耳欲聋，带着一阵攫人呼吸的钝痛，连眼前的世界都摇摇欲坠。

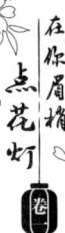

程昶再也忍不住，面向悬崖半跪而下，伸手捂住心口，就像他上辈子心脏病发作时一般。

悬崖很高，下头原本是一潭碧波荡漾的湖水，他方才看到过。可此刻他再朝下望去，湖水上的苍苍暮色竟慢慢化作一团浓雾升腾而上，就像他在梦里所见的一般。

而那一声声呼喊他的声音，就是从这雾里传来的。

程昶也说不清自己是濒临死亡以至于出现幻觉，还是眼前的一切就是他所看到的。

视野已被迷雾遮了一半，他一手捂着胸口，一手——像是想要抓住唯一一点真实——仍在地上摸索着云浠送他的那枚平安符。

可是却什么都找不到。

眼前乾坤颠倒，世界天旋地转，万丈深渊沦为海市蜃楼，风声退去后，杀手拔刀的声音几乎就在身后响起。

与此同时，一只蝴蝶破开山下苍茫的雾气在他眼前掠过，仿佛要引着他走向唯一的生路。

程昶的心最后一次剧烈一跳，他再也支撑不住，双眼一闭，往前一栽，整个人失去重心，径自往悬崖下跌去。

呼啸的风声自耳畔刮过，凄艳的残阳在他下坠的身体上镶上血一样的金边。

粉身碎骨的感觉来临前，天地骤然暗下来。

第十六章 风雨如晦

　　黎明将近，天地漆黑一片，白云寺一间净室里，一星灯火如豆。

　　外间还有匆忙的脚步声——琼亲王府的小王爷不见了，跟着他的四个武卫全部惨死，众人在山中搜寻了一夜，几乎把每个角落都翻遍了，可是小王爷依旧生不见人、死不见尸。

　　众人一时人人自危，这是皇家祭祀的大节，山中满是宗亲，禁卫遍布，竟然会发生这样的血案。

　　然而与外头的不安格格不入的是，净室里坐着的人十分闲适，独自弈着一盘棋，眉梢眼底没有丝毫忧色。

　　不多时，只听屋外叩门三声，有一身着黑衣斗篷的人推门而入，见了座中人，摘下兜帽，拜道："殿下。"

　　正是两日前在刑部囚牢里，与程昶打过照面的侍御史。

　　"怎么样了？"座中人捻着一枚黑子，不疾不徐地问。

　　"回殿下的话，禁卫们又在山中找了一遍，仍是不见踪影。琼亲王急派人回宫，惊动了圣上和太皇太后，圣上已命卫玠亲自带着一千禁军往白云山来了，大约天亮就到。"

　　"竟然直接派了皇城司？"座中人微微一怔，他笑了笑，又问，"悬崖底下找了吗？"

　　"已找过了。那悬崖很高，下面是白云湖，湖边有浅岸，岸上全是碎石，这么高落下去，摔在岸上即粉身碎骨，哪怕跌入湖中，也难保性命。人九成九是没了，

只是……不知道怎么回事，一直找不到三公子的尸身。"

座中人问："崖壁上呢？"

"崖壁是陡壁，虽有横木，但几乎拦不住人，山中的禁卫与咱们的人已放灯看过了，没什么发现，等待会儿天亮了，再去找一找。

"殿下放心，禁卫们并不知道三公子最后是摔落悬崖，眼下已撤去旁处搜寻了，那里留守的都是咱们的人，若天亮有发现，一不做，二不休，用绳子吊人下去，推他一把就是。"

座中人点点头，在棋盘上落下一子。

过了会儿，他笑道："本王这个堂弟真是奇了。听说他出生那年，有相士为他批命，说他命薄，最多活到及冠之年，唯一续命的法子就是颠倒乾坤。"

"颠倒乾坤？"

座中人"嗯"了声："那时太皇祖母已为他起名为'昹'，后来信了相士的话，才改成了'昶'。"

"竟有这事，属下还是头一回听说。"侍御史道，"不过属下倒是知道三公子在王府里本是行二，上头只有一个兄长。琮亲王妃见他生得太好，怕他福薄，硬生生改叫'三公子'，盼着阎王夺命时能漏掉他。"

"自欺欺人罢了。"座中人又落下一子，"你们之前说，明婴是自己跳崖的？"

"是。三公子当时约莫是骇着了，见杀手逼近，就自己往崖下跳了。"

"那些杀手可都处理干净了？"

"都是死士，能藏的已藏好了，几个垫背的出了白云山就清理。"侍御史禀报道，说着一笑，"属下原本还在发愁该怎么把忠勇侯的案子捅到琮亲王跟前，没想到竟是南安王府的小郡王帮了咱们一把。"

"哦？"座中人听了这话，诧异着问，"程烨？"

"正是。小郡王得知三公子失踪，便告诉琮亲王，他昨日下午曾在西边的观音庙与三公子见过一面，当时三公子自称要为一个朋友求平安符。后来小郡王回主寺，三公子说有事去清风院一趟，两人于是未曾同行。

"琮亲王听了小郡王的话，当即就派人去了清风院，想必眼下已找到了忠勇侯案子的相关证人，得知三公子生前正是因查这案子遇害的。

"琮亲王想知道三公子的死因，必然会循着忠勇侯的冤情追究下去，查到姚杭山身上。有琮亲王做助力，殿下扳倒姚杭山就不费吹灰之力了。"

座中人满意地点点头："这样很好。南安王是个纯臣，素来谨小慎微，程烨为人亦十分正派，父皇嘴上不说，心里却是很看重南安王府一家子的。这桩事由程烨捅到琮亲王面前，必定不会引人起疑，当真天助我也。"

第十六章 风雨如晦

"殿下,还有一事。"侍御史想了想道,"忠勇侯府的那个独女,是不是也该除掉?"

座中人顿了一下:"云浠?"

"是。上回属下建议除掉她,殿下您说……有人要保她。可是,她这大半年以来与三公子走得十分近,甚至帮着三公子追查殿下您的身份,三公子知道的那些事,不知告诉了她多少。眼下我们既已除掉了三公子,为绝后患,不如也……"

"不必。"不等侍御史说完,座中人便打断道。

侍御史一愣,忍不住道:"殿下行事素来果决,这……究竟是什么人,竟令殿下一而再再而三地看他的情面行事?"

"倒不全是因为这个。"座中人沉默了一会儿,道,"区区一个忠勇侯府的独女,掀不起什么风浪。

"再者说,倘忠勇侯府一个人都没了,即便琮亲王追查忠勇侯的案子,朝中没人应和,也不堪大用。云氏的独女是个拧骨头,为了云洛的冤情,她尚且能跪绥宫门,若是发现她的父亲也有冤,必定会连皮带骨头狠咬一口下去,姚杭山还是其次,若她能咬下姚杭山背后之人的一块肉,本王还该谢她。"

"可她……毕竟只是一个女儿家。"

"是女儿家才好。"座中人一笑,"你忘了京郊的乱子究竟是怎么回事了?"

"这……自然是殿下的一石二鸟之计。"侍御史说道。

趁着流寇在京郊滋事,派人混入流寇中,与山匪勾结。随后吩咐罗复尤故意办砸平乱的差事,让昭元帝对姚杭山起疑,又命杀手混入秋节当晚闹事的匪寇中,好取刀疤人的性命。

"后来……姚府二小姐的死虽是个意外,但殿下利用此事,引三公子入刑部囚牢质问罗姝,再借由罗姝之口透露忠勇侯的冤情。"

"这些都是后话。"座中人道,"父皇慧眼如炬,他知道京郊的乱子单凭那些山贼闹不起来,要害在作乱的流寇身上。眼下秋节闹事已过,流寇已散了大半,这时派人去平乱,只要有些本领,必能将差事办好。

"云氏独女无论武艺还是领兵的才干都不低,父皇这么做,等同于把这功劳往她身上扣。她而今只是一个校尉,想必等她回来,再办几桩实事,册封将军就指日可待了。"

"殿下,属下不明。"侍御史道,"陛下既要犒赏忠勇侯府,何不直接让云洛将军袭爵,封赏云将军的遗孀,为何退而求其次,费尽周折地去扶持一个独女呢?"

"这有什么不明白的?古来帝王最忌兵权旁落,将军兵威太盛,难免功高震主。可如果将军是一个女子,这样的顾虑便小上许多。不想用她了,把她召回京城,然

后指个婚，嫁给一个于皇权没威胁的人，兵权也就顺理成章地收回来了。何况云氏独女确实有些本事。"

"照殿下这么说，那云氏女将来……竟不会仅仅止步于一个低品将军的衔？可是，依她的脾气，循着忠勇侯的案子这么追查下去，牵出姚杭山和那一位还好说，会不会查出当年忠勇侯之所以追出境外，是因为我们……"

侍御史话未说完，便被座中人一个凌厉的眼神打断。

"父皇的身子已不大好了。"良久，座中人缓缓一叹，"云氏女就是想查，也要有足够时间追查才是。怕就怕……她查到一半，这个金陵城就该变天了。"

而坐在龙椅上的人，也该易主了。

这话说出口已然罪同谋逆。

饶是净室内外并无耳目，侍御史听得这话，也不由得一颤，良久，他合袖，对着眼前野心勃勃的人恭敬地拜了下去。

不多时，天就亮了。

皇城司禁军已至，山中一应兵马尽听卫玠一人调遣，分成十数支再次去山中寻人。

谁知找了一上午，连祭天礼都耽搁了，仍不见程昶踪影。

白云山中出了血案，宗亲们没法子，只能兵分三路：一路跟着琮亲王与卫玠，继续在山中寻人；一路由陵王殿下领着，留在寺中把余下的祭天礼行完；最后一路先行启程回京。

琮亲王在白云寺一住就是七日，这期间，禁军几乎把整个白云山翻了个底朝天，程昶就像凭空消失了似的，连一片衣角都寻不到。

禁军无奈，只好又往更远处寻人，一时之间，近至金陵城中，远至城外百里，处处都能见到禁军的身影。

动静一旦闹大，金陵城人人都知道琮亲王府的小王爷不见了，听说琮亲王妃为了这事哭晕过去几回，尔后大病一场，至今未愈。

金陵城里虽乱了套，京郊的匪寇之乱却渐渐平息了。

云潆初至京郊，并不急于行事，先是去当地官府揪出与山贼勾结的师爷，尔后依照之前山贼头目给的地形图，让手底下的兵化作贼人模样，由师爷领着，分别去七个匪窝拜山头。

安插好自己的人手，待到时机成熟了，雷厉风行，仅一日间，便带着兵马剿了四个匪窝，捕捉山贼两百余人。

余下三个匪窝与零散的流寇混在一起溃散而逃，却被云潆事先安插好的人手记

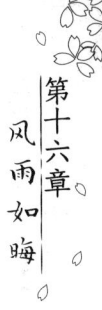

第十六章 风雨如晦

下踪迹，一路留下记号，不过三五日，便将他们通通捉了回来。

被捉拿归案的山贼总共四百余人，怎么安置，如何安置，非但当地官府觉得麻烦，于朝廷而言也是个负担。

云浠拿不定主意，只好给京里去信。

此地离金陵不远，不过三日，京里便回了话，让云浠先行回宫复命。

云浠于是暂将匪贼们留在了京郊，派手下的兵将看守，自己带上少部分人手，轻装简行往金陵而去。

这一日，云浠刚走到城郊驿站，只见此处多设了一道禁障，往来百姓行色匆匆，从前在这里巡视的不过巡查司、在京房的兵马，今日竟多了一支皇城司禁军。

禁军中有人认得她，称呼了一声"云校尉"，直接给她放了行。

云浠心中狐疑，刚想着人去打听，放眼一望，城门口，方芙兰带着赵五几人迎了上来，唤道："阿汀。"

"阿嫂，您怎么来了？"云浠愕道。

丫鬟鸣翠笑道："少夫人自接到大小姐要回京的信，日日来城门口等，总算把大小姐给盼回来了。"

云浠道："阿嫂身子不好，你们也不拦着。"

方芙兰笑道："不怪他们，这两年你从未离家这么久，旁的将军大人出行归来，都有家里人来迎，总不好独叫你落了单。"

昭元帝体恤云浠平乱辛苦，特准她休息一日再进宫复命，云浠于是在城门口卸了马，散了部属，随方芙兰上了马车。

这辆马车是她离京前，怕方芙兰独在金陵出行不易，拿自己晋升的封赏为府里置办的。

车前的灯笼没用"忠勇"二字，独独题了一个"云"字。

云浠坐在马车里，掀开帘子往外看，金陵热闹如昔，然而即便在城中，街上也有禁军的身影。

"阿嫂，我不在的这月余，京中是出了什么事吗？怎么皇城司的人到城中巡视了？"

方芙兰看云浠一眼，没答话，只柔声问："你此去京郊平乱，辛苦吗？"

"还行。那些山贼们不怎么成气候，之前闹得厉害，多半是受流寇撺掇。秋节上生完事，流寇大半已散了，这差事办得比想象中容易。就是一些流寇没抓着，他们的头目跑得没踪影了。"

方芙兰点点头道："你终归奔劳了一月，旁的事就不必多在意了，今日在家中好生歇息，养足了精神，明日还要进宫复命。"

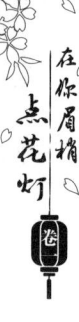

云浠听了这话，没作声，她心中其实一直记挂着程昶。

原以为三公子去刑部囚牢试探过罗姝的口风后，怎么都会给她来信，没承想这月余下来，程昶那里音信全无。

此前两人在文殊菩萨庙一别，程昶曾让她安心平乱，不必再为他的事操心，云浠却担心那背后"贵人"用心险恶。三公子凡事一个人担着，稍不注意只怕出了岔子。她虽不如他聪明，却甘愿与他共涉险难。

也罢，她眼下升了校尉，在各个衙门间走动也方便，三公子不来麻烦她，她主动去御史台问问便是。

这么想着，云浠就道："不歇了，待会儿用过午膳，我还有事出门一趟。"

方芙兰看云浠一眼，欲言又止。

到得侯府，脏脏月余未见云浠，热情得紧，它又长了个头，往云浠腿上扑，云浠没防备，居然被它扑得跌退一步。

方芙兰面上迟疑之色愈浓，忍不住问云浠："阿汀，你说午过后要出门，是要去哪里？"

云浠觉得没什么好隐瞒的，一面逗弄脏脏一面道："御史台。"

方芙兰道："你刚回来，为了什么事急赶着要出门，不能暂且搁一搁吗？今日在家陪阿嫂说说话可好？"

云浠一愣，方芙兰平日里最是善解人意，从前她要做什么、想做什么，她从不多干涉，今日这是怎么了？

她放下脏脏，直起身："阿嫂，您是不是有事瞒着我？"

其实自她一到金陵就觉出不对劲了。凡她问什么、提什么，方芙兰都顾左右而言他。问京里出了什么事，她不答；说想去御史台，她拦着。

云浠这些年与方芙兰相依为命，彼此最知道对方所思所想，方芙兰该猜到她想去御史台是为了什么。

想到此，云浠心中一个念头忽生，怔道："该不会……该不会是三公子他，出了什么事吧？"

堂中清幽，方芙兰沉默着没答话。

云浠瞧见她这反应，心中已有几分明白，可她仍不敢相信，小心翼翼地问："他出了什么事？"

方芙兰抬头去看云浠，只见她双眉紧蹙，眸中忧色满溢，忍不住唤了声："阿汀……"

她想让她别再问了，可她知道云浠的脾气，若得不到答案，只怕不会罢休。

"三公子他，不见了。"

第十六章 风雨如晦

"不见了?"云浠愣道,"怎么不见了?"

"处暑节宗室们上白云寺祈福祭天,三公子是在那里不见的。"

"怎么会?祈福祭天是大礼,白云山中禁卫遍布,何况三公子贵为琮亲王府将来的王世子,出行身边必有武卫,他如何不见?怎么可能会不见?"

"阿汀,你先别急。"方芙兰听云浠语气急切,忍不住劝道,"此事我亦是道听途说,其中真伪难辨。在白云寺的时候,三公子身旁的确跟着武卫,但是那四名武卫后来皆是惨死,山中的禁卫,连同朝中派去的禁军,在白云山中搜寻了整整七日,俱是不见三公子的身影。眼下白云山尚留了一部分人继续寻人,其余的已被派去城外更远处搜寻了。你方才问金陵城里为何会有禁军,也是因为这个。"

云浠听闻跟着程昶的四名武卫全部惨死时,脸霎时就白了三分,听方芙兰说完,颊边竟是一点血色也无了。

良久,她张了张口,道:"可是,可是……"

可是临别的那一日,他答应了她会保重。

可是当日在文殊菩萨庙,她还为他求了平安符。

都说文殊菩萨庙不是求平安符的好地方,早知道她就不在那里求了,哪怕辛苦一些,不等圣旨了,去白云寺甚至去明隐寺为他求呢。

可是,她这一路回京,还盼着能与他见上一面呢。

方芙兰看云浠这副失神伤痛的样子,忍不住唤道:"阿汀……"

这时,赵五进得屋来,通禀道:"少夫人、大小姐,琮亲王府的两名小厮听说大小姐回来了,在府外求见。"

方芙兰看云浠一眼,还没应声,云浠却像陡然回过神来,立刻道:"请他们进来!"

来人正是张大虎与孙海平。

他二人今日来寻云浠是有事相求,便也不似以往跋扈:"云校尉走后,小王爷为了查案,去刑部的囚牢里问罗四小姐的话。后来小王爷回府,称是罗四小姐透露,当年老忠勇侯的案子像是有冤情的,让咱们去打听。"

"小的这一打听,才得知当年老忠勇侯牺牲后,因为朝廷中有人参他贪功冒进,圣上便从塞北秘密押回了几人审问,其中有两人当时正被关押在白云寺的清风院里。"

"三公子他……是为了我父亲的案子才去的清风院?"云浠怔怔地问道。

"是。"孙海平道,"南安王府的小郡王说,最后见到小王爷时,小王爷说有事要去清风院一趟,且跟在小王爷身边的几名武卫就是在那附近被人杀害的。想来小王爷正是想为云校尉您,去寻老忠勇侯一案的证人问话。"

云浠起先还满心忧急,眼下听孙海平说完,方才的忧急不见了,取而代之的是一阵茫然,像是有人拿着细小的锥子,在她心上慢慢凿开一个洞,却无处填补。

直到此时,云浠才后知后觉地觉出一丝难受,而这一丝难受就像鸩毒,只要一滴,便能在她身体里泛滥起来。

"王妃殿下听说了这事,至今大病不起,前几日王爷从白云寺回来也病倒了,禁军虽仍在京郊与白云寺附近寻人,但小的们以为,他们终归只是办差,怕并不尽心。

"小王爷他不怎么与人相交,这半年来唯与云校尉您走得近一些,小的们是以恳请云校尉,能不能带上些人手去寻小王爷,小的们料想云校尉定会比皇城司的那些禁军更尽心些。"

云浠听了这话,点头道:"好。"

她来不及收拾行囊,只扶了扶腰间的匕首,一声不吭地就要出府。

"阿汀。"方芙兰见云浠这副失了魂的模样,忍不住唤她一声,"你去哪里?"

"去找三公子。"云浠道。

"你要上哪里去找他?"方芙兰问,她知道接下来这番话锥心刺骨,还是忍不住提醒云浠,"禁军们已经将整个白云山翻了数遍,要能找到,早该找到了。跟着三公子的四个武卫全部惨死,三公子又没有功夫在身,只怕是凶多吉少。眼下距三公子失踪已过去近十日,若不是因为三公子乃天潢贵胄,有圣上和太皇太后的偏宠,只怕……"

只怕琮亲王府已该办白事了。

方芙兰走近云浠,握住她的手,用仅两个人听得见的声音道:"阿汀,阿嫂知道你心里难过,可是事已至此,再做什么皆是徒劳。听阿嫂一句劝,你只当是自己从未遇见过这个人,慢慢把他忘了,好吗?"

云浠看着方芙兰,眼中渐渐泛起泪光,她垂下眸,哑着声道:"不好。"

她抽回自己的手:"活要见人,死要见尸。只要一日没寻到三公子的人,他就还有活着的希望。我要去找他,一日不行就十日,十日不行就十月,我……一定要找到他。"

云浠离开忠勇侯府,步子起初很急,尔后慢慢缓了下来。

她乍闻程昶是因忠勇侯府的案子而失踪,伤心情急,险些失了分寸,眼下冷静下来,知道自己人单力薄,就这么去寻人,犹如大海捞针。

她停住脚步,对跟着自己的孙海平与张大虎道:"你们帮我去京兆府找田泗和柯勇,问他们能否告假,如若可以,请他们去城门口等我。"

孙海平问:"云校尉您去哪里?"

第十六章 风雨如晦

"我要进宫一趟。"

云浠是要进宫复命去的。她平乱立了功,若能借着复命的机会向圣上请命去京外寻找程昶,说不定能换来些人手。

云浠在宫门口递了牌子,道明来意,没多久,便由一名禁卫引着去文德殿。

昭元帝身旁的掌笔内侍官吴崈等在殿外,见了云浠,笑着道:"陛下正与归德将军、南安王府的小郡王议事,听是云校尉来了,当即宣您入内。不过云校尉来得不巧,待会儿琮亲王殿下也要进宫觐见,您若有什么事,简明与陛下交代了便罢。"

宣稚是殿前司的指挥使,程烨乃在京房统领,巡视金陵治安,他二人同时面圣,八成是为了三公子的事。

云浠得吴公公提点,道了声谢,步入殿中,朝昭元帝下拜。

正值午后,文德殿中十分安静,昭元帝看着云浠,悠悠地说:"怎么不多歇一日,这就进宫复命来了?"

云浠道:"京郊的匪寇滋事已久,眼下捕捉归案,亟待处置,末将平乱归来,不敢耽误,是以立刻进宫向陛下复命。"

昭元帝"嗯"了声:"你回京前托人递上来的折子朕已看过了,你做得很好。"

"至于那些贼寇,"昭元帝顿了顿,看向宣稚,"归德。"

"臣在。"

"你去刑部一趟,传朕口谕,将这些贼人编入流放名录中,秋分前一并发走吧。"

"是。"宣稚抱手一揖。

"行了。"昭元帝看向云浠,而今见她办了一桩漂亮的差事,对她的态度十分温和,"你平乱归来,想必乏累。忠勇侯的旧部明年开春才从塞北起行,金陵的兵马调度尚需时日,朕听闻你这几年在京兆府做捕快,十分辛苦,趁此时机,好生在府中歇上半月一月,等兵马调度好了,有了差事,朕再传你。"

云浠躬身称"是",却是不走,她沉默片刻,说道:"陛下,末将回京路上听闻,琮亲王府的三公子失踪了。"

昭元帝没吭声。

云浠又道:"末将还听闻,三公子失踪前,正在查末将父亲忠勇侯的案子。"

殿中一时寂然,良久,昭元帝淡淡道:"他是御史,明辨正枉乃他职责所在,你不必多往心里去。"

"是。"云浠拱手揖得更深,"但末将以为,末将这些日子左右闲着,因而……想请命前去寻三公子。"

若云浠此刻抬头,便能发现昭元帝先前的和颜悦色早已褪尽,取而代之的是一派悠然,这样的悠然只是他拿出来摆在眼底的假象,他双目幽深,谁也不知道那里

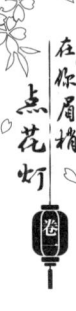

头藏了什么。

半晌,昭元帝不紧不慢地道:"你想去,就去吧。"

他又看向立在殿中的程烨:"景焕,你这两日无事,看看手下有无多余的人手,拨给她一用。"

"是。"

"行了。"昭元帝摆摆手,"都散了吧。"

宣稚一退出殿外,径自往刑部去了,程烨与云浠由一名内侍官引着,往宫外而去。

出了绥宫门,方至护城河畔,只听辚辚一阵马车声。云浠移目望去,马车富丽,车前的灯笼上题了一个"琮"字。

云浠与程烨当即退去道旁,朝着马车行礼。

谁知那车驾竟在二人身前不远处停住,车夫看了云浠与程烨一眼,朝车里坐着的人通禀:"是忠勇侯府的云校尉与南安王府的小郡王。"

琮亲王淡淡"嗯"了一声,他掀开车帘,默不作声地朝云浠看去。

隔得远,眉目是瞧不清了。但忠勇侯府的独女,他是见过的,只记得是生得好。眼下仔细再看,饶是穿着一身校尉服,依旧亭亭玉立。

昶儿遇难,就是为了她父亲的案子?

"王爷。"车夫见此情形,问道,"可要传云校尉过来说话?"

琮亲王没应声,片刻,他放下车帘:"走吧。"

文德殿中侍奉的内侍见是琮亲王到了,安静地退出殿外。

"来了?"昭元帝搁下手中笔,指着早已备好的椅凳,温和地说,"坐吧。"

"不敢。"琮亲王却道,"臣有罪。今日进宫,是特来向陛下请罪的。"

他奉皇命领着宗室们去白云寺祭天祈福,后来程昶出了事,他在白云山滞留了七日,这七日间,圣上非但调动禁军帮他寻人,他一回到金陵,还特地派人到王府问候。

琮亲王与昭元帝虽是亲兄弟,到底君臣有别,按说琮亲王得此天恩,哪怕心中悲恸,回到金陵也该第一时间进宫谢恩,可他非但没有这么做,还一连称病数日,闭门谢客。

"平修。"昭元帝叹了一口气,唤了琮亲王的字,"你可是还在生皇兄的气?你是不是在怪朕?是不是觉得年初昶儿落水,你进宫请朕细查,朕就该查个水落石出的?可昶儿落水毕竟才过去半年,朕想着,凡事终归要缓一缓……"

"臣不敢。"琮亲王道,"陛下是社稷之主,遇事必定有诸多考量,怎么做,如何做,都该三思而后行。"

"还是你心中觉得,昶儿今次遇害,是因朕纵容所致?"

第十六章 风雨如晦

琼亲王听了这话,不由苦笑:"陛下何必拿这话来激臣?"

"其实你如果这么想,朕心中反而好受些。"昭元帝道,"金陵城里,能做出这些事的,统共就那么几人。昶儿……也不知是挡了他们其中哪个人的道。"

他是皇帝,若真想查,哪有查不出来的道理?

"可是朕的身子已不大好了,眼下储位悬而未定,朝纲很是脆弱。这案子,若死命往下查,牵一发而动全身,朕的皇子、股肱大臣,怕是谁也不能有善果。若能妥善处置了还好,若是不能,后果不堪设想。百年江山,不能毁于一夕,昶儿的事,只能一点一点地来。朕答应你,待来日朝纲渐稳,朕一定会还昶儿一个公道,犯下此案的,无论是谁,朕绝不姑息。"

他是兄长,是皇帝,而他是亲王,是臣属。

龙椅上坐久了的人,到老了,能把话说到这份上,已是足够了。何况亲王的身份实在太微妙,动辄招帝王嫉恨。

这些年下来,琼亲王一直做得很好,不说做小伏低,有些罪责担一担,故意犯一些无足轻重的过错,坐实奸王的名声散去大半猜忌,也能活得安稳。

甚至昶儿,他也把他养得没那么合意。跋扈一些,懵懂一些,只要不是大奸大恶,等日后懂事了,好生在王府里待着,无论皇位上的人怎么换,他都能一世无忧。

亲王的权力是帝王赋予的,他们两兄弟在前一朝的皇权风雨里相携而行,共经生死,情分非比一般,但那都是前半生的事了。如今昭元帝信任他、抬举他,对他仁至义尽,适逢这个储位动荡的时机,他该让步体谅。

琼亲王默立良久,然后合袖,对着昭元帝深深一揖:"臣弟明白陛下的难处,也请陛下切莫忧心伤身,多多保重龙体才是。"

话头点到为止。

昭元帝颔首,另提起一事:"听说这大半年来,昶儿与忠勇侯府的云氏女走得有些近?"

琼亲王没作声。

昭元帝又道:"朕原还不信,想着他们两人能有什么交集?哪知道方才进宫,云氏女竟执意请命,要带兵去找昶儿。朕准了。"

琼亲王淡淡道:"哦,可能云氏女感念昶儿曾为宣威将军申冤吧。"

昭元帝笑了笑:"儿女间的事,你这个当爹的尚不如朕这个做伯父的上心,上个月皇祖母还问起昶儿的亲事,朕想着昶儿也不小了,等找到他……"

略一顿,像是才发现琼亲王仍端立着,指了一下他身后的椅凳,说:"快坐吧。"

琼亲王于是合袖一揖,依言坐了。

云浠与程烨离开绥宫，二人约定酉时相见，尔后云浠先一步往城门去，程烨则回在京房调派人手。

到得城门，云浠微微一愣，除了孙海平与张大虎，田泗、柯勇，甚至田泗的弟弟田泽都已在此等着她了。

田泗道："张……张大人，听闻，云校尉您要去……要去寻三公子，特允了我，与柯勇的告假，让我们来——帮着您。至于阿……阿泽……"

"在下听家兄提及此事，得知云校尉又要离京，在下这些日子得闲，可去府上帮忙照料，还请云校尉放心。"田泽接过田泗的话头道。

云浠听他这么说，想到秋试已过，如今只等放榜，便不与他多客气，点头道："那就麻烦你了。"

不多时，程烨带着数十骑过来了。

见了田泽，他微微一愣，招呼了声："望安兄。"他二人是至交，素有来往，一时想到田泽、田泗与侯府的渊源，程烨了然，只道，"那侯府就麻烦你了。"

他对云浠道："在京房的兵马不是都听我调遣，大都尚有职责在身，今日情急，我能抽调的只有这七十来号人，你且先用着。等我再凑齐些人手，改日一并给你送去。"

云浠一点头："有劳小郡王了。"

说着，她翻身上马，便要起行。

"云校尉。"程烨看着她的背影，忍不住唤了一声。

日暮时分，天边的残阳已落下去，在云端覆上一层彤色的、极薄的边，却不刺目。

他不明白云浠为何一回金陵连歇都不歇上一刻，便要去找三公子，想问，却不敢问。就像他此刻手里紧握着一枚平安符，想送，却踌躇着送不出去。

"小郡王还有事？"云浠见程烨半晌不作声，不由得问道。

"没事。"半晌，程烨道。

他在心里劝自己，再等等吧。

他看着云浠，随即一笑："寻人不易，若遇到难处，随时差人告诉我，我一定竭力相助。"

云浠点头，又道了声谢，然后翻身上马，面向天边残阳，打马而去。

【《在你眉梢点花灯》卷一 完】

在你眉梢点花灯（卷一）

作者
沉筱之

选题策划
知音动漫图书·时代坊

封面插图
阿陌　田螺

封面＆内文设计
方茜

策划编辑
程英

执行编辑
晴雨

出版社
中国致公出版社

总出品
湖北知音动漫有限公司

制作出品
知音动漫图书·时代坊

平台支持

图书在版编目（CIP）数据

在你眉梢点花灯 . 卷一 / 沉筱之著 . —— 北京：中国致公出版社，2021

ISBN 978-7-5145-1603-6

Ⅰ . ①在… Ⅱ . ①沉… Ⅲ . ①长篇小说 – 中国 – 当代 Ⅳ . ① I247.5

中国版本图书馆 CIP 数据核字 (2021) 第 025041 号

在你眉梢点花灯 . 卷一 / 沉筱之 著

出　　版	中国致公出版社
	（北京市朝阳区八里庄西里 100 号住邦 2000 大厦 1 号楼西区 21 层）
出　　品	知音动漫图书·时代坊
	（武汉市东湖路 179 号）
发　　行	中国致公出版社（010-66121708）
作品企划	知音动漫图书·时代坊
责任编辑	程　英
装帧设计	方　茜
印　　刷	长沙鸿发印务实业有限公司
版　　次	2021 年 7 月第 1 版
印　　次	2021 年 7 月第 1 次印刷
开　　本	787mm×1092mm　1/16
印　　张	13.5
字　　数	250 千字
书　　号	ISBN 978-7-5145-1603-6
定　　价	39.80 元

（版权所有，盗版必究，举报电话：027-68890818）

（如发现印装质量问题，请寄本公司调换，电话：027-68890818）